소백산맥 ❹

길이 부러지다

소백산맥 **4** 길이 부러지다

발행일	2024년 8월 30일		
지은이	이서빈		
펴낸이	손형국		
펴낸곳	(주)북랩		
편집인	선일영	편집	김은수, 배진용, 김현아, 김다빈, 김부경
디자인	이현수, 김민하, 임진형, 안유경, 신혜림	제작	박기성, 구성우, 이창영, 배상진
마케팅	김회란, 박진관		
출판등록	2004. 12. 1(제2012-000051호)		
주소	서울특별시 금천구 가산디지털 1로 168, 우림라이온스밸리 B동 B111호, B113~115호		
홈페이지	www.book.co.kr		
전화번호	(02)2026-5777	팩스	(02)3159-9637
ISBN	979-11-7224-259-6 03810 (종이책)		979-11-7224-260-2 05810 (전자책)

(주)북랩 성공출판의 파트너

북랩 홈페이지와 패밀리 사이트에서 다양한 출판 솔루션을 만나 보세요!

홈페이지 book.co.kr • **블로그** blog.naver.com/essaybook • **출판문의** book@book.co.kr

작가 연락처 문의 ▸ ask.book.co.kr

작가 연락처는 개인정보이므로 북랩에서 알려드릴 수 없습니다.

이서빈 대하소설

소백산맥

4

길이 부러지다

북랩

왜 사람은 살아야만 할까?

이 시소설은 외지고 황량한 시대를 외나무다리 건너듯 건너온 선조들과 우리의 이야기다. 선조들은 조선 5백 년이 일본에 어이없이 무너지고 대혼란을 겪으면서 그 참담하고 암울한 상실의 시대를 살아내기 위해 시시각각 밀려오는 죽음의 공포와 싸웠다. 천신만고 끝에 나라의 주권을 되찾기까지 반쪽짜리 나라에서 당해야 했던 그 많은 수모는 형언하기 어려울 정도다.

숨을 쉬는 것이 신기할 만큼 내일을 보장할 수 없던 참혹한 시대. 숨 속에도 죽음과 불안이 섞여 드나들던 시대의 이야기를 시작(詩作)의 키보다 더 높은 자료들을 모아 적어 내려갔다. 아직 세상에 태어나지 못해 역사에 묻혀있는 말들을 시말서를 쓰듯 내 청춘의 기나긴 시간을 하얗게 지우면서 머릿속을 탈탈 털어 시적인 언어로 썼기에 시소설이라 이름 붙였다.

〈소백산맥〉은 4·3 사건을 비롯해 건국이 되기까지, 그리고 오늘날 경제 강국이 되기까지 살아온, 그럼에도 불구하고 살아내야만 했던 격변기(激變期)로부터 세계 모든 사람이 우리나라에 살고 싶어 하는 순간까지를 그려낸 소설 같은 이야기이다.

　34년 전통 '영주신문'에 연재 중 독자의 요청이 많아 총 17권 중 연재가 끝난 5권을 미리 출판한다. 이 지면을 통해 영주신문에 깊은 감사를 드린다. 나머지도 연재가 끝나는 대로 출간 예정이다.

　입으로 다 말할 수 없는 일들을 유교 사상이 에워싸고 있는 영남의 명산 소백산 자락 영주 지방을 무대로 삼아 펼쳐내었다. 소설 속 사라져가는 우리나라의 미풍양속과 문화, 구전 이야기에 많은 관심을 가져주신 독자분들께 깊은 감사 말씀을 전한다.

2024년 8월

이서빈

목차

길이 부러지다

1

그 생각을 하는 사이 비는 더 쏟아졌고 순식간에 물이 불어난다. 검은 비는 온 동네에 집을 다 묻어버린다. 어디인지 알 수 없는 동네 전체가 흙탕물에 잠긴다. 연탄 가루처럼 검은 물에 동네가 모두 잠긴다. 시어머니는 자신의 손을 잡고 어디론가 정신없이 뛴다. 시어머니 손에 이끌려 간 곳은 바다가 된 물 한가운데. 검은 물이 넘실거리는 가운에 우뚝 솟은 바위 하나가 보인다. 시어머니는 자신을 업는다. 자신을 업은 시어머니는 바위 위에 올라선다. 검은 비는 계속해서 쏟아지고. 바닷물은 시퍼런 입을 벌리고 바위를 삼킬 듯 달려온다. 몇 번만 더 파도를 치면 바위를 삼킬 것 같아 소리를 지른다. 시어머니는 괜찮다며 등을 두드린다. 더 위로 올라갈 곳이 없다. 시어머니는 자신을 뾰족한 바위 꼭대기에 앉히고 자신은 바위에 선다. *걱정하지 마라. 내가 니는 구해주마.* 말이 끝나기가 무섭게 파도가 덮쳐 한 발아래에 있는 시어머니를 물고 가버린다. 시어머니는 흔적도 없이 검은 바닷물 속으로 쓸려 들어간다.

시어머니를 부르다가 잠이 깬다. 정신이 안개처럼이라도 돌아왔을 때는 한 달이란 시간이 흘러간 뒤다. 뇌출혈이 있었단다. 그동안 정신없이 죽은 시간이었다. 그런데 꿈이 머릿속에 선명하게 찍혀 있다. 자신이 한 달 동안 꾼 꿈이 한 토막의 꿈이 한 달간의 죽음 속에서 일어났다는 게 믿어지지 않는다. 하루 이틀 정신이 조금씩 돌아온다. 정신이 점점 맑아지자 시어머니 걱정이 된다. 일어나서 시어머니 방에 들어가본다. 맙소사! 한 달 만에 시어머니는 잎 다 잃은 나무처럼 뼈만 앙상하게 남았다. 살은 다 날아가고. 가죽만 뱀 허물처럼 뼈에 붙어 있다. 가슴이 찡하다. 그 많은 살이 다 어디로 사라졌단 말인가. 달녀는 방을 나와서 밥상을 가지고 간다. 그렇게 아귀처럼 먹던 시어머니는 밥을 보고도 본체만체한다. 시어머니를 일으킨다. 혼자 앉지를 못하고 스르르 옆으로 넘어간다. 이불과 베개를 겹쳐서 벽에다 놓는다. 시어머니를 거기다 기대 앉힌다. 여전히 스르르 스러진다. 한 손으로 시어머니를 잡고 한 손으로 밥을 떠먹여본다. 입을 벌리지 않는다. 잡았던 손을 놓고 입술을 벌린 다음 밥을 떠 넣는다. 밥알은 안으로 넘어가지 않고 밖으로 흐른다. 눈에 초점도 없고 말문도 닫아버렸는지 아무 말도 없다. 한 숟가락도 못 먹고 입속에 밥을 그대로 두고 있다. 혓바닥은 아무 일도 하지 않고 빈둥빈둥 놀고 있다. 밥을 먹을 생각도 말을 할 생각도 않고 가만히 누워 있다. 혀에 곰팡이처럼 하얗게 무언가 묻어 있다.

달녀는 갑자기 아지가 혓바늘이 돋았을 때 남편이 하던 것이 생각난다. 밥상을 들고 나간다. 부엌으로 가서 도마에 소금을 놓고 칼자루 끝으로 빻는다. 소금 가루를 만들고 죽을 끓인다. 녹두를 삶아서 걸러서 녹두 미음을 끓인다. 구수한 냄새가 부엌을 날아다닌다. 밥상을 들고 시어머니 방으로 간다. 냄새가 방으로 들어가도 일어날 생각을 않는다. 밥상을 옆에 놓고 시어머니를 일으킨다. 너무나 가벼워서 허깨비를 드는 것 같다. 가슴이 아리다. 벽 모서리에 이불과 베개를 놓고 일으켜 기댄다. 두 손으로 입을 벌린다. 혓바닥은 움직일 생각을 않는다. 혓바닥을 한 손으로 잡고 그 위에 소금을 바른다. 손가락으로 싹싹 비빈다. 생감자를 잘라서 혓바닥을 닦아낸다. 혀를 당겨도 미동도 없다. 소금으로 닦아도 아무런 미동이 없다. 생감자로 몇 번을 닦은 후 녹두죽을 조금 떠서 입에 넣는다. 넘기지를 않는다. 다시 물을 떠 넣는다. 역시 입꼬리로 흘러버린다. *어머님 딱 한 숟갈만 넘게 보소. 물이든 죽이든 딱 한 숟갈만요.* 들었는지 못 들었는지 옆으로 스르르 눕는다.

달녀는 시어머니를 눕혀놓고 죽상을 들고 죽상으로 나온다. 죽상 위로 소나기가 주루룩주루룩 죽 끓는 소리를 내면서 내린다. 마음이 쏟아진다. 쏟아지는 소나기 줄기를 어쩌지 못하고 다시 부뚜막에 두고 평소에 시어머니가 즐겨 먹던 호박죽을 끓인다. 호박

껍질을 벗겨내고 푹푹 고아서 거른다. 물도 안 넘기니 건더기가 있으면 안 넘어갈 것이다. 호박죽을 끓이느라 아궁이 속에서 타는 불길에 자신의 애간장도 다 탄다. 자꾸만 마음이 급해진다. 펄펄 끓는 죽을 찬물에 넣어 식힌 다음 죽을 다시 가지고 뛰어간다. 누워서 꼼짝도 하지 않는다. 상을 마루에 놓고 시어머니를 일으킨다. 꼭 예전처럼 밥상을 마구 댕겨서 물감을 죽에 탈 것 같은 환상이 다녀간다. 먹지도 않았는데 물감은 여전히 짜내고 있다. 새까만 물감을 많이도 짜놓고 있다. 걸음은 급하게 다시 가서 수건과 세숫대야에 물을 가지고 온다. 손에는 여전히 예전처럼 물감을 들고 있다. 그렇지만 옛날처럼 많지는 않다. 냄새는 여전히 특수한 향이 나는 물감이다. 손을 펴도 그대로 가만히 있다. 손을 펴서 세숫대야에 씻어도 가만히 있다. 깨끗이 씻고 닦는다. 머리카락을 잡지도 않고 눈도 초점을 잃고 멍하니 쳐다본다.

엉덩이를 들고 닦으려고 보니 누워서 짓이겨 온 사방으로 떡칠이 되어 있다. 엉덩이에 욕창이 생겨서 마음이 아파 눈 뜨고 못 볼 정도다. 물감을 모두 닦아낸다. 방바닥을 닦기 위해 시어머니를 안는다. 아니 이게 무슨 일인가. 힘을 주어서 들어 올리는데 너무 가벼워서 휘청한다. 순간 달녀의 입에 짠 소금물이 밀려온다. 흐리지도 않던 바짝 마른하늘에서 먹구름이 몰려온다. 이어서 또 한바탕 소나기가 쏟아진다. 옆으로 옮겨 눕히고. 방바닥을 닦아내고 상을 들여온다. 숟가락으로 죽을 떠서 먹이려 하는데 입도 벌리지 않는다. 한 손으로 입을 벌리고 죽을 입속으로 넣는다. 죽은 입안으로 넘어가지 않고 입 밖으로 흐른다. *어머님 쪼매라도 잡쉬야 사시제요. 입 쪼매 벌레시고 죽 뱉지 말고 넘게 보소. 자, 꿀꺽! 한 분 억지로라도 넘게 보소. 어머님이 평소에 좋아하시던 호박, 호박죽이씨더. 한 숟갈이라도 잡숴보소.* 힘을 주어서 들어 올리는데 너무 가벼워서 휘청함이 숟가락까지 휘청이게 한다. 순간 달녀의 눈시울이 젖어온다. 한 숟가락도 먹이는 데 실패하고 옆으로 옮겨 눕히고 만다. 죽은 자신의 눈물과 섞여서 묽어지고 있다.

　무슨 일인가. 왜 그렇게 건강하던 사람이 도대체 누구한테 이렇게 살을 다 빼앗기고 혼도 빼앗기고 이리 되었는가. 눈물은 한 고을을 다 떠내려 보내려는지 끊임없이 나온다. 갑자기 쏟아지는 눈물은 꿈속에서 보았던 검은 눈물 같은 생각이 든다. 꿈속에서처럼 검은 비가 오면 어쩌지. 얼마를 울었을까. 느낌이 서늘해 고개를 든다. 시어머니가 자신의 머리를 또 잡고 있다. 깜짝 놀랐지만, 예전처럼 잡아당기지는 않는다. 손으로, 그 갈고리 같은 손으로 자신의 머리를 쓰다듬고 있다. 울컥울컥 쏟아지던 빗물은 달려갈 물고랑을 개척해 놓은 듯 더욱 세차게 쏟아진다. 정신없이 빗물을 수습하고 있는데 시어머니는 손을 휘이 휘이 저으며 일으켜 달라는 시늉을 한다. 시어머니의 손을 두 손으로 잡는다. 이건 손이 아니라 나무껍질 만지는 느낌이다. *어머님, 괜찮으세요?* 달녀, 그러니까 자신이 그토록 미워하던 며느리 손을 잡으려고 애를 쓴다. 손을 잡아주자 조용히 며느리 손을 잡아당겨 손을 꼭 잡는다. 손아귀에 힘은 다 어디로 가고. 그렇게 억척스럽던 힘을 도대체 어디에다 빼앗기고. 이렇게 가벼운 목화송이 같은 손아귀인가! 시어머니 눈에서 처음으로 눈물이 주르르 흐른다. 잡은 두 손에서 자신의 손을 뺀 나벨라는 다시 며느리 손을 자신의 손으로 잡는다. 달녀는 시어머니가 하는 대로 두고 본다. 손을 쓰다듬는다. 몇 번을 쓰다듬던 손이 자꾸 문 쪽 방바닥을 가리킨다. 아무것도 없는데, 그 힘 다 빠진 손으로 자꾸만 손짓을 한다. 시어머니를 안아서 손짓하는 쪽으로 데리고 간다. 문지방 앞에 짚자리가 떨어져 있다. 자리가 떨어진 곳으로 손을 넣은 시어머니는 그 틈으로 손가락을 집어넣어 무언가를 꺼낸다. 그건 종이 쪼가리와 헝겊 찢은 것과 물감을 개서 만든 자신의 재산이라고 보물처럼 아끼던 그 덩어리다. 덩어리는 바짝 말라 있다. 말라 있어서 아무 냄새조차 안 난다.

그걸 꺼내더니 며느리의 손을 당겨서 손에 꼭 쥐여 준다. 기가 막히기도 하고 어이가 없기도 하지만 어쩔 수 없다. 가만히 하는 대로 두고 본다. 손에다가 쥐여주고 며느리의 손가락을 하나씩 잡아서 굽혀 주먹을 쥐게 한다. 그것이 무슨 소중한 보물덩어리라도 되는 양. 그렇게 손가락 다섯 개를 다 모아 오므리게 하더니 씨익~ 달녀는 자신이 이 집으로 시집을 온 후 처음으로 소 웃음 같은 시어머니의 웃음 한 소절과 눈물을 마주한다. 참 오래 살다가 보니 별일도 다 있구나. 이제 제정신이 돌아왔나? 아니 제정신이 돌아오면 더욱 자신을 달달 볶으며 힘들게 할 텐데. 시어머니는 손을 잡고 말한다. 미미 미안타, 애비가 쌍눔 집안 여자하고 놀아나서 내가 니를 메느리로 델꼬 왔으이 내가 미와서 너를 더 미와할까 봐 대신 내가 미와하는 척 무심한 척 그랬다. 내가 데리고 온 니를 내가 미와하는 척하는 게 낫제 애비가 구박하는 걸 우째 내 눈으로 보겠노, 그래서 내가 더 몹시 했다. 내가 죽일 년이제. 그래도 애비는 안죽도 맴을 못 잡고 니한테 살갑그러 안 대하이 내가 눈을 감을 수 없다. 애비가 그 여자를 잊어뿌래고 니한테 살갑게 대할 때꺼짐 참그라. 나는 시상에서 죄를 니한테 다 지은 것 같애서 미안쿠나. 애비가 냉정하게 무관심하게 굴더래도 아 들 생각해서 참그라. 내 눈에 흙 들어가기 전에 애비가 그 쌍눔 여자한테서 맴 돌리는 거 보고 죽어야 내가 맴 놓고 갈긴데….

실오라기처럼 가는 목소리로 말을 하는 시어머니를 보니 두렵고 무서운 생각이 든다. 시어머니는 눕혀달라는 시늉을 한다. 말라서 종잇장을 드는 것처럼 가벼운 시어머니를 안아서 눕힌다. 누워서 조용히 며느리 손을 당겨 자신의 가슴에 얹어놓고 만지더니 숨 한 번을 크게 토해내고 툭, 손이 방바닥으로 떨어진다. 갸르릉갸르릉 숨소리가 금방 끊어질 듯하다. 어머님, 왜 이래시니껴? 눈 쫌 떠보소! 묵묵하다. 아무런 대꾸가 없다. 그렇게 좋은 말 부드러운 말 한마디 뱉어내지 못하던 시어머니 입은 마지막에 비단결 같은 말을 뱉어내고 굳게 닫히고 만다. 달녀의 눈물이 시어머니 얼굴에 뚝

뚝 떨어진다.

　무슨 일인가. 왜 그렇게 건강하던 사람이 도대체 누구한테 이렇게 살을 다 빼앗기고 혼도 빼앗기고 이리 되었는가. 얼마를 울었을까. 느낌이 서늘해 고개를 든다. 시어머니가 자신의 머리를 또 잡고 있다. 시어머니는 두 손을, 힘이 다 빠진 두 손바닥을 포개더니 파리처럼 싹싹 비빈다. 도대체 무슨 뜻인지 알 수가 없다. 저리 의식이 꺼져가는 시어머니가 측은해서 시어머니 행동을 보고만 있다. 그렇게 빌던 손이 방바닥으로 툭 떨어지며 쉬고 있던 숨조차 거두어버린다. 어디선가 까마귀 한 마리 까악! 까악! 마당에 검은 울음을 떨어뜨리며 날아가고 있다. 그렇게 시어머니 나벨라와의 질긴 인연 줄이 끊기는 순간이다. 그렇게 한목숨이 목적지도 알려주지 않고 어디론가 훌쩍 떠나버린다. 시어머니가 평소에 발바닥이 다 닳도록 다니던 부석사 절 스님을 두 분 모신다. 생신도 7월 7석인데 돌아가신 날도 7월 7석이다. 시어머니 마지막 가는 길을 편안하게 모실 방법은 스님을 모셔오는 것밖에 자신은 아무것도 할 수 없음에서다. 스님의 손은 둥글게 둥글게 목탁을 두드려 소리를 굴리고 스님의 입술은 **백중 영가 해원문**을 외기 시작한다.

백중 영가 해원문

극락 소원 영가시여.

일심으로 염불하니 일체 업장 소멸하고
지장보살 인도받아 명부 지옥 면하시고
아미타불 수기 받아 엄형대로 가옵실제
반야용선 잡아 타고 백팔염주 목에 걸고
십이 단주 손목 걸고 연화세계 탄생하여
인도환생 하옵소서.

인간 세상 나왔다가 저세상을 가는 것은
인간윤회 법도이며 생로병사 법도이니
태어남도 인연이요 죽는 것도 인연이라
인연 따라 태어났다 인연 따라가는 세계
어느 것을 애착하고 그 무엇을 슬퍼하랴.

나의 육신 가진 사람 그림자가 생기듯이
한평생을 살다 보면 죄 없다고 말할 손가
죄의 실체 본래 없고 마음 씀에 생겨나서
마음 따라 사라지니 마음속을 아주 비워
무념처에 도달하면 참회했다 말하리다.

먹은 마음 정당하면 사는 세상 정당하니
일체 입장 참회하여 극락으로 돌아가면

금일 영가 가시는 길 광명으로 가득하리.
가시는 길 멀고 멀어 극락세계 어디인가?
온갖 번뇌 벗어나면 그 자리가 극락일세
탐진치를 버리시고 부처님께 귀의하면
일체 업장 벗어나서 극락세계 왕생하리.
영가시여 영가시여 이 세상에 오셨다가
가시는 길 아시는가. 태어났다 죽는 것은
중생계의 흐름이라 물결같이 흘러가네.

이곳에서 떠나가면 극락왕생 돌아가니
가는 듯이 돌아오고 오는 듯이 돌아가면
극락세계 가시는데 근심·걱정 없잖은가?
부귀영화 높이 있고 일가친척 있다 해도
인간 세상 하직할 때 약이 되지 못한다네.

살아생전 맺은 감정 가실 때에 짐 되오니
염불 공덕 인연으로 남김없이 놓고 가세
미워했던 마음이나 탐욕심을 못 버리면
극락정토 있다 해도 그곳에는 못 가오니
정정하신 마음으로 내려놓고 돌아가세.

본마음을 고요하여 먹은 마음 없다마는
태어남은 무엇이며 죽는 것은 무엇인가?
인간 세상 하직하고 저세상을 들어갈 제
달마대사 은덕으로 짚신 하나 갖고 가네.

생로병사 지났거늘 그 무엇을 슬퍼하랴?
뜬구름이 모였다가 흩어짐이 인연이듯
모든 중생 생과 사도 인연 따라 돌아가니
다음 세계 태어날 때 좋은 인연 만나리라
돌고 도는 생사윤회 자기 업에 달렸으니
오고 감을 슬퍼 말고 환희로서 발심하여
모든 업장 소멸하고 무거운 짐 모두 벗고
삼학도를 뛰어넘어 저 극락을 어서 가세.

이 세상에 처음 올 때 영가신은 누구이며
사바세계 이별하고 가시는 이 누구신가?
물이 얼어 얼음 되고 얼음 녹아 물이 되듯
이 세상에 생로병사 물과 얼음 아니던가.

빈손으로 나왔다가 빈손으로 돌아가니
흘러가는 구름이요 본래부터 공이로다

모든 마음 텅 비우고 금욕 심을 털고 가세
첩첩산중 푸른 숲은 신령님의 도량이요
맑은 하늘 흰구름은 부처님의 발자취며
대자연의 고요함은 지장보살 마음이니
불심으로 바라보면 온 세상이 불국토요
지장보살 품에 안겨 왕생극락하옵소서.
*나무아미타불 중에서

　　스님의 해원문을 들으니 위안 한 대접 마신 기분이다. 시어머니 장례가 끝났다. 시어머니 방에 3년 동안 상석을 올릴 빈소를 차린다. 자신도 모르게 몇 번씩 시어머니 방으로 걸음을 옮긴다. 가보면 아무도 없는 빈방. 그 방문 열어보면 아무도 없고 사진만 덩그러니 며느리를 내려다보고 있다. 이제부터 3년 동안 아침저녁으로 빈소에 밥을 차려드려야 한다. 어디서 나오는지 눈물이 자꾸만 흐른다. 자신의 머리카락을 만져본다. 그렇게 떡칠을 하며 잡아당기던 그 센 힘은 다 어디로 보내고 자신의 목숨도 빼앗겨 버리고 마는지. 달녀는 허탈한 생각에 빈소 앞에 멍하니 앉았다가 나오곤 한다. 미운 정도 정이라는 말. 그토록 며느리를 미워하던 정이 독감처럼 들었나 보다. 시어머니의 잠을 영면으로 들게 하는 시 한 수 지어 빈소에 걸어준다.

빈방

아름다운 명화가 벽에 가득하던 방
뱃속 창자에서 살던 향그런 냄새들이
밖으로 나와서 온 방 안을 풀풀 유영을 하던 방
당신의 몸속에서 쉬지 않고 숨을 쉬던
냄새와 그 냄새를 풍기는 냄새 덩어리들이
몸 밖으로 나와 쉼 없이 깃털을 흔들어대며
햇빛 아래서 마음껏 날개를 털었지요.
뱃속에 있던 온갖 냄새로 장식한 날개
바람이 불 때마다 우수수 떨어졌지요.
그 날개와 냄새에 취해 즐기던 하얀 모습은
원초적인 인간의 모습이었지요.
오로지 한 눈으로 날개와 냄새들을
바라보는 그 눈빛은 홀연히 길게 목을 빼고
가랑이를 걷어 올리고 맨 종아리로 물속을 걷는 학 같았지요.
냄새와 날개가 그린 그림은
절벽 같은 흙벽에 숲과 새와 물소리를 키웠지요.
눈부신 안목, 때로는 구불구불 때로는 느리게 길을 내고
그늘을 만들고 두터운 침묵 같은 무게를 얹었지요.
냄새는 날개를 펼치고 천천히 여유롭게 방안을 날아다니며

다시 오지 않을 오늘을 살아내고 있었지요.

마음속 창자 같은 동굴의 소리를 들으며

죽음은 소리 없이 한 발 또 한 발 하얀 어깨 위로 다가왔지요.

어두컴컴한 숲의 가시덤불을 지나고

깊고 넓은 강물을 헤엄쳐 건너왔지요.

그 아름다운 냄새와 날개의 전시회의 마지막을 축하하기 위해

그들은 길일을 택했지요.

시간은 그들의 길을 반기고 삶과 죽음의 경계가 모호해지고

모든 것을 모호로 망령이 들게 했지요.

달빛 아름다운 밤 마지막 유작을 가볍게 터치하도록 빛을 내렸

지요.

날개와 색이 모두 바닥이 나고 숨을 놓는 날까지

옆에서 물감을 지우고 냄새를 지우던 원수 같은 여자에게

물감으로 잘 버무려 만든 명작 한 뭉치의 유작

처음이자 마지막으로 고맙습니다.

아버님 곁으로 조심조심 가세요.

남편이란 사람은 자신의 어머니가 돌아가셨는데도 슬픈 건지 안 슬픈 건지 도무지 표정을 읽을 수가 없다. 불면증은 밤마다 달녀의 눈 속으로 날아든다. 찾아온 불면증은 잠을 모두 훔쳐 가버리는 잠 도둑이다. 무엇인가 중요한 무엇인가가 자신의 몸에서 떨어

져 나간 느낌이다. 자신의 손으로 잘라낸 건 아니지만. 자신 때문에 떨어져 나간 것 같은 죄책감이 밤마다 불면증을 앞세우고 깜깜한 밤에도 용케 찾아온다. 잠이 오지 않는 날은 새벽이 어둠을 밀어낼 때까지 시어머니 나벨라와의 시간들이 필름으로 돌아간다. 지난 일들은 모두 그립고 아쉬운 게 사람 삶인지. 달녀는 자신이 아프지만 않았어도 시어머니가 저렇게 빨리 다시는 오지 못할 저세상으로 달려가지는 않았을 거라는 생각이 몰려온다. 마지막, 그러니까 마지막으로 자신의 머리를 곱게 쓰다듬고. 두 손을 꼭 잡았을 때 어떻게 자리 밑에 간수를 해두었는지 재산이라 생각하던 종이와 헝겊과 총천연색 똥 물감으로 버무린 자신에게 가장 소중한 뭉치 하나를 남아 있는 마지막 힘을 다 쓰며 찾아서 며느리 손에 하나둘 손가락 다섯 개를 다 꼽아서 꼭 쥐어 준 다음 달녀는 보았다. 시어머니 나벨라의 눈에서 시집온 이후 처음으로 눈꼬리로 액체가 주르르 흐르는 것을.

무슨 의미인지는 산 사람이 생각하고픈 대로 하겠지만. 말없이 흘러내리는 눈물 줄기에 자신의 눈물 줄기를 겹쳤었다. 그건 분명히 며느리에게 단 한 번이라도 따뜻한 말이나 따뜻한 마음을 내주지 않았음에 대한 회한, 그렇지 아쉬움 미안함 무엇이 되었든지. 그 시간을 눈물로 씻는 일이었을 것이라고 자신에게 말한다. 자신이 가장 소중하다고 생각하는 뭉치 하나를 가장 미워하던 며느리에게 유산으로 물려주고. 그렇게 저물어버린 한 생. 언젠가 자신

역시 저렇게 저물 인생이 아닌가. 이젠 아이들도 어느 정도는 컸다. 시어머니의 죽음 후에 상실의 시간이 자신을 끌고 간다는 생각을 한다. 삶이라는 게 너무 악착스럽게 살 일이 아니라는 생각을 한다. 저렇게 천하를 당신 마음대로 움직이며 며느리를 쥐 잡듯 하던 저 결기도 다 허물어지는 걸 보며 그런 생각이 자꾸 덤벼든다. 길 위에선 끊임없이 사람의 발자국이 흩어지고 모이고. 공중에선 끊임없이 새들의 발자국이 흩어지고 모이고. 사람 발자국도 새 발자국도 걷고 걸으며 균형을 잡으려고 안간힘을 만들어내다 결국은 미결인 채로 굳어버리는 것. 죽어서도 살아 있을 서늘한 시어머니 나벨라의 결기가 밤하늘을 도배하는 밤. 달녀에게는 슬픔이나 외로움마저도 오래 생각할 여유를 주지 않는다. 저 북망산천에서 또 한 떼의 까마귀가 달녀를 향해 날아올 준비를 갖추고 있다.

길이 부러지다

2

달녀는 더 이상 버틸 힘이 없어 알을 깨고 날아가버릴 계획을 세운다. 먼먼 아주 아주 먼먼 세상으로 훨훨. 자신이 스스로 깨지 않으면 누군가가 프라이든 찜이든 삶든 어떤 요리로든 자신을 먹어치울 것이다. 껍데기에 쌓여서 하루하루 공기를 마시고 빛을 먹으며 살아왔다. 스스로 깨고 나오지 못하고. 얇디얇은 껍질 속에서 매일 매일을 갉아먹으며 살아간다. 바람만 세게 불어도 어디론가 떨어져 깨져버릴 껍질에 둘러싸여 40년을 넘게 살아왔다. 이제 그 껍질을 깨고 툭, 시간의 목을 부러뜨려야겠다. 지구상에서 잎 하나가 광합성을 멈춘다.

계절은 오랜만에 책을 꺼내 든다. 책에서 나무 냄새가 걸어 나오고. 새소리 날개를 퍼덕이며 날아오르고. 시원한 바람이 일고 구름 냄새가 흐른다. 페이지마다에서 멀뚱멀뚱 눈을 뜨고. 자신의 눈 속으로 끊임없이 기어들어 오는 오타들 때문에 지문만 더 높이 쌓을 뿐 문장은 머릿속으로 들어오지 못한다. 밤나무는 상앗빛 털이 숭숭 나 있는 송충이 벌레 같은 생식기를 키운다. 한 뼘이 넘는 수컷들의 주장자마다 거뭇거뭇한 털들이 돋아 바람이 불 때마다 남자의 정액 냄새를 풀풀 풍기며 떠돌아다닌다. 다 자란 수컷들은 끝내 땅바닥에 수북하게 떨어져 한 생을 마감한다. 죽은 수컷들에게 정액 냄새를 맡은 개미들이 몰려든다. 햇살은 자신이 낳아 기른 수컷을 서서히 말리기 시작한다. 꿈틀꿈틀 물기를 빼앗기며 말라가는 수컷들이 꼭 자신을 닮았다고 생각이 말한다. 나무들은 한 치의 오차도 없이 생존법을 적용해서 푸른 잎을 싱싱 키운다. 잎사귀들은 나란 나란히. 햇살을 골고루 마실 수 있도록 서로에게 자리를 비켜선다. 잎을 벗어나가며 배려를 주며 도란도란 생기 있는 삶을 살아가고 있다. 잎이 넓으면 넓은 대로. 좁은 것들은 좁은 대로. 간격을 띄워서 햇살을 마시도록 하는 저 배려.

인간도 저들의 삶을 베끼면 질서가 나란해질까? 법이 필요 없을까? 법이 많다는 건 사람이 살아가기가 좋지 않다는 것이다. 그럼에도 사람들은 법을 자꾸만 만들어낸다. 법 하나 없이도 법이 있는 인간보다 더 질서 있게 살아가는 자연. 어둠에는 별들이 파랗게 빛을 비춰준다. 아직 자신이 어디로 가야 할지 방향을 읽지 못하고 학교라는 알 속에 갇혀 하루하루를 낭비하고 있다. 발길이

가는 대로 걸어가야 할지. 거미 한 마리가 저쪽 나뭇가지에서 길게 실을 뽑아 이쪽 나뭇가지까지 이어놓고 집을 짓기 시작한다. 멋진 명화보다 더 명화 같은 집을 어느새 지어놓고 있다. 인간보다 더 질서정연한 자연들을 보면서 경이를 느낀다. 계절은 아버지의 지난 일을 떠올리며 분노와 채찍이 뒤범벅되어 앞으로 가야 할 길을 잃었다. 어머니는 아무것도 모른 채 구름처럼 두리둥실 둥둥 떠가고. 자신은 아버지가 던져준 말들이 마음의 잔해로 남았다. 비틀거리다 쓸쓸하고 한적한 시골 마을 빨간 우체통 앞에 멈춰서서 빨갛게 마음만 물들이고 섰다. **나무에 싹이 돋기 전에 돈을 거야라는 희망. 나무에 싹이 돋아나 초록을 날라 줄 때의 희망 완성.** 그 두 가지의 문장 중에서 어느 문장이 더 희고 간결하고 삶의 행복지수가 더 높다고 느낄 수 있을까?

뒤늦게 사춘기가 온 것 같은 날들. 차고 습한 대기 속을 나는 비행기의 자취를 따라 생기는 구름 비행운. 그 신비하게 보이던 비행기가 마술을 부린다고 기억을 했던 어린 시절이 그립다. 계절은 학교 정원에 앉아서 물감 하나 풀지 않고 도화지 한 장도 없이 머릿속에 그림만 그리고 있다. **앵그르(1780~1867)가 그린 '발팽송의 목욕하는 여인'**이 생각난다. 하얀 레이스가 백합꽃처럼 늘어진 침대 위에 우아하고 요염한 모습으로 걸터앉아 있는 여인의 발가벗은 뒷모습. 얼굴은 보이지 않고 등만을 강조해 그린 그림. 그 위에 어머니 뒷모습이 겹친다. 늘 일하는 뒷모습만 볼 뿐. 언제 한 번 자신의 얼굴을 드러내고 씻어주고 거울을 들여다보면서 분 하나도 발라보지 못한 어머니. 아니다, 거울 한 번도 볼 시간이 없었다. 오로지 식구들 입에 넣기 위한 노동만 있었을 뿐. 감자를 긁어서 감자의 살점을 적게 잘라내기 위해서 배태기로 감자를 긁던 어머니. 얼굴에 주근깨가 다닥다닥 붙어 있어서 자신들이 웃을 때조차도 어머니는 아무렇지도 않으셨다. 왜 웃는지조차도 모르는 어머니.

왜 어머니인들 여자이고 싶지 않았겠는가. 그렇지만 모두의 무관심과 이 혹독한 세상이 어머니가 여자이기를 포기하게 만들었다. 오로지 자식을 키우는 양육자. 끼니를 준비하는 식모. 일을 해야 하는 머슴으로 취급하지 않았는가. 등 뒤에서 일어난 일들은 자신도 어찌할 수 없는 것처럼. 가려워도 시원하게 자신의 손으로 긁지도 못하는 등. 자신의 손길조차 외면을 받는 등. 아무 대접도 관심도 없는 뒤에서 온갖 장기를 방패처럼 보호하며 살아가는 등. 그 등에는 어머니가 외로움에 떨 때 햇살이 부딪쳐 흘러내리고. 절망이 엄습하면 달빛이 부딪쳐 흩어지고. 슬픔이 가득 부풀어 오르면 별빛이 부딪쳐 깨어져 내리며 어머니를 다독였을 뿐이다. 어머니의 등에 행복 샘을 파서 푸르고 찬물이 줄줄 흘러내려 더위를 식히고. 희망을 장작으로 지펴 열기가 추위를 데우고. 남편의 사랑을 위해 첨벙첨벙 목욕물 끼얹는 목욕탕 하나를 만들어 주고 싶다. 남편의 사랑과 그 사랑의 결과물인 아이들이 깔깔 웃으며 뛰어놀게 하고 싶다. 그래서 어둡고 서럽고 천대받는 어머니의 등을 앵그

르가 그린 **발팽송의 목욕하는 여인**처럼 밝고 따뜻한 등을 만들어 주고 싶다.

계절은 아버지에게서 차라리 아무런 말도 듣지 않았으면 좋았을 걸 그랬다는 생각이 든다. 도무지 아무것도 할 수 없는 자신을 자신도 이해할 수가 없다. 그런 자신이 미워질 뿐이다. 그렇다고 아버지에 대한 미움도 아니다. 할머니에 대한 원망도 아니다. 어머니에 대한 연민 같은 것이랄까? 한 여자의 일생을 이렇게 아무렇지도 않게 망가뜨릴 수 있는 인간은? 도대체 무엇이란 말인가! 무슨 자격으로 이렇게 철저하게 한 인생을 인격을 송두리째 짓밟아버린단 말인가. 모두 이기적인 생각 때문일까? 아니 꼭 그것만도 아닌 것 같다. 계절은 철학을 공부해 보기로 결심을 한다. 법이란 쓸데없이 사람을 가두는 감옥이다. 삶이란 무엇인가. 그걸 해결할 수 있는 건 종교도 아니요. 학문도 아니요. 오직 턱에 수염을 수북하게 기른 철학적인 사고만이 할 수 있는 일이라 생각한다. 철학을 깊이 공부해 보기로 마음을 다진다. 뒤통수에 알 수 없는 불안감이 엄습해 따라붙는다.

한편 한바탕 바람이 불어와 한목숨을 쓸어간 자리엔 고요가 판을 치며 소란을 떨고 있고. 달녀는 시어머니를 보내고 온 계절이 펄펄 끓도록 마음을 끓인다. 어쩌면 미운 정이 더 많이 드는 것인지도 모를 일이다. 남편은 날마다 무슨 생각을 짜고 사는지 도무지 알 수 없다. 시어머니도 떠나고. 아지도 떠나고. 사연도 객지로 떠나고. 아이들은 공부하러 떠나고. 여름이와 가을이만 집에 있다. 만남이 있다는 건 헤어짐이 있다는 말인데. 그 짧은 만남에 이리도 가슴 아파해야 하는 것인가. 이제 아이들도 모두 성장했다. 여름이가 경기(驚氣)를 하지 않는 것도 다행이고. 이제 생활도 배를 곯아 물로 배를 채우고 허리띠를 졸라매야 하지 않아도 된다. 산에서 주는 나무 열매나 나물로 배를 채워야 하지 않을 만큼 생활도 넉넉해 삶도 좋아졌다. 눈앞에 있는 아들딸들이 건강하게 모두 공부를 잘하는 것. 그것이 자신을 버티게 하는 유일한 희망이자 삶 그 자체다. 숙명도 이제 제법 숙녀 티가 난다. 어미 눈에야 다 귀엽고 예뻐 보이겠지만. 뽀얀 피부에 동그란 눈 하며 탐스러울 정도로 예쁘게 자랐다. 공부까지도 잘하는 딸이 한없이 사랑스럽다. 자신의 딸만은 자신처럼 살지 말고. 좋은 곳으로 시집가서 남편 사랑 시부모 사랑을 받으며 살 수 있게 해달라고. 달녀는 절에 갈 때마다 기도를 간절하게 걸어두고 온다.

숙명을 위해 특별히 등 하나씩을 더 켠다. 남자아이들이야 모두 집에서 여자를 들이는 입장이니까 걱정할 것 없지만. 딸 하나 있는 것이 자신처럼 될까 봐 늘 조바심을 엮는다. 객지에 가 있는 죽다가 살아난 사연을 위해서도 특별한 등을 달아준다. 부모도 없이 가엾은 아이가 객지에서 몸이라도 건강해야 할 것 아닌가. 딸 숙명은 성격도 자신을 닮지 않고 시원시원하다. 무엇이든 주저함이 없이 당차게 해나가는 것이 속이 후련하기도 하지만 한편 불안하기도 하다. 이제 아이들을 위해 어지럽던 정신을 가라앉힌다. 아이들 뒷바라지를 해야겠다고 마음 끈을 단단히 옭아맨다. 한 치 앞에 어떤 바람이 휘몰아칠지 모르고.

암흑

사주가 가리키는 방향을 거스르지 않고 묵묵히 살아왔다. 그 외 길로만 뚜벅뚜벅 걸어서 이만큼 왔다. 뒤돌아보니 아무것도 없다 싶었는데 자신의 목숨보다 귀한 분신들이 저만큼 컸다. 가을이는 무엇이 그리 신이 나는지 웃으면서 집을 나선다. *어무이 핵교 잘 댕겨옴씨더. 오늘은 일 쫌 고만하고 하루 잘 사이소.* 전에 없이 너스레를 떨면서 어미 목을 그러안고 입을 쪽 맞추고는 집을 나선다. *싱거워 빠지기는. 왜 안 하든 짓을 하고 그래. 오늘 핵교 파하믄 일찍 집에 온나. 우리 아들 좋아하는 수꾸무살미 해놓을 테이. 아싸! 엄마, 웬 수꾸무살미요? 넬이 우리 아들 귀빠진 날 아이라? 귀빠진 날인데 우리 아들 좋아하는 수꾸무살미 해줘야제. 그래야 수꿋대 매로 꿋꿋하고 나쁜 귀신들이 안 달라붙어서 우리 아들 건강하게 살제. 형아들 해준 만큼만 해줄 테이 일찌거이 와서 먹그라. 야 알 았니더. 핵교 끝나고 퍼뜩 집으로 뛰어옴씨더. 내 오기 전에 형아*

들 주믄 안 되니더. 알았니껴? 엄마 아들 퍼뜩 댕게오께요.

가다가 되돌아와 볼에다 쪽 하고 또 한 번 입을 맞춘다. 싫지는 않았지만 않던 짓을 하는 아들이 낯설게 보인다. 아들의 뒷모습이 보이지 않을 때까지 내다본다. 배웅을 마친 달녀는 수수 팥떡을 하려면 서둘러야 하겠다고 맘먹는다. 수수를 가지고 방앗간으로 간다. 부지런히 서둘러서 아이가 학교에서 돌아오면 따끈따끈한 떡을 바로 먹여야겠다. 유난히 떡을 좋아해서 별명이 떡보다. 어릴 때부터 울다가도 떡을 주면 뚝 그칠 정도로 좋아한다. 사는 게 무언지 그리 좋아하는 떡을 자주도 못 해 먹이고 꼭 생일이 되어야 해 먹이는 것이 아프다. 부쩍 커서 키가 저희 아버지보다 크지만 아직은 집에서는 어린아이고 장난꾸러기다.

학교에서 돌아와 지 어미를 보면 제일 먼저 어미 옷 속으로 손을 쑥 넣어 젖을 만지는 어리광 덩어리다. *니 핵교에 가서 너 반 아들한테 말할 거다. 다 큰 놈이 안죽도 엄마 찌찌 만진다고.* 어쩌다 놀리면 배짱 두둑한 소리를 한다. *말하소. 말해 말하믄 겁날까봐. 우리 엄마 찌찌 내가 만지는데. 말하믄 어뚷니껴.* 넉살스레 말을 받아넘긴다. 이제 갓 중학교에 들어갔으니 아직은 젖먹인데 말을 잘도 넝큼넝큼 받아치는 걸 보면 대견스럽다. 한겨울에 밖에서 꽁꽁 언 손을 집에 들어오자마자 어미의 품속으로 집어넣으면 차가워서 식겁을 하지만 그래도 귀엽고 사랑스러움을 무엇에 비할 수 있을까. *어이 뜻뜻하다. 엄마는요 차굽제요? 지는 뜻뜻해서 좋*

니더. 말이나 못 하면. 어디서 그렇게 차단지 같은 말이 술술 나오는지 말로는 당할 재간이 없다.

6학년까지 우등상장을 가져다주면서 다른 아이들과 달리 상장을 턱밑에 들이대고 보라면서 꼭 칭찬을 해줘야 물러서는 아이. 형들을 유난히도 좋아해서 어쩌다 맛있는 게 생겨도 혼자 먹는 법이 없다. 꼭 두었다가 형들이랑 나누어 먹고 자기만 주면 남겨두었다 형들을 준다. 자신은 안 먹고도 형들을 챙기는 의리로 뭉쳐진 세포를 가진 아이다. 자신이 안 먹고라도 꼭 형이나 누나를 챙기는 일이란 그 나이엔 어려운 일이지만 유난스러운 아이다. 지 어미 생일 때도 크레용으로 예쁘게 색칠을 해서 만든 편지지에 침을 묻혀서 꾹꾹 눌러쓴 편지를 예쁘게도 접고 꼭 들꽃을 한 아름 꺾어와 축하를 해주는 정이 넘치는 아들. 달려는 아이들이라도 착하게 잘 자라 주어서 버팀목이 돼 주니 고마움이 몰려온다.

부지런히 수수팥떡을 만든다. 수수를 빻아서 새알처럼 동그랗게 말아 뜨거운 물에 넣고 삶아 건진다. 붉은팥을 삶아 으깬다. 팥고물을 만들어 묻힌다. 유난히 팥을 좋아하는 아이라서 새알에다 팥을 듬뿍 묻혀 만든다. 새알은 작은데 팥고물을 묻히니 제법 먹음직스럽게 크다. 수수팥떡을 한 접시 담는다. 열네 살이니까 제일 크고 예쁜 떡 열네 개를 접시에다 담는다. 그리고 넓은 접시에다 담는다. 아이에게 자신의 생일에 받은 편지에서 생각을 베꼈다. 나뭇잎에 글씨를 써서 접시에 담긴 떡 위에 올린다.

'가을이

생일

축하해.' *써넣는다.*

접시가 작아서 다른 글씨는 쓸 수가 없다. 처음으로 정성껏 글씨를 썼다. 삐뚤삐뚤 글씨가 잘 써지지는 않았지만, 별거 아닌 것에서도 기분이 좋았다. 아들이 짓궂게 좋아할 것을 생각하니 웃음이 입가로 번진다. 다 이렇게 정성을 만들어 놓고 나니 또래 아이들이 하나둘 큰길에 보이기 시작한다. 딱 맞게 만들었다는 생각을 하면서 신작로로 나간다. 특별히 오늘은 마중을 나가서 책가방을 들어주고 데리고 와서 떡을 먹이고 싶다. 그동안은 저희 할머니 뒷수발에 여력이 없어 한 번도 마중 같은 건 나갈 엄두조차 내지 못하고 살았다.

길가엔 애기똥풀이 피어 있다. 노랗게 웃으며 고개를 일렁이고 있다. 수양버들은 머리를 풀어헤치고 치렁치렁 도랑물에 머리를 감고 있다. 피라미들이 금빛 물살을 꼬리로 휘젓고 있다. 얼마나 시간이 흘렀는데 왜 아이가 오지 않을까? 만들어 놓은 수수팥떡이 다 굳을까 걱정이다. 시간이 얼마나 흘렀을까. 무더기무더기 짝을 이루어서 재잘재잘 장난을 치며 가방을 집어 던지며 떠들던 목소리가 다 지나간다. 학교를 마치고 오던 발걸음이 뜸하다. 달녀는 오가는 그 또래 중학생들이 보이지 않자 불안이 살짝 깔린다. 저 멀리서 두 명의 학생이 온다. 가을이다. 얼른 뛰어간다. 그러나 가을이 아니다. *우리 가을이 못 봤나? 야. 못 봤니더.* 한참을 있으니 또 세 명의 발걸음이 온다. 이번에는 가을이 맞겠지. 가까이 온다. 역시 가을이가 아니다. *우리 가을이 못 봤나? 야. 못 봤니더.* 무슨 일일까? 늦게 다니는 아이가 아닌데. 오늘은 분명 아침에 약속까지 했는데. 한 번도 말썽을 일으키거나 말을 안 듣거나 하는 일 없는 아이라 걱정이 더 몰려온다. 이제 멀리서 오는 발걸음조차 없다. 길가에 돌멩이 위에 앉는다. 곧 오겠지. 한참을 지나고 왁자지껄 서너 명이 걸어온다. 이번에는 틀림없이 가을일 거야. 확신했는데 또 아니다. *우리 가을이 못 봤나? 야. 못 봤니더.* 앵무새처럼 똑같은 질문에 똑같은 대답만 하고 발걸음은 사라진다. 이제는 누구에게 물어보고 싶어도 지나가는 학생들이 하나도 없다.

개울을 지나 아래로 눈길을 돌려본다. 멀리서도 개미 새끼 한 마리 안 앉는다. 청소하느라 늦나? 달려는 길가에 서서 왔다 갔다 한다. 길가에 있는 애먼 풀만 뚝뚝 잘라버린다. 눈은 멀리 최대한 보이는 데까지 넘겨다본다. 기다린다. 기다림이 너무 길다. 시간이 흐를수록 왠지 불안감이 구름처럼 자꾸 몰려온다. 무슨 일일까? 그래! 저희 친구들이 끝나면 같이 오려고 기다리나 보다. 그제야 정답이 생각난 듯 한 가닥 안심이 다가온다. 그래 왜 그 생각을 못했지. 친구들을 기다렸다가 같이 오려고 그러나 보다 생각이 여기까지 닿자 안심이 되어 집으로 들어온다. 산그늘도 잠을 자러 들어

가고. 어둠이 밀려오는데도 아이가 오지 않는다. 그래도 친구들이 청소가 끝나야 같이 오지. 한 학년 높은 형을 친구라 부르며 늘 따라다니던 기억이 난다. 이제 갓 1학년이 뭣 하러 형을 기다려 기다리길.

모처럼 따끈할 때 먹이려고 했던 수수팥떡이 굳어가는 것을 보며 달녀는 속이 슬그머니 상한다. 접시에 애써 써놓은 글씨가 말라간다. 팥고물이 물기를 잃고 말라간다. 그럼 팥고물은 다시 묻혀주면 되고 글씨만 보라고 하면 되겠구나. 생각을 이리저리 자꾸 가늠하며 뒷박으로 되고 있다. 조금 있으니 옆집 아이가 온다. *우리 가을이는? 안죽도 가을이가 안 왔니껴? 그래 안죽도 가을이가 안 왔다. 나는 니를 기다렸다가 같이 오는 줄 알았제. 가을이는 지 안 기다렸니더. 그래? 안 오길래 니 기다리는 줄 알았제. 잠깐 계시소. 그래믄 지가 가을이 친구한테 한분 물어보고 오께요. 그래, 그래주믄 고맙제.* 가을이 친구가 쏜살같이 달려간다. 초조하게 기다리는 시간이 왜 이렇게 긴지. 불안감이 갑자기 발끝을 세우며 달려와 가슴을 휘감는다.

한참을 기다린다. 아이가 헐레벌떡 달려온다. *가을이 엄마요, 오늘 가을이 핵교 끝나고 어데 간다고 칭구하고 갔다이더. 그래, 그 칭구가 누구라노? 지가 알아왔니더. 소리실 사는 안데 그 집에 지가 갔다 오께 가을이 엄마 기다리소. 안 된다. 어두운데 같이 가자.* 달녀와 가을이 친구는 정신없이 걸어서 친구 집에 간다. 그 집에서도 아이가 안 와서 걱정이 늘어가던 참이란다. 도대체 어떻게 된 것인지. 다른 아이들은 같이 안 가고 둘이 갔다니 알 수가 없다. 어둠이 안개처럼 뒤덮는다. 그길로 걸어서 학교로 간다. 아무리 두드려도 교실 문은 열리지 않는다. 숙직하는 선생도 없이 모두 퇴근을 한 모양이다. 한참을 두드리다 그냥 돌아온다. 어두운 밤을 하얗게 꼴깍 새워도 아이는 안 온다. 갈수록 머릿속이 하얘진다.

이튿날 새벽에 학교로 달려간다. 학교에서도 방과 후에 일이라 알 길이 없다고 한다. 잠시 긴장을 놓친 사이 또 이런 일이 다가온다. 막연히 기다릴 수 없다. 돌아가 다른 방법을 찾기 위해 교무실을 나온다. 막 문을 나오는데 순사복 둘이 학교로 걸어 들어온다. 순사복만 보면 송충이보다 더 징그럽다는 생각이 몸속에 내장되어 있는 달녀는 뭔가 심상찮은 예감이 번개처럼 번쩍한다. 순사복이 들어가자 발걸음이 옮겨지지 않는다. 남자 선생이 손짓을 한다. 가까이로 간다. 앉으라면서 의자를 권하지만, 의자가 눈에 들어올 리가 없다. 무슨 일이냐고 묻는다. 저들은 머뭇머뭇 말을 시원스럽게 안 한다. *그게, 그래이까, 그것이, 곁에 핵교 학생들과 싸와서 우리가 갔을 때 이미 정신이 나간 학생 같았니더. 우리도 손을 썼지만 우쩰 수 없었니더. 먼 말이이껴? 머가 손을 썼지만 우쩰 수 없단 말이이껴? 말을 헤짜래기매로 대가리 꼬리 다 자르고 하지 말고 지대로 말을 쫌 해보소. 속이 타서 죽을씨더. 그래이까 영주 빙원에 가보소.*

까만 길을 걸어서 병원에 도착한다. 병실에 아이는 없다. 아이 이름을 대며 묻자 간호사들이 서로를 쳐다보며 아무 말이 없다. 아이가 어디 있냐고 다그치자 턱짓으로 가리킨다. 하얀 천이 덮인 침대가 한쪽 구석에 하얗게 누워 있다. 달녀는 달려들어 천을 걷어낸다. 아이는 반듯하게 누워서 잠이 들어 있다. 흔들어도 대꾸가 없다. 가슴에 손을 대보아도 뛰지 않는다. 코끝에 얼굴을 가져다 대봐도 미세한 숨결 한 가닥도 나오지 않는다. 입으로 아이의 입에 호흡을 넣어본다. 깜깜하다. 너무나 깜깜하고 조용하다. 달녀는 아이를 일으킨다. 순간 깜깜한 어둠이 자신을 덮친다. 눈을 떴을 때는 큰아들 계절이와 딸 숙명만이 자신의 곁에 앉아서 노심초사를 거느리고 있다.

엄마! 엄마! 정신 드니껴? 괜찮으시이껴? 숨도 쉬지 않고 두 아이는 말을 한쪽으로 쏠어댄다. 어렴풋이 정신이 들자 꿈을 꾼 것인지 현실인지 분간이 안 간다. 바로 가을이 생각이 떠오른다. *가을이는?* 아무도 아무 말도 하지 않는다. 두 놈 다 일어나서 나가버린다. 한참을 지나니 딸이 물을 가지고 들어온다. *엄마 물 드세요.* 물그릇을 옆에 놓고 자신을 일으킨다. 자신이 시어머니한테 그랬던 것처럼. *엄마 물 드시고 누워 있으소. 지가 죽 끓여 오께요.* 자신을 강제로 일으켜 물을 먹인 다음 다시 눕혀놓고 밖으로 나간다. 달녀는 생각이 정지된다. 아들이 어떻게 되었는지 묻기도 두렵다. 그냥 눈을 감고 있는데 딸이 죽을 끓여서 들고 들어온다. 넘어

가지 않는 죽을 강제로 입술을 벌리고 떠 넣는다. 입속에서 제 혼자 돌아다니다 입술 밖으로 주르르 샌다. 시어머니 시어머니 생각이 또 난다. 자신도 이제 더 이상 살고 싶은 생각이 없는지 입도 무엇을 먹을 생각을 하지 않는다. 가을이만 궁금할 뿐이다.

시간이 얼마나 흘렀는지 모른다. 누워서 지낸 시간이 며칠인지도 모른다. 기운을 차리고 일어나니 덥다. 그냥 짜증이 나도록 덥다. 가을이가 입던 옷들과 물건들이 하나도 보이지 않는다. 저녁엔 여름이만 여름을 만끽하고 오지도 않은 가을은 어디론가 사라지고 없다. 현실을 거부할 수조차 없다. 현실인지 꿈인지 확인은 해야 할 것이 아닌가. *가을이 어데 갔노?* 딸에게 묻자 딸은 동문서답만 하며 모질게 쏘아붙인다. *엄마! 정신 쫌 채리소. 정신도 못 채리믄서 가을이는 왜 찾니껴?* 큰아들에게 가을이가 어디 갔느냐고 묻는다. 모른다고 한다. 모른다고. 모른다고. 아니 모른다는 말도 없이 고개만 설레설레 젓는다. 아무도 자신에게 가을이의 소식을 알려주지 않는다. 벌떡 일어난다. 꿈이 아니다. 기어이 가을이는 어미를 두고 떠나버린 것이다. *나쁜 놈! 에미를 두고 가다니 천하 몹쓸!* 벌떡 일어나 먼저 간 아이들이 사는 곳으로 건너가 보지만 거기에도 가을이는 없다. 모두 자신에게 알려주지 않도록 약속을 한 모양이다. 무덤조차도 알려주지 않는다. 식구들 누구도 가을이에 대한 이야기도 해주지 않고 무덤도 알려주지 않는다. 약속이나 한 듯.

어느 날 딸에게 물었다. *가을이 줄라고 해놓은 수꾸무살미는 우쨌노? 가을이 미에라도 놓아주지 않고? 엄마. 그게 먼 소용이 있는 말이라꼬 자꾸만 그래니껴? 간 사램은 가고 산 사램은 살아야제. 누구든 동 다 죽니더. 한 분은 다 죽제. 그래이 인제 정신 차래고 우리들 보고 사소. 가고 없는 가을이한테 자꾸 매달리믄 머 하니껴? 지발 정신 쫌 채리소.* 딸의 깨진 병 조각처럼 뾰족하고 야무진 말이 자신의 가슴을 찌른다. 그렇지만 저 애에겐 동생이고 나에겐 자식이니 다를 수밖에 하고 체념을 한다. 아니면 어쩔 것인가. 살릴 수 있는 방법이 있는 것도 아니고. 아무 생각 없이 그냥저냥 시간만 다람쥐 쳇바퀴 돌리듯 돌리고 있다. 의욕도 무엇에 대한 기대도 없다. 그렇지만 남은 아이들 때문에 별다른 생각을 할 수도 없다. 저것들이 다 크긴 했지만, 어미가 없으면 제대로 결혼도 못할 것이다. 딸은 또다시 자신이 엄마가 없어서 날마다 아픔을 자아내며 살 듯 자신 같은 신세가 될 것이다. 생각하니 그래도 딸이 시집갈 때까지 만이라도 참고 견디어 주어야겠다는 생각을 자신에게 자꾸만 주입시키고 있다. 자신을 믿을 수가 없다.

날씨는 괜히 자꾸만 맑게 이죽이죽 웃는다. 자신을 비웃듯이. 몇 달 만에 평안 아지매네 집엘 간다. 여전히 변함없이 반가움을 한 쟁반 담아낸다. 아무런 입맛이 없지만, 변함없이 반겨주는 아지매가 고마워서 한 젓가락 먹는다. *고도 고도 힘내라우. 남아 있는 아 들이래 생각해야디. 와 아프디 안 칸. 고도 다 키운 아들을 잃*

은 에미래 말로 다 어칸 말을 하간. 심덩이래 이해한다우. 그렇디만 사람의 목숨을 맘대로 할 수 없는 거 아이가. 고도 다 잊고 힘내라우. 세월이 약이디. 다른 건 없다우야. 고도 달 먹고 남은 아이들 간수해서 시딥 당가 다 달 보내야 안 캇니. 고롬 고롬 힘내야 하고 말고. 내래 아무 도움 둘 일이 없어 미안하구만 고롬. 아지매도 눈물 냄새가 폴폴 나는 말을 한다.

아이씨더. 지가 시집와서 아지매 덕 마이 봤니더. 아지매가 안 기싰으믄 벌써 안 살았을지도 모르고. 이 시상 사램이 아일지도 모르니더. 진짜로 고맙니더. 고맙다는 말로 우째 신세를 다 갚니껴만은 우쨌든 고맙니더. 아지매요. 그른데 왜? 이래 사는 게 허무한지 모르겠니더. 이제나 저제는 하민서 살아온 시월이 반백 년이 다가오는데 조끔도 나아질 기미는 보이지 않고. 산 넘어 산이라디 이만 갈수록 왜 지한테는 이른 일만 닥치는지 모르겠니더. 지가 죄가 많게 태어난 모양이씨더. 다른 사램은 모두 잘도 사는데 왜 지한테는 이래 가혹하게 하는지 신이 원망스럽니더. 그래도 아지매 같은 분을 지 곁에 계시게 해주이까 숨은 쉴 수 있게 해준 거제요. 이게 다 시대를 잘못 타고 태어난 때문이제요. 그 일본 놈들이 우리 엄마만 안 끌고 갔어도 지 팔자가 이래 되지는 않았을께씨더. 어데 끌래 가서 살았는 동. 죽었는 동. 소식만 알아도 좋겠니더. 고롬 고롬. 이게 다 시상을 달못 타고 태어난 달못이 크지. 어카갔니? 그렇다고 둑을 수도 없고. 고도 아이들 생각하고 힘내라

우. 거더 탐고 살다 보믄 어마이래 살아서 돌아올지 누가 알간. 고
도 끝까디 희망 잃디 말고 탐고 기다려 보라우. 둑디 않았음 탕아
오디 안 칸. 한 번 기다려 보다우. 아이들이래 오마니 없으믄 무슨
힘으로 살간. 고도 마음 단단히 먹고 아이들 달 돌보라우.

흐르는 눈물을 손수건 대신 손바닥으로 받아내면서 자신에게
참으라고 힘을 준다. 피도 살도 섞이지 않은 이 아지매는 자신을
위해 이 세상에 태어난지도 모른다는 생각이 든다. 막막한 세상을
건너는 섶다리가 되어 주었던 아지매의 마음속엔 늘 화롯불에 재
를 헤치면 불잉걸이 들어 있어 따뜻하게 데워주고 언 손을 녹여주
는 삶의 난로 같은 존재였다. 달녀는 그 생각을 하자 눈물이 더 흘
러 어쩌면 도랑물이 넘쳐버릴 것 같아 감정을 추스르고 울음 반
눈물 반 섞인 말을 던진다. *아지매요 참말로 고맙니더. 인제 가봐
야 할씨더.* 인사를 마치고 쫓기듯이 아지매 집을 나온다. 아무것
도 보이지 않을 것 같던 눈에 동네 풍경이 들어온다.

참으로 신기한 일이라는 생각이 든다. 동네는 시집올 때나 지금
이나 하나도 변한 게 없다. 변한 건 자신뿐이다. 아이를 하나도 아
니고 둘도 아니고 셋이나 낳아서 죽인 죄. 아이들이 할머니나 아버
지에게 남들처럼 그 평범한 사랑도 받지 못하고 자라게 한 죄. 시
어머니에게 매일 가시 같은 말과 욕지거리와 때리게까지 하게 한
죄. 따뜻한 아내가 되어 남편이 안주하도록 하지 못하고 다른 여
자를 들여 아이들까지 상처를 받고 살게 한 죄. 배를 곯아가며 꼴

을 베다 먹이며 자신이 힘들 때마다 의지하던 그 착하고 곱던 아지를 죽게 한 죄. 여기까지 생각하자 가슴이 서늘해 면도날에 베인 것 같아 소름이 돋는다. 저기 하얀 둔덕 아래 어디쯤 숨어 있다가 자신을 놀라게 하면서 금방이라도 뛰어올 것 같은 아들에 대한 환상이 머리를 떠나지 않는다. 아이가 살았던 날들을 주섬주섬 모아보아도 그 아이는 참 착한 아이였다. 형과 동생 사이에 끼어 사랑도 제대로 못 받고 살다 느닷없이 먼 곳으로 가버린 아들. 늦었지만 달녀는 아들의 혼백에게 글을 써야겠다 다짐한다. 다 닳아서 몽땅한 연필, 아이도 이렇게 다 닳아버렸을 거란 생각을 한다. 이렇게 험하고 가파르고 춥고 쓸쓸함이 무성한데도 아직 어미의 연필심은 남아 있는데 무엇을 그렇게 많이 썼기에 다 닳아서 사라져버렸단 말인가? 달녀는 이렇게라도 쓰지 않고서는 살아갈 자신이 없어 몽당연필을 든다. 어쩌면 자신에게 남은 심이 아들에게 쓴 편지로 다 닳아질지 모른다는 막연한 생각으로 연필을 든다.

길이 부러지다

3

　어미의 정성이 성글어 니를 보내고. 밤마다 불을 끄고 눈 감으
믄 찾아와 환하게 웃는 아들. 눈을 뜨믄 어데론가 사라져뿌래는
아들. 어루만지지도 쓰다듬지도 잡지도 못하고 직무유기를 하고
있는 손. 꽃 피는 소리는 빨갛고 바람 풀잎에 눕는 소리는 파랗고
개울물이 짠 건 송사리 헤엄치며 오줌을 싸서 그렇다는 시를 써서
탔던 상이 차갑고 어두운 재가 되어 가심으로 쏟아진다. 오늘이
며칠인지도 모르민서 살아간다. 부디 잘 살그라. 행복한 곳에 태어
나서 아프지 말고. 싸우지 말고. 다시는 죽지도 말그라. 너의 웃음
소리가 허공을 뛰어노는 밤. 단 한 번만 너의 얼굴을 봤으믄 바랠
것이 없겠는데 너의 맴도 어미 맴 같겠제. 어미가 지은 죄가 많아
우리 인연을 요리 짧게 준 거 같구나. 니가 보고 싶어 눈물이 날
때는 새 울음 빗소리 개울 물소리를 빌려서 울어야겠구나. 한 시

절을 쭈욱 펼쳐보니 가끔 니가 있어 반짝, 빛이 들 때가 많았구나. 하늘은 한 걸음 더 멀어지고 그림자는 한 뼘 더 짙어졌다. 눈물 온도가 너무 높아 눈물이 다 타버렸다. 이제 더 태울 눈물도 남아 있지 않구나! 부디 잘 살그라. 죄인 어미가.

문종이에 쓴 편지를 들고 마당으로 나온다. 어디에 있는지 주소를 알지 못해 백지 주소로 태운다. 편지는 길길이 뛰어 날아오르며 공중으로 날개를 퍼덕이며 날아간다. 공중에서 아들이 환하게 웃으며 뛰어논다. 잊지 말자. 그 대신 꽁꽁 묶어서 가슴 서랍에 잘 보관해둔다. 자신도 알 수 없는 비밀번호를 설정하고 자물통으로 꼭꼭 잠가두자. 어떤 기술자가 와도 열지 못하도록. 어떤 명령으로도 열지 못하도록.

꿈

밤마다 꿈을 꾼다. 꿈은 일주일간 밤마다 찾아와서 함께 노닌다. 넓은 초원에 소들이 한가로이 풀을 뜯고 있는 꿈. 일주일째 밤마다 초원에서 논다. 그 초원에 목동이 다른 사람이 아니라 바로 가을이다. 챙이 넓은 모자를 쓰고 환하게 웃으면서 소들을 바라보고 있다. 소들 중에는 아지도 있다. 가까이 다가가면 어디로 갈까 두려워 숨을 죽이며 바라본다. 이렇게 많은 소들을 먹이는 걸 보니 참으로 푸르른 평화가 찾아왔나 보다. 먼 곳에 나무 그늘에 앉아서 노는 가을이를 좀 더 가까이 가서 보고 싶다. 살금살금 걸어간다. 아이 가까이 가보니 아이는 좋아서 키득키득 카닥카닥 웃으면서 어디론가 뜀박질해 간다. 또 뒤를 따라간다. 아이는 얼마나 잘 달리는지 넘어지며 자빠지며 아이를 따라간다. 얼마를 뛰었는지 햇살이 산허리쯤 내려왔을까? 아이는 갑자기 뒤를 돌아보며 섬뜩할 만큼 싸늘한 눈초리를 한다. 어떻게 저렇게 어미에게 싸늘할 수 있을까? 싶을 만큼 매서운 눈초리로 자신을 쳐다본다.

가을아! 엄마야 엄마를 왜 모르는 척해. 가을아! 아무리 불러도 들은 척도 않고 숲 위를 휘리릭 날아내려서 또 달리기 시작한다. 그림자를 보면서 아이가 가는 곳을 따라간다. 다행스럽게도 아이를 놓치지 않고 끝까지 따라간다. 재빠르게 날아서 뛰어서 도착한 곳은 으리으리하게 생긴 집 앞이다. 오색찬란한 꽃이 피었고 향기로운 냄새가 풀풀 바깥까지 날아다닌다. 집은 대궐처럼 복사꽃 속에 묻혀 있다. 보지도 듣지도 못한 크고 으리으리한 꽃 대궐이다. 넋을 잃고 쳐다본다. 아이는 바로 그 집 앞에 멈춰 선다. 자신도 따라서 멈춰 선다. 얼마 후 대문을 열어주는 건 봄이다. 하마터면 봄이를 부를 뻔했다. 잘 못 먹어선지 아직 그때 그대로의 키다. 궁금증이 안을 들여다보려 했지만, 대문이 닫힌다. 옆 담으로 살금살금 올라가 마당 안을 들여다본다. 마당에 앉아 놀고 있는 어린

아이가 있다. 그 아인 겨울이다. 자신의 눈을 비비며 다시 본다. 분명 겨울이다. 봄이도 겨울이도 가을이도 죽었는데 어찌 저렇게 살아 있단 말인가. 꿈만 같다. 꼬집어보니 살이 꼬집히지 않는다. 아이를 조금이나마 더 보고 싶다. 그리고 왜 여기 이렇게 모여 있냐고 들어가서 이야기를 해봐야겠다. 정신없이 안을 들여다보고 있는데 어떤 여인 하나가 나온다. 예쁘고 젊은 여인은 아이들에게로 밥상을 들고 나온다. 밥상을 자세히 보니 복숭아만 쟁반에 수북하게 담겼다. 에고 먹을 것이 없구나. 어찌 복숭아로 끼니를 때운단 말인가. 눈물을 글썽이며 서 있는데 나이 많은 할머니 한 분이 나온다. 저건 시어머니다. 아니 내가 지금 꿈을 꾸고 있는가 보다. 식구들이 다 저렇게 멀쩡하게 살아 있는데. 왜 죽었다고 울고불고 난리를 쳤나. 아이들은 젊은 여인에게 외할머니라고 부른다. 아니 그렇담 저 여인은 엄마가 아닌가. 자세히 뜯어보니 자신의 얼굴이 저 여자의 얼굴과 닮은 곳이 많다는 생각이 든다. 웃는 모습 큰 눈 오똑한 코 하얀 피부 엄마 얼굴이 기억은 없지만 분명 엄마가 저렇게 생겼을 거란 생각을 한다.

아이들에게 무슨 말인가를 하는데 한마디도 알아들을 수가 없다. 그런데도 아이들은 알아듣고 모두 모여서 마루로 간다. 모두 다 다정하게 손을 잡고 간다. 아이들이 다 모이자 그녀는 마당으로 내려온다. 정면으로 자세히 볼 기회다. 다시 한번 자세히 보니 꼭 엄마라는 생각이 든다. 자신도 모르게 *엄마!* 엄마를 부르며 담에서 뛰어내린다. 뛰어내리다 꿈에서 깼다. 깨어나 보니 현실인지 꿈인지 분간이 안 갈 정도로 멍할 뿐이다. 하루 이틀도 아니고 일주일을 밤마다 같은 곳을 다녀오는 혼. 자신의 혼은 몽유병 환자처럼 밤만 되면 신통하게도 넓은 초원에 소들이 한가로이 풀을 뜯고 있는 곳으로 향한다. 그렇게 다음날은 꼭 꿈에라도 엄마에게 안겨보겠다고 다짐을 하지만 꿈을 꾸면 까맣게 잊고 아이와 아지와 초원에서 놀다가 오곤 한다. 다짐을 몇 번을 하지만 단 한 번도 엄마를 불러보지 못했다. 일주일째다. 꿈에 다시 찾아간다. 초원에도 집에도 아이들은 안 보이고 엄마 같은 사람만 집 안에 있다. 비췻빛 한복을 가지런히 입고 텃밭에서 꽃을 보고 있다. 자세히 보니 제비꽃이다. 엄마! 엄마를 부르는데 소리가 입 밖으로 나가지 않는다. 담을 마구 두드린다. 그러자 엄마가 천천히 웃으면서 다가오더니 손을 휘휘 젓는다. 가라는 시늉을 한다. 엄마라는 말이 안 나와 머뭇거리고 있자 엄마는 눈을 흘긴다. 섬뜩하게 눈을 흘긴다. 흘기는 눈에서 붉은 피가 주르르 흘러내린다. 오금이 달라붙어 꼼짝할 수가 없다. 눈에서 피를 흘리며 다가오는 모습은 엄마가 아닌 귀신 같다. 무서움에 소리를 지르며 꿈을 깬다. 또 꿈을 꾼 것이다. 그 이후로 다시는 다시는 같은 꿈을 꾸지 못하고 만다. 꿈속에서의 행복마저 빼앗아 가버리는 가혹한 신.

치유되지 않는 삶

신이 날라다 주는 일들은 자신이 바라는 일과 일치되는 것들이 없다. 지독하게 싫어하는 일. 견디기 어려운 일. 전생에 무슨 죄를 얼마나 많은 짊어지고 왔기에 신은 이토록 자신에게 혹독한 시련을 날라다 주는지. 누가 이런 시련을 받을 줄 안다면 전생에 죄를 지을까? 어찌하든 전생에 죄라고밖에 말할 수 없다. 이 시대에 태어난 것부터가 죄겠지. 힘이 모자라 이웃 나라에 지배를 받으며. 끊임없이 저항의 몸부림을 치며. 목숨을 바치는 선조들도 있지만. 자신은 아무 영문도 모르고 태어나자마자 엄마의 얼굴도 모른 채 일본 놈들에게 엄마를 빼앗겼다. 살아가면서 햇살이 좋거나 비바람이 불거나 늘 찾아서 안심을 기대는 곳 엄마. 그 이름만 들어도 가슴이 울렁이고 눈물이 나는 엄마. 그 엄마를 잃고 혼자의 힘으로 세상을 버티게 하는. 그 죄는 무슨 죄에 해당하는지 신에게 항의하며 물어보고 싶다. 신의 신에게 물어봐야 할 일이다.

입이 없어 말을 안 하고 사는 건 아니다. 눈이 없어 안 보고 사는 것도 아니다. 귀가 없어 안 듣고 사는 것도 아니다. 자신의 존재를 내려놓고 살아온 세월이 얼마나 된다고 자신이 태어나서 지은 죄는 분명 아닐 것이고 전생의 죄인 것이다. 그렇다면 다 죗값이란 말이지. 그래 이것보다 더한 형벌은 없을 테니 참자. 자식을 셋이나 보내고도 목구멍으로 밥알을 넘겨야 하는 자신이 죄인이 아니면 무엇이란 말인가. 남아 있는 아이들을 위한다는 그럴듯한 명분으로 위장해서 밥을 먹고. 일을 하고 잠을 자고. 밥벌레 같은 삶으로 또 얼마나 많은 시간을 기어가야 하는지.

하늘은 수없이 많은 별을 허공에 매달고 있다. 우주 달빛은 구름 빛으로 가두고. 햇빛은 바람 줄기로 흩어지고. 별빛은 빗줄기로 적시면서 기후를 고르고 있다. 시시각각 가두었다 풀었다 흩었다 모았다 적셨다 말리기를 반복하면서 저울질을 하고 있다. 이 미련한 인간이 무슨 힘으로 내 속으로 낳은 자식이라고 마음대로 목숨을 마음대로 할 수 있단 말인가. 한 치 앞도 알지 못하는 암흑 속으로 한 발 한 발 내디디며 이렇게 살아야 한다. 찢어진 주머니 넣어둔 보석 같은. 개 목에 걸어준 진주 목걸이 같은. 한쪽을 잃어버린 손모아장갑 같은 지난날들이 우르르 몰려온다. 마음을 수습할 수습책이 필요하다. 그래 이제 더 이상 여기서 더 한 일이 무엇이 있을까? 그래 신이 있다면 내게 죄가 있다면 차라리 나를 데리고 가라. 이제 무슨 미련이 있을까?

앞산 나무들은 끊임없이 싱그러움과 찬란한 붓을 들고 온갖 색깔로 그림을 그리고 있다. 길들은 이쪽저쪽 가르마를 타서 구불구불 산 위로 기어 올라가고. 집집의 굴뚝마다엔 푸른 연기가 머리를 산발하고 구불구불 하늘 위로 올라간다. 시간이 지나면 산빛과 연기 빛이 모두 하나가 되어 우주 안에서 유유히 떠돌 것들. 사람들은 오가는데 아무 소리는 들리지 않는다. 초점 없는 눈은 건너편 복골로 향한다. 거기엔 아들이 살고 있는 산이다. 조용한 눈빛은 아들의 외로운 묘지 위로 걸어간다. 눈길이 멈춘 곳에 마음도 멈춘다. 그래 복골에 묻었으니 복이 많은 곳에 태어나겠지. 햇살이 비켜난 곳에 어둠이 하나둘 깔리기 시작한다. 개울가서 신나게 놀던 어린이들이 시끌벅적 사투리를 쏟으며 집으로 달음박질친다. 미처 달음질이 집에 닿지 않은 집에서는 자식을 부르는 소리가 밖으로 뛰어온다. 그래서 사람의 이름을 名이라 했을까? 저녁에 입을 열고 아이를 불러 밥을 먹여야 하니 이름을 불러야겠지. 名을 부르면 형제들끼리 손을 잡고 소리를 따라가는 아이들. 저녁 어스름이 그들의 모습을 감춘다.

봄이 가을이 겨울이 없는 아이들만 우루루 몰려 눈앞으로 달려와서 알짱거린다. 아이들을 툭툭 털어내며 일어선다. 저녁이 늦었다. 늦었어도 저녁이지 점심은 아니다. 불을 지피자 불빛은 모두 자신의 얼굴만 향해 달려온다. 밥이 새까맣게 탄다고 단내가 기별을 들고 달려 나온다. 얼른 아궁이에 타고 있는 불들을 밖으로 꺼낸다. 불이 타니 밥도 따라 탄다. 아궁이에서 부지깽이에 멱살이 잡혀 모두 밖으로 끌려 나온 불들은 억울하다는 듯 밖에서도 연기를 뿜어내며 타고 있다. 남의 눈으로 기어들어 가 눈물을 빼게 하고 있다. 이 나무는 바람이 부는 쪽으로 가지를 뻗으며 살았을까? 살과 뼈와 근육을 바람 부는 곳으로 휘이휘이 휘며 허공을 뚫었을 것이다. 나이테 같은 지문을 허공에 찍어 상형 문자를 써 놓았으리

라. 바람의 혀와 나뭇잎의 혀로 약속을 나누고 바람의 귀지를 파주었을 나무들. 물소리처럼 얇은 고막 같은 날들을 견디었을. 산정기가 영험한 곳의 나무라 타서 재가 되면서도 의상대사처럼 천공을 받아먹는가! 아니면 벌을 받아먹는가! 자신을 끝까지 밀고 견디다 밖으로 끌려 나온다. 온몸에 번진 체온을 감당하지 못한다. 장소가 바뀌어도 타닥타닥 염불을 왼다. 자신 스스로 자신의 다비식을 거행하고 있는 것이다. 저 속에 얼마나 많은 사리가 나올까? 아니 어쩌면 저 재들 모두가 사리인지도 모르지. 현실의 자신은 없는 것 같은 느낌. 모두 꿈속에서 헤매고 있는 느낌. 조용히 공상에서 영혼이 돌아와 몸을 일으킨다.

단내가 부엌을 날아다니다 자신의 콧속으로 마구 밀려들어 온다. 행주가 물을 빨아들인다. 빨아들인 물로 몸을 적신 행주가 가마솥 뚜껑에 얹어 단내를 쫓아낸다. 행주는 뜨겁다는 말도 없이 온몸으로 솥뚜껑 열을 식히고 있다. 행주를 다시 찬물에 넣어 식혀주니 다시 뜨겁게 몸을 달구고 내려온다. 열기를 온몸으로 빨아들이면서, 단내를 쫓으면서. 달은 변함없이 빛을 전송한다. 대낮처럼 환한 집 뜰이 신비로움에 젖어 있다. 같은 빛인데 낮에 보았던 빛엔 아무것도 없었는데 저녁에 보는 빛은 묘한 신비가 섞여 있다. 달녀는 두 손바닥을 내밀어 빛을 받아본다. 잡히지는 않지만 손바닥 위에 기꺼이 내려앉아 주는 달빛. 입을 벌리고 마셔도 본다. 괴물 같은 이빨을 키우는 어둠을 환하게 비춰줄 수 있을까? 내장 속에서 뿌리를 내리던 내 어둡고 왜소한 영혼을 삼킬 듯 입안으로 가득 들어오는 달빛. 달 비린내가 아리다. 자신의 속내로 들어간 달빛은 한숨과 섞인다. 무거운 한숨은 어두운 바람이 되어 어디론가 날아간다. 자신이 뱉어놓은 한숨은 모두 숲으로 날아가 거대한 바람이 되고 태풍이 되었을 것이다. 그렇게 밤중이 되고 잠이 자꾸 눈꺼풀을 내려 감긴다.

방으로 들어간다. 베개도 이불도 찾지 않고 그냥 눕는다. 베개도 이불도 서운하겠지만. 그냥 양팔을 모아 베고 눕는다. 밤 구름은 새가 되어 깃털이 자라면 짝을 찾는다. 꽃이 되어 가슴이 붉어지면 열매를 맺는다. 나비가 되어 바느질 솜씨가 달인이 되면 표본이 되어 유리 상자 속으로 들어가 잠을 불러 덮는다. 몽블랑 몽블랑 머릿속으로 들어와 잠과 함께 검은 밤이 하얀색이 되도록 놀던 것들 아침이 되자 햇살에게 밀려난다. 모든 건 꿈속으로 사라지고 또 다른 것이 맑고 투명해 눈이 부신다. 저 아이를 내 속으로 낳았나? 믿어지지 않는다. 정신을 다른 곳으로 이동하기 전 아들이 풍덩 정신 속으로 돌멩이를 던진다.

엄마 지가 설거지 엄마보다 더 잘하제요? 그래, 그래 그릏구나. 엄마보담도 열 배는 더 잘하네. 애게 제우 열 배요. 백 배는 더 잘하제요. 그래, 그르네. 아이 아이 천 배는 더 잘한다. 엄마가 인심 썼다. 까짓거 아들한테 인심 쓰는 거 마이 쓰지 머. 그거는 쪼매 과하기는 하제만 기분은 좋니더. 엄마 그 돌방구 우에 앉아서 쉬고 있으소. 지가 다 썻고 나믄 들고 갈 테이. 오늘은 핀하게 한분 쉬소. 우리 아들 철들었네. 엄마는 지가 철든 지 옛날이제요. 그걸 인제 아싰니껴? 섭섭하이더. 그래, 그래 몰랬구나. 미안하구나. 엄마 아부지한테 시집온 거 후회 안 하시니껴? 녀석, 싱겁기는. 그른 걸 왜 묻노? 아이씨더. 그냥 엄마가 너무 힘들어 보이서요. 왜 후회가 안 되노. 그릏지만 후회한다고 달라지는 건 하나도 없으이 그냥 살제. 그레고 너들 보민서 후회를 하믄 에미가 죄짓는 거잖나. 그래이 후회가 떼로 몰려와도 너들한테 혹 나쁜 일 생길까 봐 후회를 발도 몬 부치게 쫓아버리제. 시상에 아무리 중하고 값진 게 있다 한들 너들하고 비교는 할 수 없제. 나는 내가 죽어서 너들이 행복하게 살 수 있으믄 지금이래도 죽을 수 있다. 에미한테는 너들이 내 삶의 전부다.

인제 우리도 이만큼 컸으이 인제는 엄마도 엄마 인생도 생각하민서 좋은 옷도 쫌 사 입고. 맛있는 것도 쫌 잡숫고 하소. 할매하고 아부지 그레고 우리 뒷바라지만 하느라 우리 엄마 인생은 없었잖니껴. 바래지도 않는다. 너들만 있으믄 돼. 그릏제만 나도 여자인지 때로는 너희 아부지가 먼 정신으로 사는지. 왜 사는지. 대체 이해가 안 간다. 시집온 후부텀 지끔까지 어미한테 살갑게 말 한마디 건넨 적 없기 때문에. 냉혈 동물도 아이고. 쇠로 된 사램도 아이고. 도무지 알 수가 없다. 나는 너의 아부지를 보믄 목각인형 같은 생각이 들어. 너들을 놓은 것도 신기할 정도제. 그건 아마도 너한테는 미안한 말이제만서도 술 힘으로 너들이 태어난 것 같다. 우쩨다 간혹 술이 떡이 되믄 그때 한 분씩 잠을 자는 것. 그 외로 는 어뜬 말도 어뜬 행동도 무감각 무표정이다. 한집에 사는 동거인 일 뿐이야. 어미가 시집오기 전에 양반가고 선비가라고 소문이 나 서 인격은 되었을 거란 생각 하나로 시집왔제. 그것도 너 위할매가 계셨다믄 안 보냈을 수도 있제만. 엄마가 없는 내게는 선택의 여지 가 없었다. 나무집에 있던 행팬이라서. 니 엄마는 태어날 때부텀 복은 삭제되고 없었다. 그런 내가 먼 큰 복을 기다리겠노. 니들만 건강하게 공부 잘하고 하이 그게 제일 큰 복이다. 니가 마이 컸구 나. 어미하고 이른 말까짐 주고받고 할 수 있으이 말이따. 엄마가 잘 키워주신 덕분이제요. 엄마는 할매하고 아부지가 마이 밉제요? 인제 미움도 다 떨어져 너덜거래다 삭아서 없어졌다. 그래고 너 할 매도 예전엔 안 그런 분이라는데 내한테 그룹게 모질게 하시는 걸 보이 내 복이 없어 그른 게지. 가고 없는 사램 말해서 머 하노. 그 래도 너희 할매 가실 때 기중 중한 재산을 이 어미한테 주고 갔다. 야? 그게 먼 말이니껴?

계절이 눈동자가 밤송이 벌어지듯이 벌어진다. 아, 그거 그게 말 이다. 너 할매가 정신이 쪼매 있을 때 종이하고 헝겊을 째서 서랍 속에 감춰두었었다. 그래고는 거게를 막아서믄서 아무도 못 만지 게 했어. 내 생각에는 그걸 돈이나 재산으로 생각하시는 것 같갰 다. 아마도 일본 늠들한테 쫓게나믄서 모든 걸 빼앗길 때 충격이 아닌가 싶었다. 그래다 정신이 더 없어지이 그것들을 똥하고 뭉채서 안 빼앗길라고 내 머리꺼데이를 잡고 난리를 쳤제. 그른데 돌아가시기 직전에 자리 밑에 뭉채서 숨게 뒀던 그 중한 걸 꺼내서 어미 손가락을 피고 거기에다가 마지막으로 쥐여 주고는 운명을 하셨제. 당신이 기중 중하게 생각한 보물을 내게 주신단다. 따지고 보믄 내게 그릏게 모질게 했제만 그건 시대에 울분을 내게 화풀이한 것 같앴다. 그것도 있고요. 아부지에 대한 원망을 엄마한테 했을 수도 있니더.

아부지에 대한 원망이라이? 엄마 지 말 잘 들으소. 인제 다 지나간 일이이까 지가 이 말을 엄마한테 해드리는 거는 엄마가 아부지를 이해하시는 데 도움이 될까 해서 말씸드리는 거씨더. 본래 아부지는 엄마보다 먼저 좋아했든 여자가 있었다니더. 그른데 할매가 반대를 하고 엄마하고 혼인을 시켰다니더. 그른데도 아부지가 정신을 못 채리니까 할매는 그에 대한 화풀이를 엄마한테 한 거씨더. 그 여자가 한동안 우리 집에 와 있든 도화살이란 여자인데 할매가 쌍눔 집안이라고 완강하게 반대를 하는 바램에 그 여자는 집안 사램들하고 짜고서 자살했다고 거짓뿌렁을 하고 서울로 떠났다니더. 그길로 술집으로 가서 본래 이름은 천옥출인데 도화살로 바꾸고 술집 여자가 되었다니더. 또 남자를 만냈는데 술주정뱅이고 노름꾼이었다니더.

그래서 그 아이 선화 하나 낳고 도망을 나왔다니더. 선화 그애는 아부지가 죽고 없는 줄 안다 하디더. 도망을 나왔는데 빚도 많고 오갈 데가 없어서 연화동으로 와서 살았다니더. 그래이 아부지가 그냥 있을 수가 없었다니더. 아부지 때문인 거 같애서. 죄책감이 들었다니더. 그래서 우리 집에 델꼬 왔었다니더. 그른데 그 여자는 엄마한테 못할 짓이라민서 떠난 거라니더. 그래이 엄마한테 잘할 수가 있니껴? 엄마가 이해를 해야 될 것 같디더. 니가 우째 그걸 다 아노? 아부지가 방학 때 말해줬니더. 지가 아부지한테 대들었거든요. 엄마한테 잘해주라고. 엄마한테 할매도 아부지도 왜 그래느냐고. 그랬디이만 얘기해줬니더. 아부지는 엄마를 미와하지는 않는다니더. 일이 그래 됐을 뿐이씨더. 인제 우리가 컸으이 할매 대신 아부지 대신 엄마 행복하게 해줄게씨더. 엄마는 인제부텀 행복만 있게 지가 해줄 테이 걱정 마소. 그래고 아부지도 인제 그 여자가 어데론가 떠나버렸으이 쫌 지내믄 엄마한테 잘해주지 않을니껴? 엄마 힘내소.

아들의 말을 듣고 입이 얼어버려 아무 말도 못 한다. 집에 가자. 한마디만 던지고 설거지통도 안 이고 집으로 온다. 차라리 듣지 말았으면 좋을 말을 들었다. 잘라내자. 아들이 한 말을 못 들은 걸로 하고 머릿속으로 들어온 말들은 모두 가위로 잘라내 버리자. 지금껏도 살았는데. 그리고 그 여자도 떠났는데. 남편 가슴속에 있은들 무슨 소용이겠는가. 도화살 그 여자도 불쌍하단 생각이 든다. 누가 태어날 때 양반집으로 안 태어나고 싶겠는가. 누가 엄마를 일찍 여의는 아기로 태어나고 싶겠는가. 신은 극악무도한 짓을 아무렇지도 않게 한다. 당하는 건 약자인 인간일 뿐이다. 이제는 머릿속 사물함을 정리하는 일에는 이력이 났다. 달인이 된 기분이다. 차곡차곡 머릿속 사물함을 정리하고 아무 일도 없었던 것처럼 다시 일상으로 돌아간다. 하늘을 쳐다본다. 대낮에 희미하게 찍힌 낙관. 물기를 잃어서 퇴색된 희나리처럼 저렇게 엉거주춤 대낮 하늘에 찍혀 있는 것이다. 그렇다. 자신도 옥출이란 여자가 들어앉아야 할 자리를 자신이 들어앉은 것이다. 밤에 떠야 할 달이 낮에 떠서 저렇게 제 색을 감추고 살아야 하듯. 나 역시 내 자리가 아니어서 남의 자리에 앉아서 빛을 잃고 이렇게 사는 것이다.

그렇지만 인제 와서 무엇을 어떻게 해야 되는가? 그럼 자신은 무엇인가? 저 달이야 밤이 되면 빛을 다시 찾을 수 있지만, 자신은 어디에 가서 빛을 찾을 수 있단 말인가. 심장이 붉은 숨을 내뱉는다. 자신의 삶은 허공에다 피로 찍은 낙관이다. 전에 없이 부쩍 어미의 마음을 읽어내고 친구처럼 옆에서 다독이는 아들이 대견스럽고 뿌듯하다. 마루 끝에 앉은 아들이. 사내 티가 제법 나는 계절이 넋 나간 사람처럼 사는 엄마가 불쌍해서 한마디 던진다. *엄마 가을이 말이씨더. 가을이는 봄이 바로 곁에 눕혔니더. 정 보고 싶으믄 한분 가보소. 봄이 바로 곁에 다래 넝쿨이 자작 낭구를 감고 올라간 그 곁에 편하게 눕혔니더. 지가 붓꽃도 및 포기 심가줬는데 살았는지 모르겠니더.* 달녀는 정신이 번쩍 든다. 입고 있던 옷을 입은 그대로 신발을 신고는 아무 말도 없이 부지런히 발걸음을 옮긴다. 계절은 잘했어. 자신에게 말한다. 요즘 엄마가 저리 정신 나간 사람처럼 사는 게 아마도 가을이 때문이란 생각을 한다. 엄마가 가을이를 거기에 편안하게 눕힌 걸 알아야 다른 곳에 빠져나가서 헤매는 정신을 현실로 데려올 것 같다. 달녀는 비틀비틀하며 아이들이 묻힌 무덤으로 향한다. 박복한 탓에 아이 셋을 다 산에다 묻었다. 아니 가슴에 묻었다. 죄인이다. 싸리나무가 종아리를 후려친다. 피가 철철 흐르도록. 옆에서 자작나무가 자작자작 자신을 보듬어준다. 소나무가 파랗게 눈을 뜨고 쳐다본다.

계절이 말해준 다래 넝쿨이 뱀처럼 자작나무의 몸을 칭칭 감고 숨을 조이고 있다. 머지않아 저 자작나무도 다래 넝쿨 때문에 죽으리라. 옆에 있는 도끼 모양의 돌을 집어 든다. 다래 넝쿨의 목을 자르기 시작한다. 발모가지를 잘라버리면 자작나무 위로 걸어 올라가지 못할 것이고. 숨통을 조이지도 못할 것이므로. 제법 굵은 다래 넝쿨을 한참을 찍어내자 다래 넝쿨의 목이 댕강 잘린다. 자작나무를 쳐다본다. 제법 큰 나무다. 자작나무가 자신을 보면서 온몸에 하얀 각질을 일으키며 하얗게 웃는다. 고맙다고. 살려줘서. 옆에는 칡넝쿨이 자줏빛 웃음을 웃으며 벋어 있다. 넝쿨을 걷어내자 돌무덤이 걸어 나와 **엄마!** 하고 부른다. 누가 눕혔는지 막 부풀어 오르는 여자아이의 젖가슴처럼 봉분을 하고 잔돌과 굵은 돌을 적당히 섞어 정성껏 꾸민 집이다. 손으로 걷어제친 칡꽃이 하얇게 잎을 뒤집으며 쳐다본다. 아차 햇빛이 들면 덥겠구나. 칡넝쿨을 다시 본래대로 나란히 나란히 덮어놓는다. 이제 몸속에는 눈물이 다 말라 눈물도 나오지 않는다.

덩치가 말만 한 녀석이 왜 여게 와서 누 있노. 공부 더해서 대핵교도 가고. 장개도 가고. 쫌 폼 나게 한분 살아봐야제. 대체 왜 이래 되었는지 이유라도 에미한테 말해주그라. 포기하고 포기하고 또 포기해도 맴이 다 포기되지 않는다. 늘 남게 두었다 싹을 피운다 말이다. 에구 금쪽같은 내 새끼. 아깝고 아깝고 또 아까워 맴이 환장이 된다. 에미는 먼 죄를 을매나 가지고 태어났길래 이다지도 박복하냐 말이다. 왜 델꼬 간다는 설명도 없이 왜 데리고 가고 또 데리고 가고 또 데리고 가고 에미가 진 죗값으로 아까운 너들이 전부 이래 여게 누 있어야 하다니. 겨울이믄 추위에 떨고. 여름이믄 불볕더위에 헐떡이민서 견뎌야 할 내 새끼들. 미안타 미안타 미안타.

무덤에 칡넝쿨을 있던 대로 모두 덮어두고 일어선다. 뒤돌아온다. 새가 포르르 파르르 길가에 내려앉는다. 아이들 모두가 소리 고운 새가 된 게 분명하다. 저 새들이 어미를 따라 나와서 고운 목소리로 지저귀며 어미를 배웅한다. 다행이다. 훨훨 날아서 어디든지 자유롭게 날아다닐 수 있는 새가 되어서. 뱀 한 마리가 걸음 앞을 스르르 배로 땅을 밀어 길을 가로지르며 구릉 속 돌무덤으로 들어간다. 아이들을 죽게 한 모든 독은 아이들 몸속에서 꾸불꾸

불 기어 나가 뱀이 되었을 거야. 저 독으로 다시 태어난 것들 뱀딸기. 뱀고사리. 뱀고비. 뱀식물. 이들에게 이름을 빌려주어 또 다른 탄생을 낳는다. 저 식물들이 내뱉은 숨들은 독이 든 바람이 될 것이다. 지독한 독을 품은 바람이 인간의 몸으로 들어와 독이 될 것이다. 뱀 혓바닥의 날름거림으로 길들은 혈류처럼 갈라진다. 아이들의 머릿속에서 방실방실 피었던 모든 생각은 구름이 되었을 것이다. 구름이 되어 아이들의 기분이 좋으면 파란 하늘에 양 떼가 되어 초원에서 풀을 뜯으며 논다. 기분이 우울하거나 어미가 보고 싶으면 먹구름이 되어 소나기를 줄줄 쏟아붓는 것이다. 그래서 소나기는 퍼붓는다고 하는 것이다. 그렇게 퍼붓고 나야 속이 시원하니까.

몸속에서 뜨겁게 달구던 더위를 식히고 그리운 마음을 깨끗이 씻어내고 나면 다시 파란 하늘에 망울망울 목화솜 같은 구름이 될 거야. 아이는 그렇게 영혼은 새가 되고. 죽음으로 몰고 간 독들은 뱀의 몸속으로 들어가고. 숨결은 바람이 되고. 생각은 구름이 되어 늘 어미의 곁을 맴돌고 있는 거야. 어미가 눈을 뜨고 이 지구상에 살아 있는 동안 그렇게 맴도는 거야. 어미가 그리워서. 그렇게 그렇게 살다가 결국은 어미를 잊을 때쯤 어미도 아이가 있는 곳으로 가게 될 거야. 그래서 하나가 될 거야. 세찬 빗줄기가 쏟아진다. 고독이 너무 자랐다. 이제 고목이 된 고독은 잘라내고 새순이 돋게 해야 할 시기. 마음에 환기를 위해서 장터에 구경하러 간다. 눈이 보고 싶어 하는 것이 있고. 꼭 사야 할 것이 있어서 가는 것은 아니다. 자신의 마음을 장에 팔고 싶은 것인지도 모른다. 살 사람이 있으면 무료라도 주고 싶다. 낡고 다 떨어진 자신의 마음을 누가 살까만은 많은 사람이 모이는 곳에 가서 마음을 구경이라도 시킬까 싶어 집을 나선다.

알록달록 마음을 치장한 사람들이 모여 생기가 푸릇푸릇 도는 장터다. 모처럼 오빠가 그리워진다. 시집온 이후로 딱 한 번 오빠의 결혼식 때 만나고는 그 후로는 오빠를 볼 엄두도 못 내고 살았다. 지금 생각날 때 오빠를 보지 못하면 영영 보지 못할지도 모른다는 생각이 드는 건 무슨 이유일까? 고개를 옆으로 가로가로저으면서도 이상스럽게도 이미 마음은 장터를 두고 걸음은 재빨리 두들마로 향한다. 왜 갑자기 가슴이 시리도록 오빠가 그립고 보고 싶을까? 살얼음 같은 생각이 머릿속을 돌아다닌다. 완만한 오르막길을 걸어가면서 어릴 때 그토록 고생스럽던 때가 그리워지는 건 무슨 이유일까? 지난 것은 아무리 힘든 일이라도 추억이 된다는 걸 십 리 길을 걸으면서 깨달았다. 부지런히 걸어야 해가 지기 전에 다녀올 것 같아서다.

길이 부러지다

4

천 리 벼랑 길

하늘에 구름은 잠시도 게으름을 피우지 않고 천천히 아주 조용히 움직이고 있다. 꼭 자신의 품을 떠난 자식들 영혼이 구름이 되어 상형 문자를 그리며 하늘에서 놀고 있는 것 같다. 이 멋진 풍경이 머리 위에서 마치 호수에서 아침 물안개가 피어오르듯 피어오른다. 사람이 만들어낸 연기와 입김들이 뭉쳐서 하늘로 올라가 뿌리를 내리고 산다는 느낌이 든다. 하늘이라는 나라가 처음 생겼을 때도 물이라는 말이 처음 생겼을 때도 아마 저렇게 구름이 움직이듯 움직이고 있었겠지. 하늘이나 호수나 깊이를 알 수 없기는 매한가지다. 호수도 하늘도 자연이나 인간이 쉬어갈 공간이겠지. 아무 생각 없이 물끄러미 바라보기에는 하늘이나 호수만 한 곳이 없다.

다만 하늘은 고개를 뒤로 젖히고 호수는 고개를 앞으로 수그려야 만 볼 수 있다는 차이지만 역시 몇 센티미터의 젖힘과 몇 센티미터의 숙임이 필요한지 아무도 측정해 보지 않았기에 호수나 하늘의 깊이를 모르듯 알 수 없는 법이다.

고개를 직립으로 세우고 길을 보며 걷는다. 두들마로 가는 길에는 변함없이 꽃들이 피고 나무들이 무성하다. 그때 그 나무 그때 그 꽃은 아니지만. 배를 곯으면서 살았던 곳. 옛날 생각이 절로 난다. 오갈 곳 없는 자신을 돌봐 주었던 노곡 아지매. 오갈 데가 없어 국말이집 식당에 들어가 무례하게 떼를 쓰면서 꿇어앉아 빌고 빌어 그 집에서 일을 하게 되었을 때. 불행이 찾아와 식당에 불이 나서 암담했던 기억. 행동 어른 집에서 배를 채우기 위해 식모살이를 할 때. 감자 두 개만 먹고 밥그릇을 몰래 짚가리 속에 감춰두었다 그것을 가슴 졸이며 치마 속에 숨겨 가져와서 죽을 끓여 오빠와 아버지를 먹여야만 했던 절박함. 그 절박함 때문에 식모 언니한테 도둑으로 몰려 막막함도 모르고 막막했을 때. 고맙게도 도둑 누명을 벗겨주며 쌀까지 몰래 주고 오빠 병원비까지 대주시던 할배. 정신병자가 되어 살던 아버지. 자신을 친자식처럼 돌봐주고 공부도 가르쳐주고 시집까지 보내준 오자상. 많이도 힘들고 모질었던 지난 시간들이 영화 필름처럼 돌아간다.

그렇게 지난 시간을 걸어서 오른다. 그런데 신기하게 그 모진 날들이 그리워진다. 무슨 일일까? 그때가 한없이 그립다. 막막해 밥

한 끼 해결할 힘도 없이 절박할 그때가 왜 이리도 그리운 것일까? 어머니가 끌려갔다는 빨래터가 멀리서 보인다. 얼굴도 기억이 안나는 어머니가 그리워 그 빨래터에 간다. 넓적한 돌멩이에 앉아본다. 금방 어디선가 엄마가 자신을 부르며 나올 것 같은 환상이 찾아온다. 주위를 둘러본다. 어떤 할머니 한 분이 아무것도 안 보고 빨래에만 열중을 쏟고 있다. 또 눈물이 주르르 흐른다. 이젠 눈물조차도 사치지만 차라리 배고픈 시절엔 이렇게 영혼이 아프진 않았던 것 같다. 오로지 배가 고플 뿐이지 마음이 고프진 않았다. 오빠를 빨리 보고 싶어 발걸음을 채찍질한다. 어떻게 잘 살고나 있는지. 자신의 피붙이도 몰라보는 맹인이 되어서.

재회

오빠 집 삽적걸을 걸어 들어간다. 집 안에는 아무도 없다. 사립문을 열고 다시 나온다. 길옆에 서서 이리저리 사방을 둘러본다. 모두 들에 나갔는지 거리에도 사람이 없다. 바람만 꽃들의 머리를 쓰다듬으며 왔다 갔다 서성인다. 꽃들과 바람이 함께 노는 것을 보니 참 정답다는 생각을 한다. 조금 있자니 할머니 한 분이 지나가다가 말고 되돌아와서 묻는다. 그렇게 나이가 많아 보이지는 않지만 할머니임은 틀림없다. 누구네 집을 찾아오싰니껴? 말소리가 걸쭉하다. 펑퍼짐한 몸에 서글서글한 얼굴이 호감이 간다. 아. 예, 오빠네집에 댕기로 왔니더. 오빠네 집이 어느 집이껴? 이 집인데 전부다 어데 갔는지. 아무도 없니더. 손가락질을 하면서 오빠네 집을가리킨다. 오, 그 집 따님이구먼. 그래믄 오빠네 식구 올 때까짐 우리 집에서 기다리소. 다들 들에 가믄 어두워야 올 겐데 길거리서우째 기다리니껴? 괜찮니더. 여게서 기다래도 되니더. 그래지 말고괜찮으이게 내하고 우리 집으로 가시더. 처음 보는 사람이 강력하게 권한다. 못 이기는 척 따라가면서 말 한 자락을 깐다. 초민에 그래도 될니껴? 그래믄요. 사램 사는 게 다 인정인데 이 동네 오빠가살믄 다 이웃이제요. 걱정하지 말고 내 따라오소. 젊어 보이는 할머니 뒤를 따라간다. 조금 걸어가니 그 집이 할머니 집이란다.

집 안에 들어서자 농촌집치고는 정리가 잘 된 집이다. 마당엔 달리아 목단 작약 해바라기 봉숭아 맨드라미 백일홍 등 화단에 꽃들이 아주 정겹게 살고 있다. 참으로 잘 가꾸었구나. 꽃이 진 잎들이꽃보다 더 아름답고 싱싱하게 살고 있구나. 생각하는데. 이리 평상으로 오소. 하고 생각을 가로지른다. 평상 위에는 등나무를 심어서 그늘을 만들어서 운치가 있다. 평상에 앉아보니 자두나무에 자두가 아롱다롱 열려 있다. 할머니는 부엌으로 들어가더니 미숫가루를 타서 한 잔 내온다. 이거래도 입 쫌 다시고 있다가 어둑해지거든 가보소. 다들 바빠서 이 시간에는 못 오니더. 우리사 일꾼들이 일을 하고 또 내가 허리가 아파서 일을 못하이 이 시간에 집에 있제. 낮에는 개미 새끼 한 마리 안 보이더. 고맙니더. 잘 먹음시더. 이까짓 미숫가루 한 잔 가주고 멀 그래니껴? 그래 어데서 오신니껴? 독점서 왔니더. 아이구 멀리서 오싰구먼. 아무래도 어두워야 올 긴데 주무시고 낼 가야 되겠니더. 아이씨더. 하도 오래 오빠 낯도 못 봐서 낯만 보고 바로 가야 되니더. 너무 오래 못 봐서 낯이나 알아볼지 모르겠니더. 시집가서 오빠 결혼식 때 보고는 처음이씨더. 그케요. 여자 팔자란 게 다 그른 모양이씨더. 우리도 시누이가 하나 있는데 낯도 모르니더. 우리 시누이도 그 짝 어데 산다고 하던데. 본래 친정에 발걸음도 못 하니더. 시어머이가 하도 벨라고 모질게 굴어서 참고 사는 게 용하다고. 우리 영감이 맨날 하나밲에 없는 여동상이 불쌍하다민서 술만 마시믄 울제요. 혈육이 먼지. 집에도 오빠 집에 가끔이래도 댕게가소. 피는 물보다 진하다고 형제가 많으믄 몰래도 사는 게 그르니 하민서도 그릏게 서운해하니더. 친정이란 게 내보낸 사램을 그리워하제요.

이야기를 듣고 있노라니 꼭 자신의 이야기 같다. 나만 그렇게 사는 게 아니구나. 나 말고 또 저리 어렵게 친정도 못 오고 사는 사람이 있구나. 얼마나 보고 싶으면 술만 마시면 여동생이 보고 싶다고 울까? 혹시 우리 오빠도 내가 보고 싶어 술만 마시면 우는 것이 아닐까? 달녀는 속으로 오빠를 생각하니 가슴이 아리다. 아린 가슴을 닦아내며 청년 하나가 들어온다. 어머이 지 왔니더. 그래 일

끝났나? 야, 집에 손님 오싰니껴? 아이다. 저분은 누구이이껴? 우리 동네서 못 보던 분 같더. 처음 뵙는 낯이네요. 아, 그래 처음 보제. 저 옆집에 친정 온 분인데 다 들에 일하로 나가서 사램 올 때까짐 내가 우리 집서 기다리라고 했다. 야, 그래믄 말씀 나누소. 그렇게 아들이라는 청년이 들어간다. 참 잘도 생겼다. 속으로 생각한다. *여게 앉아 기다리소. 내 얼릉 우리 아들 밥 쫌 채래주고 옴씨더. 야 지는 괜찮니더. 신경 쓰지 말고 얼릉 채래주소.* 할머니 종종걸음이 부엌으로 들어간다. 주위를 둘러보니, 볼수록 정겨운 집이란 생각이 든다. 깨끗하게 정리된 것이며 집이 아늑하다는 느낌이 든다.

잠시 집을 둘러보고 있는 사이 어느새 할머니가 다시 온다. 이제 가봐야겠다는 인사를 마치고 대문을 나온다. 얼른 오빠를 만나보고 집에 또 가봐야 하기에 바쁜 걸음이다. 할머니도 기필코 말리지 않고 가보고 안 왔으면 다시 와서 기다리란다. 고맙다. 그 집을 나와서 오빠네 집으로 향해 간다. 학생들이 심었는지 길 양옆에 살살이꽃이 색색으로 피어서 온몸으로 자신을 반기고 있다. 쪼그리고 주저앉아 살살이꽃을 손으로 쓰다듬어 주고 다시 일어선다. 어디선가 바람 한 줄기가 나풀나풀 날아 앉는다. 기분이 좋을 만큼의 체온으로. 어릴 적 생각이 아장아장 걸어 나온다. 생각을 끊어내고 일어선다. 이제는 왔을지도 모른다. 얼른 갔다가 집까지 가야 한다. 쪼그라진 치맛자락을 툭툭 털어내고 오빠네 집으로 간다.

고개를 들고 주위를 살피는데 저쪽에서 낯익은 사람이 걸어온다. 오빠! 그건 분명 오빠다. 그냥 뛰어간다. 오빠도 동생을 알아보고 얼싸안는다. 한참을 길거리에서 부둥켜안고 운다. 오빠가 등을 토닥토닥 두드린다.

고상 많제. 내 소문은 다 듣고 있다. 가보고 싶어도 가지도 못하고 가본들, 이 오래비가 도와줄 일도 없고. 우쨌든 잘 왔다. 얼릉 집으로 가자. 집으로 가자면서 반대쪽으로 방향을 잡는다. 오빠 집 저긴데 왜 이리 가니껴? 아 참 니는 모르제. 이사한 지 오래됐다. 그 집이 낡고 오래돼서 너 올케언니가 자꾸 이사를 하자고 졸라서 이사했다. 아, 그랬니껴? 오빠의 뒤를 따라가던 걸음을 갑자기 멈춘다. 오빠 여게가 오오 오빠네 집이이껴? 그래, 왜 맴에 안 드나. 아이씨더. 그게 아이고. 됐니더. 뒤를 따라 들어간다. 기가 막힌다. 자신에게 미숫가루를 준 사람이 올케언니였다니. 달녀는 쥐구멍으로라도 숨고 싶은 심정이다. 그렇지만 방법이 없다. 오빠는 대문을 열기도 전에 소리를 지른다. 여보 내 동상이 왔네. 여게 쫌 나와 보게. 자랑스럽게 올케언니를 부른다. 부엌에서 나오던 올케언니도 검은 눈자위가 사라질 정도로 동공을 늘린다. 아니 이를 수가! 그래믄 이 사램이 당신 여동상이란 말이이껴? 왜 그래 놀래노. 내 동상 아인 걸 내 동상이라 할까 봐 그러나? 아이씨더. 얼릉 이리 마리로 올라오소. 두 사람 말을 다 들은 오빠는 기가 막히고 어이가 없다는 듯이 허허 웃는다.

그래 잘못하믄 질거리에서 두 사램 맥살 잡고 싸와도 모르겠네. 하기사 결혼식 때 잠깐 보고는 처음이니 두 사램다 몰래 보는 게 당연하기도 하제. 비담이는 아직 안 왔는가? 왔니더. 그래믄 얼릉 비담이 나와서 고모한테 인사하라고 하제 머 하고 있어. 올케언니는 뒤채로 가더니 아까 들어가던 청년을 데리고 온다. 달녀를 보는 순간 그 청년 역시 눈이 휘둥그레진다. 아이 그래믄 어머이가 저짝 집에 친정 온 분인데 사램 올 때까짐 내가 우리 집서 기다리라고 했다고 한 분이 우리 고모였다는 말이이껴? 그래믄 고모도 어머이를 몰래 보고. 어머이도 고모를 몰래 보고. 지도 고모를 몰래 봤단 말이이껴? 내 참 어이가 없니더. 고모는 왜? 그래 집에 한 분도 안 오시서 이래 가족이 낯도 모르고 사니껴? 인제부텀이래도 자주 놀러 오소. 그래. 미안하구나. 조카가 태어나도 못 와보고. 저래 큰 조카가 있는 줄도 모르고. 고모가 사램 노릇을 못 하고 살았구나.

얼굴이 조각한 것처럼 반듯하게 잘 생겼다. 오라버니를 많이 닮았다는 생각이 든다. 함께 오랜만에 저녁을 먹는다. 참으로 무심했구나. 무엇을 위해 살았는지. 친정에 한번 못 오고 갇혀 살았으면 시집에서라도 번듯하게 무언가 해서 내놓을 것이 있어야 하지만. 자식을 셋이나 보내고 무엇 하나 제대로 내 세울 것이 없다. 오라버니한테 미안하기만 하다. 그런 마음을 읽기라도 하듯 오라버니는 말을 잇는다. 지낸 일들은 다 잊그라. 낯이 마이 상해서 못 쓰게 되었구만. 오늘 하루 여게서 자고 내일 가그라. 당신은 내일 닭이라도 한 마리 잡아서 푹 꽈서 미게서 보내게. 낯이 저릏게 못 쓰게 돼도 어뜬 놈 하나 신경도 안 쓰고. 아 들 일은 다 잊거라. 인명은 재천이거늘 니가 신경 쓴다고 다시 죽은 아 들이 살아오지도 않고 니만 힘들어. 다른 아 들 생각해서 다 잊고 그 아 들한테 잘해. 계절이도 좋은 대핵교 갔고. 사돈어른도 저시상 가싰고 인제 니 자신만 생각하고 살아. 자신이 자신을 돌보지 않으믄 누가 니를 돌봐주노. 그저 자신은 자신이 돌봐줘야 한다. 괜찮아 괜찮아 안아주고. 다독거래주고. 상처에 연고를 발라 아물게 해주고. 사램들은 몸에 상처가 나믄 오두방정을 떨민서 연고를 바르고 난리 치민서 정작 중요한 맴에 상처를 입은 것은 그대로 방치를 해두이 을매나 미련한 게 인간인지 모르겠다. 맴이 힘들어하믄 쉬게 해주고 아파하믄 치료도 해주고 아이들을 돌보듯이 자신을 돌봐야 한다. 그게 기중 중요해.

너는 너일 뿐이다. 아무도 너를 위해 아무꺼도 해줄 수 없어. 모든 사램이 다 그래. 남이 누가 니 대신 아파줄 수 있나. 먹어줄 수 있나. 오짐·똥을 눠줄 수 있나. 심 쉬어줄 수 있나. 잠을 자줄 수 있나. 죽어줄 수 있나. 어느 누구도 부모라고 할지라도 자식에게 해줄 수 있는 건 한정판일 뿐이다. 절대로 해줄 수 없는 게 인생이야. 그래고 자신이 없는 시상은 천하에 모든 것들도 니 자신이 없으믄 다 필요 없는 것이제. 니가 있어야 좋은 것도. 나쁜 것도. 기쁜 것도 슬픈 것도 있는 뱁이다. 내 말 알아듣겠나? 어릴 때를 생

각해 봐라. 매일 매일 날씨는 춥고. 배는 고프고. 갈 곳은 없고. 그
렇게 막막한 순간에도 우리는 악착같이 살아왔다. 그래이 아무 생
각 말고 맴에 동백기름을 발라 참빗으로 싹싹 빗어 야무지게 쪽을
짓고 반들거리게 사란 말이다. 내 니 소문을 들으로 일부러 장에
가서 들어서 다 듣고 있다. 인제는 배도 안 곯아도 되고 잠잘 집도
있고 아이들도 있고 옛날에 비하믄 많은 것을 다 가졌잖나. 그래
이 정신을 채려야제. 낯 꼴이 그게 뭐로. 꼭 죽은 송장 낯맨치로.
내 말 알아듣겠나.

일장 연설이 끝날 때까지 눈물이 바다를 이룬다. 몸속에 있던
물이 다 쏟아져 나온다. 옷이 다 젖는다. 그렇게 울고 나니 무엇인
가 가슴에 꽉 막혔던 응어리가 밖으로 빠져나간 듯 후련하다. *고*
모 그만 우소. 우는 것도 기운 빠지니더. 그래 비담이 말이 맞네.
그만 울고 밥 먹고 여게서 하룻밤 자고 내일 가게. 야 고맙니더. 언
니. 언니라는 말이 참 좋다. 포근한 생각이 든다. 그렇게 밤새도록
오라버니와 올케언니랑 마루에서 지나온 이야기로 꼬박 밤을 새운
다. 새벽에 잠이 들어 일어나니 벌써 한나절이다. 어느새 올케언니
는 닭을 고았는지. 온 집안에 닭 냄새가 꼬꼬꼬꼬 홰를 치며 날아
다닌다. 구수한 냄새다. 무엇을 넣고 끓였는지 맛이 일품이다. 두
그릇을 뚝딱 비운다. 잘 먹는 시누이를 보며 신이 나서 나머지를
싸준다. 집에 가서 데워먹고 몸 좀 보신하란다. 참 친정 피붙이가
다르구나 싶다. 힘이 불끈 솟아남을 느끼며 그만큼 올케언니한테

고마움을 벗어놓고 집을 나선다. 오빠는 장터까지 데려다준다며 따라나선다.

내 말 맹심하고 살그레이. 인생 짧다. 그래고 인생이 빌거 아이다. 이 오래비도 아이를 못 낳아서 비담이를 금방 태어난 핏덩이 때 양재를 들있제. 양재 온 걸 비담인 모른다. 친엄마 친아부지로 알고 살고 있어. 참 착하게 컸다. 친자식보다 더 잘해. 안 그래도 너희 집에 한분 놀러 가고 싶어 하길래 내가 말렸다. 사돈어른 계실 때는 신경이 쓰여서 말렸고. 돌아가시고 또 한분 갈라고 했는데 가을이 그리되는 바램에 내가 못 가게 했다. 맴이 부서져 있는데 누가 간들 반갑겠나 싶어서. 이래저래 한 분도 못 가고. 결국은 그래다 보이 지 고모 얼굴도 몰래 본다고 그 소리가 내한테 원망하는 소리다. 그른데 오라버니를 닮았어요. 글쎄 남들도 그랜다. 그래이 천생연분이제. 착하고 아주 괜찮은 아이야. 니 올케언니도 고맙제. 니 올케언니도 친정 부모가 다 없어서 외로운 사램이다. 그래서 내 사정을 다 알민서도 내한테 시집와서 저래 잘 살아주고 비담이도 잘 키워주이 내사 참 늦복은 있어 잘 산다만 이 오래비는 자나 깨나 니가 걱정이다. 그릏다고 우째노. 그저 팔자래니 하고 잘 견디그라. 니는 어맀을 때부텀 기특하게 어른스룹고 잘도 견디냈으이 잘 이길 거라 생각하제만

니 낯이 너무 상해 못쓰게 됐다. 그 곱던 낯이 인제 못 쓰게 상했구나. 잘 먹고. 안 넘어 가드래도 잘 먹그라. 이 오래비 말 맹심

하고. 또 은제나 볼지 모르겠제. 아이들 장개나 가믄 볼까. 이 서방이 밉고 보기 싫제만 그래도 아 들 아부지다. 미운 눔 떡 하나 더 준다고 생각하고 그냥그냥 살그라. 밉다고 생각하믄 발뒤꿈치 둥근 것도 미와 보인다. 그래이 미운 생각을 다 지우고 그냥 아 들 보고 살그라. 아 들 모도 다 시집 장개보내고 나믄 우리 모여서 살자. 다 보내고 우리 집으로 와. 알았나? 야 인제 오라버니도 가보소. 그래 이 악물고 살그라. 알겠나. 이 악물고 독하게 악착같이 견디그라. 야. 알겠니더. 오라버니 장개 잘 가서 언니도 좋고 조카도 좋고 이제 맴이 놓이니더. 오빠라도 잘 살아야제. 고맙니더.

우리 두 남매 어릴 때부텀 고생만 죽도록 했는데 인제라도 오빠가 잘사는 걸 보이 인제 여한이 없니더. 다 나라 없는 설움 때문에 엄마가 없어지고 재산이 없어지고 이 나이가 되도록 이 고생할 때마다 일본 나라에 가서 불이라도 지르고 싶니더. 그릏지만 지가 먼 힘이 있니겨? 아 들이래도 이 지긋지긋한 압박에서 벗어나야 될 낀데 걱정이씨더. 오빠 얼릉 디가 보소. 조카하고 언니 기다릴씨더. 그래 집까지 델따주지는 못하이 들어가야제. 내 말 부디 맹심하고 맴 단디 먹고 우리 꼭 한분 잘 살아보자. 조심해서 가그라.

달녀는 발걸음이 떨어지지 않지만, 뒤를 돌아보지 않고 앞만 보고 온다. 돌아보면 다시 오라버니에게로 갈 것 같은 생각 때문에 앞만 보고 걷는다. 길바닥 위로는 눈물이 주책없이 자꾸 떨어져 길을 지우고 있다. 한참을 오니 눈물이 잦아든다. 뒤를 돌아보니 노곡을 지나고 있다. 갑자기 노곡 아지매 아들 애국·지사는 지금 무얼 하고 사는지 궁금하다. 일본군에게 끌려갔는지. 죽었는지 살았는지. 궁금하지만 알 수 있는 방법이 없다. 언제 한번 날을 잡아서 마을에 가서 수소문을 해보아야겠다 마음에 써넣는다. 오라버니는 왜 아이를 낳지 못했을까? 궁금하다. 미처 물어보지도 못하고 온 게 후회된다. 오빠에 대한 건 아무것도 모르고. 오직 자신만을 걱정해주는 오빠가 예나 지금이나 든든하단 생각이 핀다. 부지런히 걸어오다 금대 은행나무 밑에 잠시 앉는다. 쉬기엔 그만인 곳이다. 옆에는 갓을 쓴 선비처럼 보이는 사람들 셋이 앉아서 이야기를 나누고 있다. 살짝 귀를 열고 말을 훔친다.

은제 봐도 여게는 기맥히게 좋아. 그름요. 이 마는 임금의 옥띠가 가지런히 감싸고 있는 성스런 모습이래서 태조왕건이 반했다잖니껴. 울매나 반했으믄 심신이 피로할 때믄 신하들을 델꼬 이 마를 자주 찾았다제요. 어느 날 이 마에 진이라는 금대 처녀한테 태조 왕건이 반했는데 태조 왕건의 맴을 훔친 진이라는 처녀를 보기 위해 더 자주 이 마를 들렀제만 먼발치에서 보기만 하고 고백을 못 했다제요. 진이라는 처녀도 태조 왕건을 흠모했제만 감히 표현은 못 하고 시월만 보내다가 태조 왕건은 궁으로 갈 시간이 오고 말았대요. 태조 왕건은 차마 그냥 돌아갈 수 없어 암·수 두 그루 은행 낭구를 신하에게 시켜 이 마 입구에 심게 했다제요. 태조 왕건은 '내가 비록 너와 영원히 함께하지 못하고 떠나지만 마음만은 두고 간다. 저 두 그루의 은행나무 중 하나는 나 왕건이요. 또 하나는 처녀 진이다. 우리는 함께일 수 없기에 서로 이렇게 먼발치에서 바라볼 수밖에 없는 인연으로 만났다. 비록 내가 이곳을 떠나더라도 너와 언제나 함께임을 기억하거라'라민서 궁으로 돌아갔다제요. 태조 왕건이 돌아가고 진이는 두 그루 은행 낭구를 정성시릅게 키우민서 태조 왕건을 그리워했다는 전설이 있는 낭구제요. 그 낭구가 이래 커서 인제는 우리한테 그늘을 주잖니껴.

이야기를 훔치는 동안 해는 어둠을 멍석으로 깔아놓으며 산을 넘어가고 있다. 좀 더 빨리 걸어야겠다. 집에 아이들이 걱정을 하겠다는 생각이 그때야 난다. 걸음의 속도를 높인다. 어둠이 멀리서 밀려온다. 부지런히 걸어 어둠이 길을 다 덮어버리기 전에 집에 가야 한다. 부지런히 걸어 어둡기 전에 집에 도착할 거리쯤 왔을 때 계절이 길에서 서성거린다. 아뿔사! 아이들이 엄마를 걱정했구나. 그때서야 정신이 든다. 아들이 뛰어온다. 엄마! 대체 우째 된 거이껴? 미안하구나. 너들 걱정시켜서. 엄마 오랜만에 위삼촌 집에 가서 하룻밤 자고 왔다. 그냥 올 생각으로 갔는데 너 위삼촌이 붙들어서 자고 가라는 바램에 잤다. 걱정 마이 했제. 아이씨더. 별일 없으이 다행이씨더. 우리는 또 엄마한테 뭔 일 있을까 봐 숙명이하고 눈이 빠지게 기다렸제요. 아부지는? 아부지는 다행히 어젯밤에 안 들어오싰니더. 먼 볼일이 있으신 모양이제요. 다행이씨더. 안 그래믄 아부지 화낼지도 모르껜데요. 얼릉 가시더.

다행이라! 아버지가 안 들어온 것이 다행이란 말. 어찌 해석을
해야 좋을지. 이미 아이들 머릿속에서는 아버지의 부재가 아무렇
지도 않게 다행히 될 만큼 당연시되었다는 말. 멀리서 숙명이 뛰어
온다. 어린아이처럼 어미한테 매달린다. 어떻게 된 거냐며 걱정돼
서 죽는 줄 알았다면서 응석을 부린다. *미안하다. 괜찮니더. 엄마
한테 아무 일 없으믄 되니더. 우리는 먼 일 있으까 봐 걱정돼서 죽
는지 알았니더.* 여름이는 형과 누나의 말에 밀려 아무 말도 하지
않고 있다. *엄마 얼릉 저녁 해주마. 엄마 잠깐만 있어 보소.* 두 녀
석이 부엌으로 가더니 금방 밥상을 들고 나온다. 제법 밥상이 푸짐
하다. 육해공군이 다 모여 밥상을 헤엄치고 있다. 울컥, 또 뜨거운
덩어리가 목으로 올라온다. *엄마 잘했제요? 이거 전부 다 오빠가
했니더. 니는 머 하고 오빠를 밥을 시켜? 엄마는 오빠가 있는데
왜? 내가 밥을 하니껴? 그래 맞니더. 엄마 내가 잘하니더.* 숙명이
는 나중에 시집가믄 마이 해야 되이 집에서는 지가 해야제요. *나
시집가도 안 해. 시집가도 엄마맨치로 절대 안 살아. 나는 일 안
하고 식모 두고 살 거야. 그른데 아니믄 절대로 시집가서 엄마맨치
고상하민서는 안 살아. 시집 안 가는 한이 있어도.* 그래 살라믄
공부를 해야제. 공부도 안 하고 먼 재주로 그른데 시집갈래? 당장
오빠 친구들도 니를 이쁘데 왜 대핵을 안 보내냐고 묻는다. 그 말
은 곧 이쁘니까 대핵을 가믄 자기가 새겨보고 싶다는 말도 된다.
그래이 좋은데 시집갈라믄 까불고 댕기지만 말고 공부하그라. 그

래야 그른데 시집갈 수가 있어 알았나. 꼭 대핵 나와야 시집 잘 가라는 뱁이 어딨어? 나는 대핵 안 가도 좋은 남자한테 시집갈 거이까 오빠는 걱정하지 마. 그래. 지발 그릏게만 하고 살그라. 그래 살께이 두고 보소. 현실은 니가 생각하는 거하고 영 딴판인 거만 알아. 낯짝 하나 뺀드름 한 거 믿다가는 신세 망치는 수가 있어.

인제는 여자도 배우고 깨어 있어야 하는 시대야. 알았어. 오빠, 그만. 니 공부가 하기 싫은 이유를 말해 봐. 왜냐고? 핵교에서 달달달달 외우는 게 너무 싫어. 책을 읽고 이해하고 그걸 깊이 파헤치고 하는 게 공부제. 하기 싫은 거 외우는 데 시간 다 가는 게 아까와서 공부 더는 핵교 공부는 하기 싫어. 오빠도 싫어. 그릏지만 싫다고 안 하믄 남보다 뒤처지는 게 사회야. 그게 싫으믄 일단 대핵교에 들어가서 공부해보고 그래도 싫으믄 미국이나 어디 외국으로 유학을 가든지. 외국으로 가서 니 하고 싶은 거 맴껏 공부하든지. 집에서 이릏게 허송 시월 보내기에는 니 머리가 아깝다. 그래서 오빠가 하는 소리다. 진지하게 생각해 보그라. 알써. 남매의 대화가 제법 심도 있게 오고 간다. 그렇게 저녁밥을 오랜만에 아이들 셋과 둘러앉아 먹는다. 남편은 무엇 하러 가서 또 안 들어오는지. 밥을 먹으면서도 신경이 남편에게로 걸어가고 있다. 예정된 운명은 발길을 절대로 돌리지 않는다. 시계를 부수어버린다고 시간이 멈추지 않는 것처럼. 시나브로 드나드는 운명의 덫. 또 어떤 운명이 자신을 기다리고 있는지 불안 넝쿨이 너울진다.

성대와 혀를 버린 말

더는 생각을 늘리지 말자. 날씨도 곧 싸늘하게 마음을 식힐 텐데 쓸데없는 생각으로 젖게 해서 무엇을 해. 마음 상처에 연고를 발라 아물게 해야겠다. 오라버니의 말대로 내 상처 내가 치료하지 않으면 누가 치료를 해줄 사람은 없다. 꽃잎의 빨간 혀를 잘라 상처에 발라서 스스로 자생력을 길러 치료하고 아물게 해야지. 돌처럼 무거운 생각들도 모두 내려놓고 살자. 아이들이 방학이라 집에 있으니 좋은 옷은 못 입혀도 깨끗이 빨기라도 해서 입혀야겠다. 더럽혀진 옷들을 주섬주섬 모아서 이고 냇가로 간다. 오랜만에 앵두 엄마 강냉이도 빨래를 하러 나와 있다. *오랜만이씨더. 계절이 엄마. 우째 그래 보기 힘드니껴? 한분 찾아와 위로라도 해줬어야 하는데 미안하이더. 아이씨더. 말이래도 고맙니더.*

둘이는 더 주고받을 말이 말라버려 앉아서 빨래만 빤다. 빨래를 다 빨고 난 강냉이는 넓은 돌 위에 두 다리를 쭉 뻗고 앉아서 달녀가 빨래를 다 하도록 하늘을 본다. 돌멩이를 풍풍 던져 냇물을 때리면서 어린아이처럼 놀고 있다. *날씨가 더와서 집에 들어가도 덥기만 하제. 다 빨았으믄 이리 오소. 앉아 있으이 바램도 시원하고 더운 줄 모르겠니더. 그럴까요?* 달녀도 앵두 엄마 강냉이 옆으로 가서 앉는다. *식구가 줄어드이 빨랫감도 줄제요. 계절이 할매 살았을 때는 허구한 날 거랑에서 살디이만. 인제 계절이 할매 안 계시*

이까 빨래도 마이 안 나오네요. 참말로 참말로 고상 마이 했니더. 그 오랜 시월 똥 오짐 다 받아내기 그래 쉽니껴? 그른데 계절이 아부지는 대체 먼 정신으로 사니껴? 그 여자를 집까짐 들어서 계절이 어마이를 속 썩이고 참말로 남정네들이란 속을 알 수가 없제요. 다행히도 그 여자가 단산장터로 갔으이 인제 계절이 엄마는 속이 덜 타겠니더. 야? 단산장터요?

달녀는 용수철처럼 마음이 튀어 오른다. 야. 단산장터서 술집 한다고 하던데요. 술집 이름이 머이껴? 순간 피가 역순환을 한다. 술집 이름은 잘 모르겠니더. 얼쩐 듣기로는 단산옥이라든가? 문제는 그래 술집을 채래놓고는 온 동네 남정네들 다 알가서 그 집에 들다 하믄 거지가 돼서야 나온다니더. 타고난 화냥년이제. 왜 멀리 안 끼가고 하필 단산에다 또 채려서. 남정네 피땀을 다 훑어 먹는지 알 수가 없니더. 안죽도 계절이 엄마는 모르고 있니껴? 동네가 다 알아서 남편들 단속하느라 난리들인데. 그릏지만 어데 쉬파리 무서와 장 못 담그겠니껴? 앞을 다투어 그 집으로 줄 서서 술 머로 간다는데. 내는 누구보다도 계절이 어마이 맴을 잘 아니더. 그릏지만 내도 이래 살잖니껴? 들심날심 다 쉬민서. 계절이 어마이도 다 끝난 일이이까네 다 잊어 뿌리소. 내맨치로 시간만 잘래 먹고 살믄 되니더. 그 집은 아 들 공부도 잘하고. 그래도 내보다는 났니더. 인제 고상은 다 했잖니껴. 계절이 할매 살아서는 을매나 고상이 심했니껴.

이제사 말이제만 우리끼리 어울리믄 계절이 엄마 고상 많은데 잘 참고 산다고 참말로 고상 많다고 했제요. 계절이 어마이는 이웃하고 어울리지도 않고 산다고 우리끼리 말했디이만. 냉중에사 힘들어서 그른 줄 알았제요. 그 빌라빠진 노인이 우째 그래 누워서 오래도 사는지. 우리는 그랬제요. 저래 메느리 애먹일 바에는 일쩍 죽는 게 본인을 위해서도 좋고 메느리를 위해서도 좋다고. 그릏지만 어데 밍이 맘대로 되니껴? 밍이야 그릏다지만. 계절이 아부지 그 여자를 델꼬 왔다고 소문났을 때 우리는 이 거랑에 모이서 한마디씩 다 했니더. 계절이 아부지가 사램으로 안 보있니더. 아 들도 싯이나 보내고 참으로 고상 많았니더. 그래도 인제는 다 잊고 아 들 보고 살아야지 우쩨니껴? 여자로 태어난 게 죄제. 죄가 따로 있니껴? 내가 왜 이래 쓸데없는 말을 마이 하는지 모르겠네. 인제 고만 집에 가시더. 가서 안 죽을라믄 또 점심이래도 한 숟가락 떠야제요. 빨래를 이고 같이 가잔 말도 없이 가버린다. 앵두 엄마 강냉이가 바위에 내려놓고 간 말 때문에 그 자리에 앉아서 꿈쩍도 않고 있다.

길이 부러지다

5

강냉이의 말 온도에 감각이 마비된 듯하다. 어디로 갔는지 모른다고 했더니 바로 코앞에 그것도 장터에 술집을 차렸다니. 그렇다면 남편이 안 들어오는 날은 거기서 자고 안 들어오는 것이 아닌가. 답답함이 안개처럼 밀려온다. 어디까지 살아야 앞이 보일 것인가? 얼마나 더 살아야 햇빛이 비칠 것인가. 물음표 같은 문장이 온종일 자신을 따라다닌다. 남들처럼 평서문으로 살기가 이렇게 힘들단 말인가? 그림자처럼 따라다니는 물음표. 밤바람을 덮고 누워도 책갈피를 넘기듯이 마음을 넘기는 물음표.

별 눈물 떨어지는 소리만 반짝반짝 귓속으로 파고들어 온다. 별 눈물 소리는 귓속에 갇히자 살을 뚫고 피를 뚫고 뼛속까지 지나가는 소리가 서늘서늘하다. 온몸을 돌아다니며 영혼을 산산조각 내는 소리. 영혼은 흩어지고 별소리만 빛나는 밤. 어둠을 장전한 총한 자루가 영혼을 정조준하고 있다. 방아쇠를 당기면 총성은 자신의 길을 쏘아 죽일 것이다. 피투성이가 된 영혼은 밤을 뚫고. 영원히 다시 돌아오지 못할 언덕 뒤쪽으로 가서 비틀거리다 상처를 쓸어 덮고 죽을 것이다. 나, 달녀가 견딜 수 없어 죽어간 자리 달빛이 내려와 지켜주겠지. 달의 딸 달녀가 견딜 수 없어 죽어간 자리를. 부리들은 나뭇가지를 물어다 나무 위에 집을 짓는다. 울음을 사이사이 넣고. 바람을 잘라 넣고. 허기를 뚝뚝 분질러 넣고. 마지막으로 상처 가득한 지푸라기로 마무리를 한다.

장엄한 의식을 치르고 있다. 한 많은 숨소리를 낳아 기를 부리들의 둥지가 알처럼 동그란 슬픔을 말아 나뭇가지를 흔들고 있다. 집을 짓는다는 건 집을 허문다는 것. 눈으로 본 것들은 다 거짓이다. 입으로 뱉은 말들은 다 씨앗이 된다. 귀속으로 파고든 말들은 다 가시가 있다. 날개 달린 것들은 무게를 그리워한다. 어둠은 흰 피를 낳을 것이다. 별에 박힌 슬픔을 뽑아 닦고 닦아 거울처럼 닦으면 흰 피를 가진 하얀 대낮이 될까? 달 속에서 토끼들이 이를 갈며 슬픔을 빻는다. 꽃잎처럼 붉은 슬픔을 빻아 손톱에 물들이면 손톱은 날마다 닳고 닳아 초승달만 뜰 것이다. 빛은 아픔을 녹이고 녹여 검은 피를 가진 어둠을 낳는다. 무덤처럼 슬픈 바람은 나뭇가지에 앉아서 파랗게 울고 울다 맑은 슬픔이 되어 또르르 또르르 굴러떨어진다 멀미가 난다.

그냥 살아야 할까? 아이들이란 굴레를 못 벗어나서 산송장 같은 삶을 살아야 할까? 아 모두 다 괜찮다. 아들들은 다 제 앞가림할 것이고. 그렇지만 딸이 문제다. 저 말괄량이 같은 딸이 어미가 없으면 시집가서 힘들고 어려워지면 자신처럼 또 어미를 그리워하며 눈물로 세월을 보낼 것이 아닌가. 그렇다면 딸의 행복을 위해 내가 죽자. 나, 달녀는 죽고 숙명의 엄마로만 존재하자. 마음을 정리한다. 자를 것은 과감히 잘라내야 한다. 남편은 없다. 아이들만 있을 뿐이다. 단념을 단단히 붙들어 맨다. 단념하든 안 하든 시간은 자꾸만 자꾸만 앞으로만 달음질친다. 아들이 개학을 하고. 딸은 졸업을 했고. 큰아들도 내년이면 졸업한단다. 자신이 좋은 회사에 취직을 해서 엄마 맛있는 것도 사주고. 좋은 옷도 사준다며 벌써 졸업도 하기 전에 선심을 떡밥으로 던진다. 어미를 번쩍 들어 올리고는 *엄마 1년만 참으소. 시상에서 우리 엄마가 제일 행복하게 해 줄라니더.* 너스레를 떨고 학교에 가기 위해 집을 나선다.

딸은 대학교 가라는 오래비 말을 귓등으로도 안 듣고. 집에서 건들거리며 친구들하고 싸돌아다니면서 놀기만 한다. 그래 어미가 못 누린 행복 너라도 마음껏 누려라. 딸이 하고 싶은 일은 무엇이든지 하게 내버려 둔다. 어찌하거나 딸은 즐겁게 보내고 있는 것 같다. 다른 집들은 딸들이 남자들을 만나는 것에 대해 가두리어장을 만들어 가두어 버리지만 달녀는 마음껏 헤엄치며 놀게 둔다. 오히려 옷도 사주고 용돈도 주며 딸이 하고 싶은 대로 박수를 쳐줄 뿐이다. 어느 날 읍내에 있는 대학 다니는 오빠들과 여행을 다녀오겠다면 나선다. 하룻밤을 자고 오는 것도 아니고 아침 일찍 갔다가 저녁에 온단다. 가서 즐겁게 놀다가 오라고 보낸다. 어둠이 깔린 다음에 집에 온 딸. 어디서 무슨 말을 들었는지. 그 고운 얼굴에 잔뜩 먹구름을 드리우고 왔다. 재밌게 놀러 갔으면 얼굴에 햇살이 가득해야지 왜 먹구름을 잔뜩 깔고 오느냐고 묻는다. 밑도 끝도 없이 퉁퉁 불어터진 말을 뱉는다. 창피해서 못 살겠단다. 왜냐고 묻는 말에 딸은 자기 아버지가 술집에 드나든다는 말을 들었다는 것이다. 그 술집 주인이 도화살이란 것도 알아낸 모양이다.

물처럼 말을 팔팔 끓인다. 아무렇지도 않게 반응하는 어미한테 더 화가 나는지 어미한테 할 말 못 할 말을 폭포수처럼 쏟아낸다. 말의 코를 있는 대로 늘린다. 그래도 느긋한 어미가 이해가 안 되는지. 엄마가 그러니까 아버지가 저렇게 엄마를 무시하고 함부로 한다면서 시퍼렇게 말결기를 세워 어미 가슴을 벤다. *할매가 엄마한테 함부로 하고. 아부지가 엄마를 무시하는 게 다 엄마 책임이야. 왜? 엄마는 울매나 큰 잘못을 했길래 아무 말도 못 하고 당하기만 해. 왜? 한마디 말도 못 하느냐고? 그 여자 도화살인가 도둑년인가를 아부지가 우리 집에 델꼬 왔을 때도 왜? 엄마는 아무 말도 못 해. 대체 머 때문에 엄마가 그 여자 빨래해주고 밥해주고 엄마가 그 여자 하녀야? 엄마가 그 여자한테 빨래시키고 밥 시키고 해야지. 엄마가 아무 말 없이 다 해주이까 아부지가 엄마를 무시하지. 그 여자가 먼데 엄마를 무시하고 막 부래먹고 그래? 그래고*

할매도 피 한 방울 안 섞인 그 지지바 선화한테는 일 하나 안 시키민서 우리한테는 왜 그래 못되게 구는데. 그래고 엄마한테 왜 그릏게 함부로 하는 거야. 엄마가 먼 죄가 있다고 대체? 왜? 아무 말도 못 하냐고. 왜? 할매 똥 오짐을 밤낮으로 잠도 못 자고 받아내느라 빙이 나도 아부지는 왜? 거들떠보지도 않고 엄마가 해야 하냐고? 엄마는 억울하지도 않아? 엄마도 보기도 싫어.

절규를 뱉어내면서 어미를 다그친다. 철없이 공부만 하는 딸인 줄 알았는데 저렇게 모든 세상을 다 뚫어보고 있었다니. 달녀는 새삼 딸이 두려워진다. 엄마 왜 아무 말도 못 해! 내한테라도 할 말 쫌 해보라고. 제발. 나 화가 나서 죽을 것 같애. 미쳐뿌렐 것 같다고! 조용히 딸을 안아 등을 토닥인다. 그래. 그래. 엄마가 미안타. 너들한테 참말로 미안타. 다 이 어미가 부족한 탓이고. 박복한 탓이제. 누구를 탓하겠노. 그릏지만 어미는 너들만 있으믄 다른 어뜬 일도 다 이겨낼 수 있어. 너들이 그 답이다. 안죽은 어미 말이 이해가 안 가겠제만 내중에 니가 시집가서 아이 놓고 살아보믄 이해할 거야. 그 답은 그때 가서 새로 계산해보자. 에미가 부족하고 못났어도 니가 이해해다고. 잘난 어미 만났어야 하는데 이리 못난 어미를 만나서 미안하구나.

엄마! 미안! 미안! 그누무 미안이란 말 쫌 그만하소. 나 이 나이 먹도록 엄마한테 들은 말은 미안이란 말밖에 없어. 왜 그래 비겁하게 미안! 미안! 미안을 입에 달고 사는데. 그래이까 다 엄마를 무시하는 거라고. 엄마가 잘못한 거 하나도 없이 왜 미안! 미안! 하는데. 지발 그래지 마. 돌아뿌래기 직전이이까. 딸은 기어이 울음을 터뜨리고 엉엉 운다. 울지 마라. 그만 일로 울믄 앞으로 시상을 우째 살래. 시집가서 살다 보믄 그것보담 더 억울하고 힘든 일도 마이 생길 텐데. 울지 말고 이를 물고 살아내야 한다. 어미는 시상을 살믄서 엄마 없는 아픔이 제일 컸다. 어뜬 일이래도 엄마만 있으믄 다 견딜 수 있을 것 같았다. 뼈가 다 닳게 그리웠다. 하도 엄마 없는 것이 한스러와서 너들만큼은 엄마 없는 서러움을 물래주지 않을라고. 아무리 모질고 힘들어도 견디고 살았다.

어미도 눈도 있고 코도 있고 입도 있어. 자 우리 딸 너는 에미가 있으이 울믄 안 된다. 니가 울믄 엄마가 없는 엄마는 맴이 우뜯겠노. 뚝. 그치거라. 자꾸 울믄 울 일이 자꾸 생기는 뱁이다. 절대로 울지 마라. 어미가 죽거든 그때 울어도 안 늦어. 어미가 살아 있을 때는 절대로 울지 말고 행복하게 지내야 된다. 늘 웃으믄서 지내란 말이다. 어미 말 알아듣제. 아무리 힘든 일이 있어도 어미가 이래 두 눈을 시퍼렇게 뜨고 니 곁에 있는데 머가 힘들어. 얼릉 그치그라. 시상에 아무리 힘든 일도 어미 없는 일보다 더 그립고 힘든 일은 없니이라. 한참을 흐느끼던 딸이 울음을 그치고 엄마! 어미를 껴안는다. 어느새 어미보다 훨씬 커버린 딸. 키의 절반만 한 머리칼이 딸의 얼굴을 덮고 허리까지 내리덮는다. 딸의 머리카락이지만 흑단처럼 반질거리는 머릿결이 탐스럽다는 생각을 한다.

한바탕 회오리바람이 지나간 자리엔 고요가 자리를 깔고 앉는다. 날마다 돌아다니는 딸. 딸을 보면서 하루하루를 잘라낸다. 장날이다. 모처럼 장에나 다녀오자. 달녀는 장터로 간다. 어쩌면 도화살이 한다는 술집이 궁금해서 인지도 모른다. 그렇지만 관심 없다고 자신에게 타이르며 장 구경을 갈 뿐이다. 예쁜 옷이 있으면 딸에게 사 입히고 싶은 생각도 있고. 생각과는 달리 장터에 가자 그 여자가 한다는 술집이 가장 먼저 눈에 들어온다. 장터 한복판에 자리도 좋은 곳에 잡았다는 생각을 한다. 문을 환하게 열어놓고 손님을 기다리는 중인 것 같다. 대낮이라 손님은 보이지 않는다. 대문 밖을 내다보면서 환한 웃음을 팔고 있는 여자. 짠하다는 생각이 든다. 하나밖에 없는 딸도 함께 대문 밖을 내다본다. 갑자기 가슴이 덜컥, 내려앉는다. 저 티 없이 커가야 할 딸이 술집에 술 파는 곳에 있으면 도대체 딸의 장래가 어찌 된단 말인가. 그 아이의 운명도 참 기구하다는 생각을 하니 가슴이 먹먹해진다.

장을 한 바퀴 돌아보지만, 아무것도 눈에 들어오지 않는다. 단산옥이란 간판에 갇혀 밀대문 밖으로 목을 내밀고 서 있는 모녀가 자꾸만 따라다닌다. 긴 머리를 풀어헤치고 하얗게 티 없는 저 순순한 아이의 얼굴이 얼마나 많은 남자의 눈빛에 찔릴까. 생각이 머릿속에서 물고기처럼 헤엄쳐 다닌다. 장터를 돌아다녀도 발만 혼자 돌아다니는 기분이다. 눈은 아무것도 보려는 의지가 없다. 더 있어 봐야 시간만 장터에 버릴 것이다. 그럴 바에는 집에 일찍 가는 것이 장터에 혼잡이라도 덜하지 않을까. 꼭 물건이 필요한 사람이라도 덜 복잡하게 하지. 장터를 떠나 다시 집으로 발걸음을 옮긴다. 금대까지 걸어오니 땀이 옷을 다 적신다. 은행나무 그늘이 발걸음을 당긴다. 당기는 곳으로 가서 그늘에 잠시 신세를 진다. 어디서 기다렸다 불듯이 바람 줄기가 파도처럼 밀려온다. 땀을 금방 밀어낸다.

아낙네들 다섯 명이 미리 와서 땀을 식히고 있다. 달녀는 그들과 어울리는 게 싫어 은행나무 뒤쪽으로 돌아가 앉는다. 그 여인들은 달녀를 봤는지 못 봤는지 자신들 이야기하기에 한창이다. *그래서 우째 됐니껴? 우째 되기는요. 그 집 마누래가 술집에 가서 술집 주인 여자 멱살을 잡고 머리꺼데이를 틀어쥐고 싸우다가 왔다니더. 그랜다고 그 양반이 또 술 먹으로 안 갈니껴? 사나들은 아무리 말래도 안 되니더. 하마 그 술집 예펜네한테 폭 빠재서 가는 게지 술 먹으로 가는 게 아이니까 그 마누래가 그래제. 그렇게 경솔한 여자는 아이씨더. 그래 호되게 당하고도 또, 암시렁지도 않게 문을 열고 술 팔고 웃음 팔고 몸 팔고 팔 거는 머든지 다 파는데 누가 말리니껴? 우째다가 그 집 남자만 재수 없그러 걸렸제. 마누래 몰래 술 먹는 남정네가 한둘이이껴? 말해 머 하니껴? 술만 팔믄사 누가 머라니껴? 멀쩡하게 가정 있는 집 남정네를 자꾸 홀기니까 그릏제요. 그 뒤짝에다가 방을 따로 꾸매 놓고 돈 있는 남정네들을 꼬드게서 잠도 자고 한다니더. 문제는 남정네들이 그 여자라 하믄*

환장을 하고 가는 게 문제제. 그 여자가 집집마둥 댕기민서 꼬여 오는 거는 아이잖니껴.

노실 댁네만 해도 노실 댁 바같어른이 돈이 많으이 돈 마이 주는데 싫애할 술집 여자가 어딨니껴? 다 알다시피 노실 댁 바같어른은 가정백에 모르고 착실하기로 모시레서 두 분째 가라믄 서러운 사램인데. 우째 그래 홀딱 빠져부랬는지. 참따 참따 못해서 노실 댁이 가서 뒤집었다니더. 한 분만 더 가믄 그냥 안 두겠다고 으름장을 놓고 왔다니더. 그 여자도 바같어른 오믄 돌래보낸다고 했다이더. 그 말을 믿니껴? 처녀 시집 안 간다는 말하고 노인네 죽고 싶다는 말하고 장사 밑진다는 말하고 그 여자 돌래보낸다는 말은 믿으믄 안 되니더. 생각해보소. 술집 여자아이껴? 허가 낸 일인데 돈 벌게 해주는 손님을 왜 쫓니껴? 말 같은 소리를 해야제. 노실 댁도 괜히 헛수고씨더. 두고 보소. 내 말이 맞제요. 우쨌든 노실 댁 바같어른은 노실 댁 앞에서 다시는 안 간다고 싹싹 손이 발이 되두록 빌었다이더. 그래이 안 가겠지 머. 또 갈니껴? 머 한다고 장터 한복판에 술집을 채래서 온 동네가 시끄룹게 하는지 원. 나무 말 그만하고 얼릉 가시더.

여인들은 보따리를 머리에 이고 걷기 시작한다. 그들의 말을 곰곰 다시 생각해본다. 술집이 있으면 당연히 남자들이 술 먹으러 가지 어떻게 안 가길 바란다는 말인가. 어떻게 참새보고 방앗간을 들리지 말라고 한다고 안 들리나 말이다. 치마를 툭툭 털며 일어서

서 걸어 집으로 온다. 아직도 해가 많이 남아 있어 훤하다. 아무것도 사지 못하고 괜히 장터에 가서 못 볼 것만 보고 온 것 같아 기분이 벌레 씹은 느낌이다. 조금 있으니 딸이 온다. 딸은 무엇이 그리 신나는지 싱글벙글한다. 자신이 시키지도 않는데 밥을 하겠다며 부엌으로 들어간다. *우리 딸 밥하는 거 싫다민서?* 엄마는, 오빠 *부래멀라고 그랬재요. 남자들을 마이 부래머야 된다고요. 지가 밥을 울매나 잘하는지 한분 보소.*

제법 자연스러운 손놀림으로 저녁 준비를 한다. 저녁을 준비하던 숙명은 *아부지는?* 글쎄다. *은제 너희 아부지 어데 간다고 말하고 댕기는 사램이라 어데. 엄마가 그래 무심하이 아부지가 더 아부지 멋대로 하제요. 다른 사램맨치로 바가지도 빡빡 소리 나게 긁어보소. 엄마는 사램이 아이고 사램 그림자 같애. 밥 먹자.* 달녀는 화재를 다른 곳으로 돌린다. 딸이 혹시라도 자신 때문에 마음이 구겨질까 봐 걱정스럽다. 티 없이 키워서 좋은 곳에 시집보내는 것이 자신의 유일한 삶의 희망인데. 딸은 그걸 아는지 모르는지. 보이는 대로 들리는 대로 하고 싶은 말을 다 뱉어낸다. 그렇게 딸이 해주는 사랑 밥을 먹고 방으로 들어와 눕는다. 자꾸만 선화, 그 아이가 눈으로 들어와 잠이 안 온다. 풋풋하고 아직 너무도 어린아이가 그 험악한 곳에서 볼 것 못 볼 것 다 보고 자라면 장래가 어떻게 될까? 술집 딸이라고 온갖 짐승들은 시시때때로 벌건 아가리를 벌리고 먹이를 사냥할 기회만 엿볼 것이다. 그 아직 피지도 덜

한 꽃봉오리가 술집에 얼씬거리지 않아야 하지만 무슨 생각으로 사는지. 그 여자는 딸을 술집에 나와서 자신을 돕도록 한다는 것이다. 몹쓸 어미! 뒤척이다 잠이 든다.

또 변함없이 아침이 찾아온다. 한 번도 부른 적 없는데 아침은 끊임없이 찾아온다. 아침 설거지를 끝내고 갑자기 평안 아지매가 궁금해진다. 평안 아지매네로 갈 생각을 하자 발걸음은 말을 잘 듣는 하녀가 되어 평안 아지매네로 충실하게 걸어간다. 너무 오랫동안 못 가봤다. 힘들고 어려울 땐 늘 달려가면서 너무 소홀하다는 생각을 한다. 아침에 만들어놓은 전을 조금 싸서 간다. 언제 봐도 변함없는 따뜻한 아랫목 같은 아지매 시집온 이후로 많이도 의지를 하면서 살았다. *얼룽 오라우 야. 어떤 일이간. 아지매 잘 계셨제요? 너무 오래 못 봬서 한분 와 봤니더. 이거 맛은 없지만 하나 잡숴보시라고. 야래야래 이데 살만 하나 보그만 고래. 이런 걸 다 해오고. 고도 고도. 보기 좋다우 야.* 하나를 집어 오물오물 드신다. 달녀는 속으로 많이도 늙으셨다는 생각을 한다. 언제 저리도 많이 늙으셨을까? 누가 아랫목보다 따뜻한 아지매를 저래 늙혀 놓았을까? 너무 신경을 못 써 드린 것 같아 죄스럽다. 힘들고 어려울 땐 늘 손을 내밀면서 그러고 보니 언제 먹을 것 한번 해 드린 적이 없다. 너무도 뻔뻔스럽게 당연한 것처럼 얻어만 먹었다. 인간의 습관이란 이렇게 무서운 것이구나. 늘 손 내밀어 도움만 받는 사람. 당연한 것처럼 생각하며 살아왔다. 역전 앞 족발처럼 같은 말을 반복하면서도 당연한 것처럼. 일본에 그렇게 당하고도 자연스럽게 일본말을 그대로 답습하는 것처럼. 습관이 이렇게 사람을 파렴치하게 만들기도 하는구나. 아지매가 너무 늙은 모습을 보니 자신이 너무 괴롭혔단 자책감마저 든다.

와 그리 넋을 놓고 텨다본? 아이씨더. 아지매한테 너무 신세를 마이 진 것 같애서요. 고맙니더. 그래고 미안하이더. 맨날 힘들 때만 찾고 멀 것 한 분도 못 챙기드렀니더. 야래야래 별소릴 다 하는구먼 둑으로 가네? 사람 사는 게 다 그런 게디 단말 말고 날래 들어오라우. 들어와 놀다 가라우. 나도 심심하던 타에 달됐구만 고도. 내레 며틸 감기 몸살을 심하게 앓아서 입맛이 없었는데 맛있게 달 먹갔구만. 야? 아지매가 몸살을 앓았다고요? 와보지도 못하고 미안하이더. 먼 소리네. 이덴 괜탆다우. 다 났어. 이데는 살만하다우 고도. 이번 감기 몸살은 심해서 도심해야 한다우. 도심하고 몸 달 탱겨야디 아프믄 큰일이라우. 인제 다 나았니껴? 어데부터 일어나서 밥도 해 먹고 한다우. 이데 걱덩 말라우. 다 났다우.

달녀는 죽이라도 좀 끓여다 드려야겠다는 생각이 들어 자리를 털고 일어난다. 와 벌써 일나네? 집에 가봐야 해서요. 고래. 고롬 가봐야디. 날래 가라우. 도심해서 가라우. 부지런히 걸어서 집으로 온다. 거리 마당에선 새끼 닭들을 데리고 어미 닭이 놀고 있다. 정신없이 그림자와 햇살을 쪼아 먹고 노는 평화를 자르며 닭 한 마리를 붙잡는다. 실하고 통통한 닭을 잡는다. 자신이 죽는 걸 직감으로 알까? 닭들은 안 잡히려고 날지도 못하는 날개를 파닥이면서 이리저리 쫓겨 다닌다. 손아귀에 잡힌 닭의 눈이 초록초롱하다. 금방이라도 닭똥 같은 눈물이 뚝뚝 떨어질 것 같다. 붉은 볏으로 구구구구 계속 구구거린다. 작별 인사를 못하고 와서 저러나? 닭들의 어미를 강제로 잡으면서 엄마 생각이 난다. 우리 엄마를 빨래터에서 강제로 끌고 간 일본 놈이나 자신이나 다를 바가 없지 않은가? 닭들아 미안하다. 하지만 너희들은 한 번은 죽어야 다시 만물의 영장이란 혼을 담아 태어날 수 있음이야. 두렵겠지만 애석하게 생각하지는 마.

새끼 닭들이 다시 와서 놀고 있는 거리 마당으로 가서 잠시 작별할 시간을 준다. 꾸꾸꾸꾸 꾸꾸꾸꾸 어미가 말을 하지만 새끼들은 어미가 부르거나 말거나 멀리 가서 먹이를 쪼아 먹기에 바쁘다. 닭 발목에다 새끼줄을 묶어서 놓아준다. 단 얼마라도 새끼들과 작별 인사를 나누라고. 새끼줄로 족쇄를 찬 발로 어미 닭은 새끼에게로 간다. 어떤 새끼들은 흙을 마구 파헤치고 어떤 새끼들은 맨드라미 벼슬을 붉게 쪼고 있는 마당 텃밭으로 간다. 함께 꾸꾸꾸꾸 구구구구 무슨 말인가 해독할 수 없는 자기들만의 언어로 이야기를 한다. 잘 있으라고. 어미가 없어도 울지 말고. 힘들고 아프고 서러워도 잘 참고 견디며 살아가라고. 새끼들에게 당부를 건넸을 어미 닭. 얼마를 그렇게 두었다가 새끼줄을 잡아당긴다. 오지 않으려고 푸드득 푸르르 꼬꼬꼬 퍼더덕 퍼르르 꼬꼬꼬 있는 힘을 다

해 발버둥을 치며 꼬꼬거린다. 새끼 닭들은 놀라서 모두 옆으로 종종 뛰어간다. 그렇지만 그렇다고 그냥 놓아줄 수도 없는 일. 미안하다. 어서 마지막 작별 인사를 나누어라. 잠깐 멈추었다가 다시 수갑을 발목에 차고 사형장으로 사라지는 죄수처럼 작별 인사를 끝낸 닭을 끌어당긴다.

새끼줄을 풀고 모가지를 비틀어서 숨을 따내고 뜨거운 물에 넣어서 튀긴다. 몸에 털을 하나하나 뽑아낸다. 털을 다 뽑고 나니 닭살 닭살 닭살이다. 오돌토돌 닭살을 보니 몸에서 소름이 돋아 자신도 닭살이 된다. 얼마나 죽음이 무서웠으면 온몸에 소름이 돋아 있을까? 미안하다. 얼른 닭을 솥 안에 넣는다. 솥에 넣고 뚜껑을 닫아버린다. 새끼 닭들에게 모이를 가져다 던져준다. 위로를 던져준다. 미안함을 던져준다. 다행히도 새끼들은 어미의 죽음을 아는지 모르는지. 모이를 주기가 무섭게 달려들어 맛있게 모두 쪼아 먹는다. 조금의 비애나 슬픔 같은 것은 찾아볼 수가 없다. 지금은 잘 모르지만, 나처럼 살아가면서 힘들 때마다 어미를 찾을 저 새끼들. 자신이 슬픔 속으로 침몰하는 것 같아 마당가에 있는 막대기를 들어 닭들을 먼 곳으로 쫓아 버린다. 막대기에 맞지도 않고 맞은 것처럼 비명을 지르며 홰를 치며 날아가는 저 새끼들. 하지만 따뜻하게 위로해줄 어미가 없어 더욱 슬플 새끼들. 평안 아지매를 참 너무 많이도 괴롭혔다. 자신이 힘들고 어려울 때 늘 힘을 자신에게 나누어 주어 지금까지 살았는데 어찌 그리도 무심하게 살았는지.

남편을 무심하다고 원망할 것이 못 된다는 생각을 하면서 검불을 넣어서 부지런히 불을 땐다. 불은 활활 타올라 닭살을 익힌다.

 이런저런 머릿속에 엉킨 생각들을 젓가락으로 찔러본다. 닭살이 물렁하다. 죽는 게 얼마나 두려웠으면 닭살이 오돌토돌하게 돋은 그대로 두 다리를 오므리고 오금을 못 편 채로 익었다. 앙상한 날갯죽지는 제대로 한번 날아보지도 못하고 생을 마감한 것이다. 꼭 자신 같다는 생각. 날려고 날려고 애를 썼지만 단 한 번 먼 곳을 비행도 못 하고 시집에서 생을 다 보내고 살았다. 뱃속에 올망졸망 들어 있던 알들이 걸어 나온다. 내일쯤이면 낳을 큰 알과 그다음 그다음 또 그다음. 이어서 태어날 알들이 순서대로 도시라솔파미레도. 크기로 탯줄에 매달려 있던 알들. 그것들도 생명체인데 인간이 참 잔인하다. 조금 더 끓인 다음 녹두를 넣으려고 솥뚜껑을 연다. 닭의 목울대에 들어 있던 울음소리가 다 익어서 기름으로 둥둥 떠다니고 있다. 닭 울음 사이로 녹두를 넣는다. 한 번 더 끓인 다음 냄비에 퍼 담는다. 여전히 닭은 다리를 펴지 않고 날갯죽지도 웅크린 채 익었다. 소름도 살에 다닥다닥 붙은 채로 익었다. 소름 하나하나마다 두고 온 새끼들에 대한 근심이 볼록볼록 돋은 것이다. 울음은 김이 되어 홰를 치며 날아가고 있다. 미안하다. 너를 키워서 이리 잡았으니. 벌 받을 거야. 그렇지만 부디 다음 생엔 좋은 곳으로 태어나거라. 꼭 그렇게 되길 기도해주마. 그리고 평안 아줌마 몸속으로 들어가 기운 좀 돋워주렴.

닭의 목소리까지 넣고 끓인 닭 인생을 한 냄비 가득 퍼서 평안 아지매네로 간다. 아지매는 아직도 몸이 완전치 않은 게 분명하다. 한 번도 대낮에 누워 있는 걸 본 적이 없다. 그런데 방 안에 베개를 베고 누워 있다. 누워 있던 아지매는 닭 냄비를 들고 오는 것을 보고 힘겹게 일어나 앉는다. 기운이 어딘가로 새나간 게 분명하다. *와 또 완? 아지매 닭죽 쫌 끓애왔니더. 한 그릇 잡수소.* 부엌으로 들어가 대접과 숟가락과 국자를 챙겨서 들고 온다. 닭 다리를 뜯어 넣고 닭죽 한 그릇을 퍼 아지매에게 드린다. *야래야래 이거 머이가? 녹두죽이씨더. 잡숫고 기운 내시라고. 야래야래 이 더운데…*: 아지매 눈에서 이슬방울이 떨어진다. 이렇게 소홀했다니. 얼마나 아프셨으면 죽을 보시고 눈물이 날까? 죄스러움에 더 이상 있지 못하고 일어선다. *아지매 잡숫고 적에 또 뜨사서 잡수소. 지는 볼일이 있어서 가볼라니더.*

아지매는 아무 말도 하지 않는다. 분명 목이 메었으리라. 아지매가 저 닭 한 마리를 드시고 기운을 내시길 빌면서 집으로 온다. 쓰다. 날씨가 너무 쓰다. 몹쓸. 자신도 이렇게 은혜도 모르고 살면서 누구를 원망하고 누구한테 무슨 말을 하겠는가. 정말이지 단 한 번도 평안 아지매 안부에 대해서 생각해보지 못했음에 부끄러워서 고개를 들 수가 없다. 자신을 딸처럼 잘해준 분에게 뒤통수가 부끄러워 뒤통수를 만져본다. 뒤통수에 우굴우굴 묻어 있던 부끄러움을 털어내며 집으로 향한다. 돌부리에 걸려 넘어져 무르팍이 깨져 피가 철철 흐르는 기분이다. 햇빛 조각들이 길거리에 떨어져 눈을 찌른다. 단 한 번이라도 은혜를 생각할 수 있음에 위로를 한다. 우수수 낙엽처럼 떨어지는 후회에 단호하게 위로를 얻고는 다시 또 원점으로 돌아간다.

잎, 광합성을 버리다

밭을 다 맨 호미는 헛간에 걸려 겨울 허공을 매고 있다. 눈들의 영혼을 매고 있다. 겨울을 다 키우고, 봄이 자라자 다시 봄빛을 맬 호미가 헛간에서 자신을 내려다보고 있다. 남편은 변함없이 집에 들어오기도 하고, 안 들어오기도 하고, 관심을 끊은 지 오래되었지만 그래도 들어오지 않는 밤엔 머릿속에서는 단산옥 도화살이 함께 동침을 한다. 이제 제법 먹고 살 만도 하다. 호미를 닮아 가는지 구부정한 날들. 가족들의 신수를 보러 보살을 찾아간다. 신수를 다 뽑은 보살은 안경을 코밑으로 당기고 눈을 치켜뜬다. 달녀를 빤히 쳐다본다.

다 괜찮아. 식구들은. 본인이 문제지. 대체 먼 생각으로 사노. 큰일 날 생각은 절대 하지 마라. 아 들을 생각 해야제. 우쩰라고 저 누무 할망구는 저승에 가서도 메느리를 못 델꼬 가 환장을 하노?

이름이 벨라라서 그르나? 저래 메느리한테 벨라게 구는 사람을 본적이 없다. 에이! 몹쓸 할망구 같으이라고. 잠깐 기다리그라. 저누무 할망구 쫓을 부적을 써줄 테이. 꼭 지니고 댕기라. 그래고 이거는 베갯속에 넣어 두그라. 저누무 할망구 지독해서 니가 이기기 힘들어. 꼼짝 못 하게 꼭 이거 간직해. 알았제. 내 말 허투루 들으믄 낭패 본다.

내 이거는 특벨하게 돈 안 받고 해줄 게이 꼭 잘 간직해. 올해만 잘 넘기믄 인제 허리 피고 살겠구먼. 올해가 제일 악 고비야. 올해는 그저 버버리가 되고. 귀머거리가 되고. 봉사가 돼서 살아야 돼. 까딱하믄 죽어. 인제 고상은 올해로 끝나. 올 동지만 넘기믄 내년부팀은 대복이 들어와. 누구도 부룹지 않게 살게 돼 있어. 다행이네. 올해로 모든 악업은 다 소멸돼. 그래이 올해 넘기기가 제일 큰 고비야. 맴 단디이 붙들어 매놓고. 먼 일이 닥체도 잘 넘기라고. 내 말 알아듣나? 참말로 까딱하믄 주장이 죽을 수도 있는 수야. 조심해! 야. 고맙니더.

보살은 부적 두 장을 반쯤 접어서 준다. 싸라기 밥을 먹고 살았는지. 늘 반말로 시작해서 반말로 끝을 낸다. 자신이야 자신 일인데 아이들만 무사하다면 자신 일은 아무것도 아니라는 생각을 주머니에 담으며 집으로 향한다. 그래도 공짜로 준 부적이니 베갯속에다 넣어 둔다. 어떻게 가지고 다니란 말인가. 두 장 모두 베갯속에 넣어둔다. 그리고는 하루가 다 닳도록 하는 일 없이 한가로움을 즐긴다. 정초도 다 지나고 봄이 파릇파릇 풋내를 풍기면서 돈는다. 누가 뭐라든 계절은 변함없이 제 먹을 밥그릇을 놓치지 않으려고 꼬박꼬박 제날짜에 찾아온다.

동지가 오면 밤낮의 길이가 바뀌고. 소한이 오면 추위를 보내고. 대한이 오면 더 큰 추위를 보낸다. 입춘이 오자 사람들조차 입춘을 맞이하느라 분주하다. 집집마다 풍속을 좇아서 할 일을 하고 농사를 지을 준비도 서두른다. 올해는 꽃들을 좀 많이 심어야겠다. 엄마가 좋아했다는 돌담 밑에 있는 제비꽃을 담 안으로 옮겨 심는다. 허락 없이 이사를 시켰다고 하루 내내 고개를 푹 숙이고 금방 죽을 것처럼 있다. *미안하다. 내가 너를 좋아한다는 이유로 너의 의사는 묻지 않고 맴대로 이사를 시캐서. 참말 미안타.* 새벽에 일어나서 물을 주었다. 사죄하는 마음으로. 말을 알아들었는지 아침을 먹고 나가보니 배시시 보랏빛 웃음을 웃으며 고개를 든다. 보랏빛 웃음을 얼굴 가득히 띄우니 마음이 놓인다. 괜찮다고. 괜찮다고. 보랏빛 말을 하면서. 열두 포기를 옮겨 심었는데 모두 파닥파닥 물 없이 죽어가다가 물 만난 고기처럼 살아난 고개 쪽으로 그늘이 진다.

길이 부러지다

6

좋은 징조라며 혼자 피식 웃는다. 이제 제비가 알을 낳기 위해 날아오면 처마 밑에 집을 짓고 알을 낳아 품어서 새끼를 부화할 것이다. 온 집 안에 지지배배 머스매매 노란 소리로 짖어대는 주둥이들에게 수많은 벌레의 목숨 줄을 끊어 자신의 새끼들에게 먹이겠지. 새끼 주둥이들 노랗게 벌리며 재롱을 떨 때면 꼭 주둥이들은 별을 닮았다. 노랗고 예쁜 별부리들. 마루 끝에 따스한 햇빛을 깔고 앉아 상상을 당긴다. 벌떡 일어나서 송판을 자른다. 제비가 집을 지을 만한 곳에 못을 박는다. 곧 날아올 제비들을 위해 올해는 특별하게 두 개의 송판을 박는다. 더 마음에 드는 곳에 집을 짓든가 아니면 두 군데 다 지어도 좋다. 송판을 잘 박고 나서 마루에 눕는다.

아직 춘곤증이 올 때는 아니건만 깜빡 낮잠이 들었나 보다. 집에서 키우던 아지가 마구간으로 어슬렁거리며 들어온다. 너무 반가워서 아지를 잡으려고 아지 옆으로 가려고 하자 아지는 뒤도 안 돌아보고 어딘가로 간다. 아지 뒤를 따라간다. 아지는 꽃길을 걸어 간다. 아지가 들어간 집에 따라 들어간다. 거기에는 생각지도 못한 시어머니가 웃으면서 서 있다. 처음으로 시어머니가 그렇게 환하게 웃는 것을 보았다. 환하게 웃으며 반긴다. 그뿐 아니라 옷 한 벌을 자신에게 내민다. 받으라는 시늉을 하면서 고개를 끄떡인다. 별일이다. 이건 소설 속에나 나오는 일이지 현실에는 있을 수 없는 일이다. 한 평생 같이 살면서 단 한 번도 자기에게 눈 한번 똑바로 뜬 적 없지 않은가! 마음에 안 들면 부지깽이 바지랑대 지겟작대기 손에 잡히는 대로 잡아서 때리고 말 한마디도 곱게 안 하던 시어머니. 똥 물감으로 온 벽을 칠하고 뭉쳐서 서랍에 보관하고. 자신의 머리채를 마구 잡아 뜯고. 밥 안 준다고 욕지거리를 하던 시어머니가 아니다. 깨끗한 옷으로 말끔하게 갈아입고 말짱하게 웃으며 평생 못 본 웃는 인상을 보다니. 하긴 돌아가시기 전 제일 귀한 보물을 내 손에 쥐여주고 가셨지. 잘못한 게 미안해서 저러시는 거야. 사람은 늘 지나고 나서 깨닫고 후회하니까. 시어머니가 하는 행동이 천지가 개벽할 일이라 생각할 필요도 없어.

그렇지만 안 받는다. 쳐다만 본다. 주위를 둘러보니 꽃들이 만개한 궁궐 같은 곳이다. 복숭아꽃 살구꽃 배꽃들이 집을 둘러싸고 피었다. 너무나 아름다워서 이곳이 어디인지 참 좋다는 생각을 한다. 눈은 이리저리 주위를 돌아보고 있다. 시어머니 나벨라는 안으로 들어오라는 손짓을 하면서 돌아서서 방으로 들어간다. 명령을 어길 수 없어 따라 들어간다. 시어머니는 주려고 하던 옷을 보자기에서 풀어서 펼친다. 옷이 얼마나 아름답던지 선녀가 아니면 입을 수 없을 옷이다. 하얀 레이스가 눈부시게 달려서 마치 춤을 추듯이 하늘거리고 있다. 단 한 번도 본 적이 없는 옷이다. 치마저고리에 버선까지 어쩌면 저렇게 고울까? 그런데 시어머니가 무슨 일로 내게 저런 고운 옷을 다 선물로 줄까? 고개를 갸우뚱하고 있다.

시어머니는 펼쳐 들었던 옷을 다시 차곡차곡 예쁘게 개서 아무 말 없이 자신에게 내민다. 받으라는 시늉을 하면서. 고개를 끄덕이며 더없이 자상한 얼굴을 지으면서. 웃는 모습이 저렇게 예쁜데 왜 한 번도 웃지 않고 인상만 쓰면서 살까? 왜 화난 사람처럼 퉁퉁 부어서 살고. 소리를 지르고 꼭 자신을 원수를 대하듯이 할까? 진심으로 저렇게 다정하고 자상한 얼굴을 했으면 마나 좋았을까? 그렇지만 지금부터라도 저렇게 자상하고 다정한 웃음으로 자신에게 난생처음 저렇게 고운 옷까지 해주니 꿈을 꾸듯이 행복하다.

천천히 시어머니 앞으로 간다. 두 손으로 옷을 받는다. 받아서 돌아서니 아지가 서 있다. 아지가 돌아서서 어디론가 간다. 저대로 가면 아지를 놓칠 것 같아 아지를 잡으러 간다. 아지는 정신없이 앞만 보고 걸음을 늦추지 않고 간다. 아지야! 아지야! 왜 그래? 나야 나! 나 모르겠어! 아무리 소리를 질러도 돌아다보지도 않고 냇물을 건넌다. 뛰어가서 아지를 잡아야 한다. 아무리 뛰려고 해도 발걸음이 떨어지지 않는다. 아지야 가면 안 돼! 기다려! 소리를 지르다 잠을 깬다. 일어나니 햇살이 와서 자신을 따스하게 덮어주고 있다. 고약하다. 잠시 눈을 감았는데 꿈을 꾸다니. 참으로 신비스러운 일이다. 소를 보면 조상이라고 하는데 소와 조상을 같이 봤으니 좋은 일이 있으려나? 아니지 부적을 써다 놓았으니 나쁜 일들이 물러가려는 꿈이야. 다시 일어난다. 별로 빨래가 많지는 않지만 냇가로 간다. 벌써 빨래를 하러 온 동네 사람들이 있다. 몇 개 안 되는 빨래를 빤다.

계절이 어마이 내일 우리 장에 갈 건데 장에 같이 가시더. 지는 살 게 없니더. 꼭 살 게 있어야 가니껴? 구경하로 가제. 인제 시어머이도 안 계시는데 쫌 즐기고 사소. 장에도 댕기고. 우리하고 놀기도 하고. 여자들의 세상이 된 듯하다. 저렇게 당당하게 자신을 위해 살 생각을 하다니. 참으로 세월이 많이 흐르고 세상이 많이도 변했다는 생각이 든다. *내일 같이 가시더. 우리 집 앞으로 오소.* 앵두 엄마 강냉이가 일침을 놓는다. 무어라고 둘러댈 변명도 생각나지 않아 건성으로 대답한다. *알았니더.* 집에 있어도 딱히 아직은 할 일도 없고 해서 구경 가는 것도 나쁘지 않을 것 같아서다. 이튿날 별로 장에 가는 것이 썩 내키지 않는다. 단산옥, 거기엔 꼭 무슨 돌멩이 하나가 가슴을 짓누르고 있는 것 같아 가기가 싫다. 그렇다고 평생 안 갈 수는 없지 않은가. 그 여자는 어차피 남편과

는 떼려야 뗄 수 없는 사이인 것을. 그렇지만 그 여자도 술을 파는 이상 남편만의 여자가 되지는 못할 것이다. 자신은 그럼 무엇인가? 이만큼 살아온 시간을 다시 되돌릴 수도 없고. 앞으로의 시간도 보장할 수도 없고. 한 여자의 일생으로는 사랑이란 말이 무엇인지도 모르고 살아왔는데 앞으로도 남편의 사랑을 기대하기는 더 어렵다. 그렇다면 사랑이 무엇인지도 모르고 살다가 이슬처럼 사라져야 한다. 거기까지 생각하자 자신에게 미안했다. 그래 이제 얼마나 남았을지 모르지만. 나에게 온 육체와 영혼에게 조금이라도 보상을 해 줘야 할 것 같다. 아무도 대신해줄 수 없다는 오라버니의 말이 귀틀을 헤집고 들어온다.

달녀는 반쪽으로 금이 쭉 간 거울을 들여다본다. 얼굴이 두 개로 보인다. 이것이 진정 자신의 영혼을 담은 껍데기란 말인가. 거울을 들여다보며 히죽 웃는다. 거울 속에 여자도 따라 웃는다. 잔뜩 화난 표정을 짓는다. 거울 속에 여자도 찡그린다. 거울 속에 여자가 진정 자신이란 걸 어떻게 믿을 수 있는가. 그렇게 따진다면 빛이 있는 곳마다 따라다니는 그림자도 자신이라고 말할 수 있는가? 진작 본인은 단 한 번도 자신의 얼굴을 본 적이 없는데. 무슨 증거로 저 여인이 자신이라고 할까? 쓸데없는. 쪽! 거울 속 여인에게 가볍게 입맞춤을 한다. 그 여인도 똑같은 행동으로 따라서 입맞춤을 한다. 장에 갔다 올게. 거울 속에서 잘 있거라. 달녀는 장터로 가기 위해 깨끗한 옷으로 갈아입고 나선다. 너무 늦장을 부린 탓인지 모두 먼저 장에 가고 앵두 엄마 강냉이만 혼자서 기다리고 있다. 둘은 동병상련이랄까? 무엇인가 말은 없지만 통하는 것 같은 느낌이랄까? 어쨌든 강냉이가 자신을 전과 달리 살갑게 대해준다. 고마운 건지. 불쌍해야 하는 건지. 자신에게 비답을 내리지 못한다.

계절이 어마이요. 맴고상 하지 말고 다 털고 사소. 내맴치로 다 털어버리믄 속도 핀하고 하루를 살아도 자신을 알토란맨치 가꾸민서 살아야제. 너무 맴 쓰고 살믄 내만 손해씨더. 내 다 들어서 알제만. 그 여자가 단산옥에 있으믄 멀 우째겠니껴? 내 장마다 가서 소식을 듣제요. 나무 일 같지 안 해서요. 그른데 그 여자도 불쌍하디도. 계절이 어마이사 그래도 계절이 좋은 핵교 댕기제. 이쁜 숙명이도 졸업하고 여름이도 공부도 잘하고 올매나 좋니껴. 그른데 저 여자는 밤낮 웃음 파는데 미쳐서 딸까짐도 술집 여자 다 됐다고 소문이 니더라. 그 어린 나이에 시집도 안 간 처녀가 나이 먹은 남자들 상대로 술 팔고 어미를 도우이 인생 한마디로 조진 거제요.

일주일을 멀다고 여자들이 술집을 때매 부수고 난장판을 친다디더. 모르는 여자들이사 그냥 지내제만 아는 이상 여자들이 그냥 지내 갈니껴? 노실 댁만 해도 알아서 및 분 말해도 말 안 듣는다 하디더. 그래서 한분 가서 머리꺼댕이 잡고 싸우고 왔다디더. 그래고는 한 분만 더 하믄 그냥 안 둔다고 겁을 줬다디도. 그릏지만 남자들이 어데 그랜다고 안가나 말이씨더. 아무래도 저래다가 먼 일이 일어나도 큰일이 나도 나지 싶니더. 장날만 가도 괜찮을 낀데.

무신날도 가서 술을 먹는다는 소문이 자자하다니더. 술집 여자사모든 남자의 여자제. 그른데도 그 여자를 두고 남자들끼리도 치고받고 싸운다는 소문이 있니더. 그른 여자가 됐으이 계절이 아부지도 아마 맴을 끊을께씨더. 그래이 쪼매만 더 참고 기다리소. 그래다보믄 다 지 풀에 꺾어 지니더. 너무 맴 고상하지 말고 사소. 우리가 살믄 및 백 년을 산다고 그래 살아야 되니껴? 당당하게 살다죽어야제.

강냉이의 말을 듣다 보니 벌써 장터에 도착한다. 아무 목적 없이 가는 장이다 보니 앵두 엄마 강냉이만 따라다닌다. 앵두 엄마 강냉이는 이것저것 많이도 산다. 자신은 눈에 들어오는 것이 없다. 이것저것 다 산 앵두 엄마는 국말이밥 한 그릇 사줄 테니 먹고 가잔다. 그러잖아도 배도 고프고 해서 사양 없이 들어간다. 그곳은 변함없다. 장날이라 손님이 많다. 지난 어느 장날 처음 국말이밥집에들어왔다가 소리실 산다는 분을 만나서 오해를 받던 생각이 떠올라 웃음이 나온다. 왜 웃니껴? 아이씨더. 오래전에 우리 시어머이계실 때 소리실 사는 분한테 국말이밥 한 그릇 얻어먼 게 오해를사서 시어머이한테 혼나던 생각이 나서 웃었니더. 그래 오해는 풀니껴? 야, 풀리고 말고 자시고 할 것도 없는데 일이 꼬일라이 그래 되디더. 그때는 울매나 겁이 나든지. 지끔 생각하믄 아무꺼도아인 일에 그래 맴 졸인 생각을 하믄 참 어리기는 어렸던 것 같니더. 머든지 다 지낸 것들은 암만 힘들고 어레웠어도 추억이 되제요. *그래이 머든지 지나가는 거 아이이껴? 그래 생각하고 살자는 게지 말이씨더. 그래야 제요.*

국말이밥 한 그릇씩이 한 사람 뱃속으로 잠깐 사이에 다 들어가고 만다. 더 구경할 것도 없고 그냥 어서 집에 가자며 두 사람의 입이 합의를 하고 길을 걷는다. 금대 은행나무 밑에서 좀 쉬다 가자고 달녀가 먼저 말한다. 강냉이는 조금만 더 참고 가다가 모시레 가서 쉬잔다. 강냉이의 그 말을 받아들고 묵묵히 걷는다. 모시레까지 오자 어느 길갓집에 들어간다. 달녀는 자신은 모르는 집이라서 느티나무 아래서 기다리겠다고 하자 그런 경우는 없는 법이라면서 애써 같이 가잔다. 처음부터 아는 사람이 어디 있냐면서. 마음이 내키지 않았지만, 동행했으니 함께 하기로 결심을 부른다. 뿌리칠 수도 없이 완강하기도 하고. 하는 수 없이 따라 들어간다. 마당에 두레박 샘이 있다. 크고 넓은 마당이며 마루 잘 가꾸어진 화단 한눈에 부잣집처럼 보인다. 집이 참으로 고풍스럽다는 생각을 한다.

조금 있으니 뒤채에서 젊은 여인이 나온다. 아직 쉰은 채 안 되어 보이는 상큼한 여인이다. 강냉이를 보자 반색을 한다. *자주 쫌 들르제 우째 그래 안 들래고 지내댕기니껴? 지는 지한테 머 섭섭한 일이 있나? 생각했제요. 섭섭하기는요. 장에 올 적 마둥 들리믄 이 집 기둥뿌리 빠질까 봐 미안해서 못 들렀제요.* 두 사람의 대화는 친구 이상으로 가까워 보인다. *아 참, 이 사램은 우리 동네 훈장님 댁 메느리씨더.* 강냉이가 자신을 소개한다. *얼른 오소. 반갑*

니더. 말은 마이 들어서 알고 있니더. 처음 본 사람을 다정히도 반겨준다. 모두 자신을 다 아는데 자신만 모르는 것이 부끄럽다. *어데서 시집왔니껴? 친정이 어디이이껴? 두들마서 왔니더. 아, 그러시이껴. 지 외갓집도 두들만데. 반갑니더. 얼릉 일로 올라앉으소.* 더욱 친절을 베푼다. 처음 가는 집이라 걱정을 했던 것과 달리 친절을 베풀어줌에 걱정은 멀어진다. 서로의 인사 꼬리가 길다. 인사를 주고받느라 시간이 가는 줄도 모른다.

조금 있으니 긴 머리를 허연 끈으로 질끈 묶은. 뚱뚱한 몸에 스무 살이 채 안 되어 보이는 식모가 밥상을 날라다가 마루에 차려놓는다. 점심을 먹고 왔다고 강냉이가 말했지만 먹었어도 또 먹으라며 밥상 차려놓은 곳으로 자리를 옮긴다. 반찬이 많다. 보지도 못한 생선에다가 거나하게 차린 밥상. 그렇지만 국말이밥을 먹은 지 얼마 안 돼서 구미가 당기지는 않는다. 밥을 덜어내고 반 공기쯤을 먹는다. 다 먹고 나자 한방차 한 잔씩을 준다. 한방차가 담긴 컵이 어디서도 못 보던 것이다. 차 맛이 절로 날 것 같은 옥색 찻잔에 입술을 대어보니 차 맛이 달라지는 느낌이다. 그렇게 밥과 차를 잘 대접 받고 마루에 앉으니 풍경도 그만이다. 똑같이 사람으로 태어나서 어떤 여인은 복이 많아 이리 넉넉한 곳에서 살며 인간적인 대우를 받고. 자신은 또 무엇이란 말인가. 부러운 마음이 자꾸만 울컥울컥 솟는다. 차를 마시던 앵두 엄마 강냉이 입술이 말을 꺼낸다. 차 냄새가 묻은 말을 풀풀 풀어낸다.

요새는 바깥양반 단산옥에 안 가니껴? 잘은 모르제만 요새는 안 가는 눈치씨더. 내가 가서 그릏게 망신을 주고 왔는데 또 가른 사램도 아이제요. 한 분만 더 가른 그냥 안 있을 거라고 엄포를 놓았디만 요새는 발걸음을 안 하는 것 같은데 알 수야 없제요. 참 그 단산옥 주인이 그 집에서 살았다민서요. 그 여자 대체 우째 생게먹은 여자길래 그래 이 동네 저 동네 돌아댕기민서 나무 가정을 뒤흔드는지 통 알 수가 없네요. 그 여자 집에 댈꼬 왔을 때 울매나 속이 뒤집어졌을니껴? 참말로 알 만한 양반이 왜 그런데. 하기사 양반이고 선비란 허울을 쓰고 못할 짓 하는 인간들이 하도 많으이 말하믄 머 하니껴. 그래도 그 집 시어머이가 호랭이 시어머이라 못 살고 뛰쳐나왔다민서요. 그래고 보믄 호랭이 시어머이 덕 볼 때도 있네요. 소문이 그렇게 난 것인가? 아무런 대꾸도 않는다. 인제 와서 잘잘못을 따진다고 지나간 일이 다시 돌아올 것도 아니고. 각자 믿고 싶은 대로 생각하고 싶은 대로 하도록 내버려둔다.

어제 옥대 사는 재덕이 엄마가 와서 그래는데 재덕이 아부지가 그 여자한테 빠재서 그 집에 드나든다네요. 재덕이 아부지는 그래서는 안 되지. 재산이 다 처가 재산인데 재덕이 엄마가 보고만 있을 것 같니껴? 앵두 엄마 강냉이는 재덕이라는 집안의 내력도 다 알고 있는 듯하다. 그래서 되는 집도 있니껴? 누구든지 그래믄 다 안 되제. 그릏지만 친정이 빵빵한 덕은 톡톡하게 보는 모양이씨더. 친정 아부지가 호통을 치자 딱 한 분 간 거라민서 다시는 안 간다고 싹싹 빌었다니더. 그래서 용서해줬지만 한 분만 더 가믄 재덕이 위할배가 사위를 그 집에서 나가라고 했다니더. 아 들도 두고 알몸으로 나가라고. 그랬디이만 다시는 안 가겠다고 다짐을 했다 하디더. 그릏게 한 분 난리가 나고는 다시는 안 간다니더. 그래이 친정도 잘살고 봐야 한다이깐요. 우리 집 양반은 자기네 집이 부자라고 눈도 깜빡 안 하제만 지가 하도 드세게 하이까 못 가는 거제요. 그른데 그 양반은 자기가 쫓기나게 생깄으이 아무리 가고 싶어도 못 갈게 아이이껴. 재덕이 어마이는 손도 안 대고 코 풀었다고 좋아하디더. 친정이 부자고 그 덕에 팔자 피고 사는 걸 보믄 일단은 부잣집에서 태어나고 봐야 한다이깐요.

그 말을 듣는 순간 달녀는 자신의 집도 부잣집이었지만 일본 놈들 때문에 그리되었다는 걸 오빠에게 들었던 기억이 고개를 든다. 부잣집에서 태어나는 것도 중요하지만 부자 나라에서 태어나는 것도 중요하다. 그렇지만 어느 것 하나도 자신의 의지로 되는 것이던가! 이미 짜여진 각본대로 태어나 자기에게 주어진 연극을 하다가 막이 내리면 가는 것이라는 생각을 한 지 오래다. 어느 역할 하나도 자신이 원하는 배역을 주지 않는다는 것도 터득한 지 오래다. 그렇지 않았으면 자신은 그 험난한 삶을 이겨내기 어려웠을 것이다. 인제 잘 먹고 잘 쉬었으이 집에 가시더. 앵두 엄마가 엉덩이를 일으키면서 일어설 것을 종용한다. 잘 먹고 잘 쉬었다가 가니더. 고맙니더. 핀히 계시이소. 담 장날 오시믄 또 들래서 놀다 가시소.

고맙니더. 우리는 그 집 대문을 열고 나와 걷는다. 둘이서 소리실을 지나고 굽이를 막 지날 때였다. 누가 뒤에서 부른다. *여보소. 내 쫌 보고 가소.* 예전에 국말이밥을 사 주던 그 남자가 뒤에서 부른다. 아 저 양반이 무슨 일로 부르지. 뒤돌아보니 농사일을 하던 차림은 아니다. 걸음을 세우고 빠른 걸음으로 걸어오고 있는 사람을 뚫어지게 쳐다본다. 남자는 말하기 좋은 가까이에 오기가 바쁘게 말을 앞세운다.

모도 장에 갔다 오시니껴? 야. 그른데 우쩬 일로 보자고 하시니껴? 다른 일이 아이고 집에 양반 자꾸 단산옥에 드나드는데 그 양반 살다가 헤어졌으믄 그마이제 왜 그래 간섭이 심하게 그래는지 모르겠니더. 양반 단속 쫌 하소. 가문도 좋고 멀쩡하게 생긴 양반이 갈 데 못 갈 데 쫌 알고 댕게야제. 그래 앉을 자리 누울 자리도 모르고 기생집에 드나들믄 우째자는 거이껴? 우리 같은 사램이사 혼자 사이 한 분씩 드나든다 제만 어데 말이 되니껴? 달녀는 망치로 머리를 얻어맞은 기분이다. 무슨 말을 하려는 건지 의도를 알 수가 없다. *야 고맙니더.* 간단한 인사만 하고 오던 길을 온다. 앵두 엄마가 한마디 한다. *사내들이란 다 똑같애. 저 양반도 분매이 그 집에 드나드는 거제. 그래이 저래제. 멋 땜에 나무 일에 저래 감 놔라. 대추 놔라 하냐고. 그래고 저래 나무 집 가정에 기름을 끼없는 걸 보이 단산옥 주인한테 단다이 빠졌구먼. 에이 쓸개 빠진 인간들 같으니라고.* 앵두 엄마는 열을 펄펄 끓인다. 달녀는 짐작으로

알고 있을 때와 달리 속에서 무엇인가 확, 치밀어 오른다. 남의 입에까지 오르내리는 자신에게 정말 화가 치민다. 어쩌자고 아니, 어쩌라고 봄날은 이 사람 저 사람에게 헛소리를 싹틔우는지. 한낮에 꾸벅꾸벅 졸다 하는 잠꼬대 같은 말을 새알 까듯이 까대는지 알 수 없다. 봄과 초록은 동색으로 한패를 먹고 자꾸만 새 몸에서 헛알을 까게 만드는 것이다. 철 지난 겨울 같은 말로 사람의 정신을 잡아 흔드는 말들이 입가에서 침처럼 흐른다.

계절이 어마이 신경 쓰지 마소. 저른 어중이떠중이 말 다 새게 들으믄 시상 못 사니더. 빌의 빌 인간들이 다 사는 시상이씨더. 울매나 할 일이 없으믄 지내가는 사람을 일부러 불러 세와서 저른 다 썩어빠진 말을 풀풀 내뱉는지 원. 아무 신경 쓰지 말고 그냥 사소. 저 남자들끼리 멕살을 잡고 싸우든지 누구 하나 나가자빠지든지 내뿌래 두소. 미친! 미친 또라이들 아이껴? 참말로 짐승 같은 인간들. 정작 본인보다 더 화가 나서 펄펄 날뛰는 앵두 엄마를 보니 달녀는 자신이 뛸 일을 대신 뛰어줌에 대한 대리 만족이랄까. 더 이상 자신의 말을 덧댈 수가 없다. *야, 맞니더. 남정네들이사 늘 그른 거 아이껴? 인제 잘 봤제요. 계절이 어마이도 정신 채리고 장도 댕기고 멋도 내고. 하고 싶은 것도 하고 그래 사소. 안 쓰고 악착같이 모아봤자 남정네들은 쓸 거 다 쓰고 할 짓 다 하고 돌아댕기니더. 그래이 여자들도 쓰고 살아야 되니더. 야. 고맙니더.*

그렇게 장에서 많은 말 요기를 하고 돌아온 달녀는 차라리 안 가기만 못하다는 생각이 든다. 이것저것 모두 안 보고 안 듣는 편이 훨씬 속이 편하다는 생각을 한다. 이제는 장도 가지 말아야겠다. 다짐한다. 소리실서 만난 그 남자의 말이 잠자리까지 따라왔다. *다른 일이 아이고 집에 양반 자꾸 단산옥에 드나드는데 그 양반 살다가 헤어졌으믄 그만이제 왜 그래 간섭이 심하게 그래는지 모르겠니더. 양반 단속 쫌 하소.* 그 말이 따라와 잠을 뒤척이게 한다. 안 봐도 다 보인다. 인물이 반반한 도화살과 그 젊은 여자아이를 보러 드나드는 인간이 술을 좋아하는 인간보다 많을 것이고. 서로 자기 가정에 둔 아내 몰래 그 여자에게 껄떡거리면서 서로 손이라도 한 번 더 잡아보려고 난리를 칠 것이고. 그때마다 계절이 아버지는 기둥서방이라도 되는 양 눈에 불을 켜고 말리려 할 것이고. 그 여자 역시 그렇게 오랜 세월 가다가 보면 계절이 아버지가 지겨워질 수도 있을 것이다. 술 많이 팔아주고 잘해주는 사람을 싫어할 술집 여자가 어디 있을까. 어쩌면 그렇게 간섭하는 계절이 아버지가 지겹게 느껴질 수도 있을 것이다. 차라리 잘된 일인지도 모른다. 술집 여자를 독식한다는 생각은 어리석고 위험하기 짝이 없는 일이지. 더군다나 장터에 처음 생긴 주막집이고 젊은 여자아이까지 교태와 웃음을 묻혀서 술대접하는데. 어떤 사내들이 그걸 마다하겠는가. 돈푼이나 있고 학식이라도 좀 쌓은 인간들이 우선순으로 몰려들 것은 불 보듯 환한 일이지. 아직은 얼마 안 돼서 그렇지 이것 또한 조금 지나면 모두 다 당연한 것처럼 보아 넘길 것이다.

마음에 걸리는 것은 선화다. 그 철모르는 아이를 공부는 안 시키고 술집에서 남자들 상대로 웃음을 팔고 외모와 젊음을 팔도록 하는 어미가 세상에 어디 있단 말인가. 달녀는 그 아이를 데려오고 싶은 충동이 인다. 그렇지만 친어미가 아무리 못할 짓을 해도 친어미인데 자신이 무슨 이런 생각을 하는지. 잠시 자신이 건방진 생각을 했다고 뉘우친다. 잠을 다 파먹은 단산옥과 관련된 일들. 아침에 눈꺼풀이 떠지지를 않는다. 그렇다고 잠이 오는 것도 아니다. 그래도 일어나 봐야지. 어제가 장날이니 분명히 안 들어왔겠지만 그래도 혹시나 하는 마음에 뒤채로 돌아가서 방을 들여다본다. 역시나 방은 주인을 잃고 동그마니 말똥거리면서 혼자 있다. 갑자기 패랭이꽃이 보고 싶다. 자신이 가장 좋아하는 패랭이꽃. 길가에 나가면 지천으로 깔린 꽃이다. 호미를 꺼내 들고 나간다. 바람에 흔들흔들 봄을 맞이하고 있는 꽃을 캐기 시작한다. 열두 포기를 캐서 집으로 가져온다. 제비꽃 옆에 심는다. 물을 많이 주고 제발 시들지 말고 잘 자라라고 주문을 외워주며 정성껏 심는다. 저녁까지 고개를 안 든다. 당연히 토라졌겠지. 허락도 없이 옮겼다고. 그렇지만 곧 체념하고 여기서 꽃을 잘 피울 거라 믿는다.

그렇게 봄을 빈둥빈둥 다 늙히고, 초여름이다. 그동안 장에도 안 갔다. 소문이 두렵고 싫고 남의 입에 오르내리는 것도 싫다. 냇가에 가는 것도 가능하면 사람이 없을 시간대를 이용한다. 위로의 말도 듣기 싫다. 그 말로 위로가 되는 건 한계가 있다. 혼자 조용히 지내는 것이 훨씬 좋다. 이 시간이면 아무도 도랑에 나오지 않는다. 넝쿨장미는 무엇을 훔쳐보고 싶어서인지 나무를 타고 올라가 방긋방긋 웃으며 먼 곳을 바라보고 있다. 장미는 무엇인가를 보기만 하면 타고 오른다. 담장을 타고 나무를 타고 아마도 장미는 전생에 무언가를 타지 못하고 한이 맺혀 죽은 원혼이 아닐까? 흙은 그런 장미를 아무 거부감 없이 심고 비나 햇빛이나 바람은 무럭무럭 장미의 키를 키워 담을 넘고 나무를 타고 오르는 데 일조를 하는 공범이다. 하긴 세상에 모든 초목이나 짐승이나 모두 그런 맘으로 태어났다 죽겠지. 잡초도 마찬가지다. 태어남과 죽음에 그 어떤 것의 눈길 한번 받지 못하지만 아무렇지도 않은 채 그저 태어난 자리에서 바람이 불면 부는 대로 비가 오면 오는 대로 햇볕이 뜨거우면 뜨거운 대로 자신의 자리에서 할 수 있는 일을 하며 살아간다.

누가 이 맑고 순수한 풀을 잡초라고 하는가? 저 잡초 한 포기가 피어나기 위해 몇만 년이 걸렸는지 숲이 몇 개나 필요했는지 깜깜한 인간이 잡초라고 하는 건 무례한 건 아닐까? 저 잡초가 싹을 틔우기 위해 꿈틀거리기 시작할 때 잡초는 자신의 삶이 더 푸르러질지 더 초라해질지 몰랐을 것이고 자신이 잡초라 불릴지는 상상도 못 했을 것이다. 따뜻하게 살지 차갑게 살지 앞으로 일어날 자신의 운명에 한 치도 계산하거나 따지거나 하지 않고 이후 상태를 상상해 보지도 않았을 것이다. 그러나 천시는 때가 있어 지금 기회가 왔을 때 싹이 트지 않으면 영원히 기회를 얻지 못하고 캄캄한 땅속에서 하염없이 때를 기다려야 하기에 잡초는 생에 단 한 번의 기회를 놓치지 않으려고 돌 틈이나 바위틈이나 산이나 들이나 그곳이 어디든 따질 여력도 없고 선택의 여지도 없이 절박한 상황에서 오로지 기회란 동아줄을 잡고 세상으로 나왔을 것이다. 그래서 짓밟히거나 뽑히거나 온갖 설움을 받는다고 하더라도 후회조차도 하지 않을 것이다. 잡초라는 말조차도 고맙게 여기다 갈지도 모른다. 사람들이 잡초라고 말하지 말고 차라리 모든 것을 그냥 예쁜 풀이라고 부르면 좋겠다. 잡초는 달녀라는 이름으로 잡초와 다를 바 없이 태어나서 짓밟히고 상처 입고 산다고 잡녀라고 하고 또 그런 남자를 잡놈이라고 하면 기분이 나빠서 펄쩍 뛰면서 풀에게는 아무런 생각도 없이 잡초라고 하는 건 너무 무례한 건 아닌지.

달에게 사람들은 초승달 상현달 보름달 하현달 그믐달이란 이름을 지어놓았다. 그 이름 때문에 나 달녀가 이렇게 고통을 받는 삶을 사는 건 아닐까? 똑같이 같은 하늘에 떠 있고 같은 밤에 떠 있어도 별에게는 초승별 상현별 보름별 하현별 그믐 별이란 이름을 짓지 않았다. 그래서 늘 그 자리에서 반짝이며 빛을 발하고 한 곳에서 오래 살기에 친구도 많아 젖병이 늘 옆에 있어 배도 안 곯고 봄이면 큰 곰 작은 곰 목동 까마귀 사자 처녀들과 맘껏 놀고, 여름에는 거문고를 뜯으며 백조 독수리 돌고래 활로 뱀도 쏘아보고, 가을이면 고래와 염소와 양과 조랑말을 타고 안드로메다와 페가수스를 만나 놀고, 겨울이면 다른 계절보다 유난히 풍성한 잔치를 벌여 오리온 과자와 꽃게 과자를 먹으며 작은 개와 토끼와 외뿔소와 쌍둥이와 함께 놀며 즐겁게 반짝반짝 즐거워서 슬픈 시간을 보낸다. 별은 배꼽이 빠지도록 웃다가 가끔 친구가 없을 때 그때 눈물을 흘린다. 그걸 사람들은 별똥별이라고 한다. 얼마나 아름답고 숭고한 별의 눈물인가?

그런데 왜 동네 사람들은 이름을 달녀라고 불렀을까? 달녀가 아니라 별녀로 불렀으면 내 인생도 별처럼 빛났을지도 모르는데 왜 달녀로 불렀는지? 하긴 세상 모든 것이 따지고 보면 의도대로 되진 않겠지. 병아리도 계란의 시절엔 바깥세상이 얼마나 궁금했을까? 그래서 적당한 온도가 왔을 때 그 딱딱한 껍질을 벗어 버리고 서둘러 밖으로 나왔다. 만약 그 시기에 죽을힘을 다해 껍데기를 깨고 나오지 않았다면 병아리는 벙어리처럼 삶겨 흰자와 노른자로 아니면 누군가의 손에 깨져 라면에 들어가거나 날것으로 깜깜한 목구멍으로 넘어가거나 쌍화차에 둥둥 떠서 반들반들 눈을 깜빡이며 생이란 말 한번 들어보지 못하고 세상이 있는지도 모르고 돌이 되고 흙이 되었겠지만, 병아리로 태어나서 세사에 걸어도 보고 허공을 쪼아보기도 하고 봄빛도 마셔보기도 하고 물이란 투명하고 맑은 액체를 마시며 하늘을 올려다보기도 하고 어미 뒤를 삐약삐약 따라다녀 보기도 하고 홰를 쳐서 사람들을 깨우는 일도 해보고 닭발 닭똥 같은 눈물 닭살 닭 볏 등 이름도 몇 개 더 만들어보고 모래주머니도 차보고 그렇게 세상에 나온 보람을 느끼는 닭을 사람들은 닭대가리라 놀리지만 그건 닭대가리만도 못한 사람들이 자격지심에서 하는 소리다. 잡초라든가 닭을 깎아내리는 일에 명수가 인간이니까?

생각이 구덩이를 깊이 파고들어와 밖으로 탈출구를 찾지 못하고 달녀는 끊임없이 어둠 속에서 밝음을 헤엄치며 멍하니 있다. 달녀의 맥박은 지금 어느 곳으로 이탈해 뛰고 있는지. 풋내 나고 떫은 맛 다 익히고 난 나무에 잎도 다 떨어져 바람조차도 떠나가 버렸다는 생각을 한다. 우수수 자신의 삶이 잎처럼 떨어지고 있다는 상상이 무섭도록 밀려온다.

길이 부러지다

7

고통이 빠져나간 자리엔 길함이 찾아오겠지. 한 척의 봄이 느릿느릿 가지만 언젠가는 봄이 지나간 자리에 또 여름이 뜨겁게 찾아올 것이다. 비틀어진 시간이 흘겨본다. 눈 흘김이 싫어서 걸레와 이불을 꺼내서 냇가로 향한다. 보랏빛 그림자를 깔고 누운 곳에는 봄바람이 많이 불었고 몸에는 아직 몇 평의 감정이 고삐를 끌고 단산옥으로 향하고 있다. 그리도 싱싱하던 눈물이 이제 짜증을 내며 뛰쳐나가고 대신 무감각이 생리 중이다. 가슴속에 그리운 옛 애인 하나도 만들지 못한 삶. 너무 비좁아 돌아설 여유조차 없던 공간도 너무 짧게 지나간다는 생각을 하며 아무리 쓸모없는 휘어진 길이라도 바퀴가 굴러간 자국은 선명하게 남는다는 생각을 하며 아무도 없는 빨래터를 다 차지하고 마음을 방망이로 두드린다. 고기들이 왔다 갔다 놀고 있다.

이불을 다 빨아갈 무렵 앵두 엄마 강냉이가 저쪽에서 걸어온다. 그 여자의 빨래는 얼마 되지도 않는다. 그냥 놀러 오듯이 냇가를 드나드는 여자다. 일도 안 하고 건달처럼 산다. 하기야 그래 살아도 살아지니까. *아이구! 계절이 어마이 오랜만에 볼 씨더. 왜 그래 안 보이니껴? 어데 댕게왔니껴? 아이요. 지가 갈 데가 어데 있다고요. 그른데 왜 그래 안 보이니껴? 그때 장에 가고는 봄이 다 가도록 처음 보네요. 그른 거 같네요. 왜 장에도 안 오고. 통 바깥출입을 안 하니껴? 그 뒤에 장에 한 분도 안 왔제요? 야, 살 거도 없고 해서. 우리는 살 게 있어서 가는 동 아니껴? 속도 터지고 하이 허파에 바램이나 넣을까 하고 가제. 그래지 말고 같이 장에 댕그고 하시더. 야. 말로만 그래지 말고 같이 댕그시더. 같이 댕그민서 바램도 쐬고 해이지. 집에만 있으믄 속 울화빙 생기니더. 야, 고맙니더. 고맙기는 멀 고맙니껴? 한 이웃에서 같이 댕그고 같이 놀고 하민서 사는 게지. 옛날에사 계절이 할매 땜에 못 댕겠지만 시방은 못 댕글 이유가 없잖니껴? 그래지 말고 같이 댕그시더. 알았니더.* 앵두 엄마 강냉이는 답답하다는 뜻이 담긴 말을 홀홀 내뱉는다. 같이 다니기를 부추기는 뜻도 섞어서. 그냥 형식적인 대답을 던져준다. 자신의 속마음을 내놓고 싶진 않다. 그 속마음을 내놓은들 누가 그 속마음에 연고를 바르고 상처를 아물게 해주겠는가. 오로지 자신만이 할 수 있는 일이거늘.

달녀는 평안 아지매네로 간다. 아지매가 있다. 아지매가 저번에

볼 때보다가 건강해 보여서 다행이다. 어서 온. 내래 그 닭백숙을 먹고 감기 몸살이래 다 도망갔다우. 맛있게 달도 끓였다우. 고도 내래 닭백숙이 고래 맛있는 건 터음 봤다우. 그걸 먹고 나니 기운이 펄펄 일났다우. 아지매도. 지는 펑생 아지매 괴롭히민서 처음으로 죽 한 그릇 드린 걸 가지고 멀 그래니껴? 건강해 보이시이까 지가 기분이 좋니더. 아지매 건강하게 오래 사시야 되니더. 시집온 그날부텀 지는 아지매가 없었으믄 아마도 지금까짐 이 집에서 못 살았을지도 모르니더. 그저 춥거나 덥거나 견디기 어려우믄 아지매한테 제일 먼저 달려가고 울고 아지매를 마이도 괴롭힜제요. 그래고 사연이가 지금까짐 살아 있는 것도 전부 다 아지매 덕분이씨더. 그때 아지매가 아니었으믄 사연이는 이 시상 사램이 아닐지도 모르제요. 아지매가 사연이도 살리고 지도 살맀니더. 지끔 되돌아보믄 이 까마득한 섬에 홀로 갇힌 느낌. 날마다 속으로 울고. 아지매를 보믄 뱊으로 울고. 지 인생 90%는 울음으로 산 것 같니더. 이누무 눈에는 눈물뱊에 안 들어 있는지. 우째 그리도 서럽고 외롭고 견디기 어려운 일들만 많은지. 참말이제 사는 게 아이고 그냥 심을 쉬니까 사는 거였제요.

그래도 아지매가 친정엄마맨치로 늘 뜨뜻하게 감싸줘서 지금까짐 산 것 같니더. 돌아보이 부끄룹니더. 아지매한테 신세만 지고 받는 것만 당연한지 알았제 단 한 분도 멀 것도 못 챙게 드리고. 민구스룹니더. 그래고 참말로 고맙니더. 야래야래 어디 둑으로 간? 와 이래 쓸데없는 말을 하간. 고도 고도 이렇게 건강하게 달 살면 되디. 고도 쓸데없는 말은 하디 말라우. 새삼스레 남도 아닌데. 고도 인간이래 본래 외로운 거라우. 그래서 옆에 서로 틴구가 필요하고 하디. 그러고 보니 세월이 탐 많이도 흘렀구먼 고래. 계 덜이 아범은 딥에 달 들어오디? 아이요. 들어올 때도 있고 안 들어올 때도 있고 엿장수 맴대로씨더. 와 그래 덩신을 못 타리는디 모르갔다우. 아이래 고래 크고 하면 덩신 타릴 때도 됐구먼. 에이 알다가도 모를 일이구먼. 고도 그러려니 하고 살라우. 없다고 생각하고 아 들이래 달 간수하고 열심히 살라우. 데 덩신이 들면 안 그래겠디. 아딕도 덩신이래 나가서 그래디 고롬. 야, 고맙니더. 인제 집에 가봐야겠니더. 평안 아지매한테 죽 한 그릇이라도 끓여다 드리고 나니 마음이 좀 가벼워져서 아지매를 대하는 데 아주 깃털만큼이라도 미안함을 덜어낸 것 같다. 집으로 부지런히 와서 엉덩이는 또 마루에 앉고 싶어 안달이다.

월동초는 재주도 좋다. 가만히 제 자리서 흰나비 세 마리를 불러들인다. 일으켜 세웠다, 앉혔다, 춤을 추이면서 놀고 있다. 가만히 보니 남매 같다. 사이좋게 놀고 있다. 노랑꽃 흰나비 파란 잎이 환상적인 하모니를 이룬다. 어린 햇살이 자두나무에서 미끄럼을 타다 넘어져 울고 있다. 햇살의 어린 눈물이 반짝인다. 햇살의 눈물에는 물기가 없다. 바싹 마른 거짓말 같은 눈물. 눈물엔 물이 너무 많아서 말라비틀어져 버린 것이다. 불 속에는 너무 많은 물이 들어 있고. 물속엔 불이 많이 들어 있음을 삶에서 터득했다. 봄날의 한때를 마음껏 날다 갈 것들. 떨어진 날갯짓은 다 시들어간다. 그림자조차도 시들어간다. 나비들은 더듬이로 더듬더듬 꽃들을 진맥하고 있다. 처방전은 날개에 묻어 있는 가루. 꽃대궁 속에서 푸른 피가 끓어오른다. 조금 더 끓이면 꽃으로 발갛게 피어날 것들.

멀리서 산그늘 내려오는 소리가 들린다. 서툴러서 자꾸 미끄러지면서 산을 내려오는 산그늘. 산은 그림자를 거슬러 주고 묵묵히 잠들 준비한다. *혼자 머 하고 있니껴?* 언제 왔는지 앵두 엄마 강냉이가 풍덩 돌멩이를 던진다. *얼릉 오소. 우쩬 일로 우리 집에를 다 오시니껴? 지가 못 올 떼를 왔니껴? 아이, 그게 아이고. 본래 우리 집에는 잘 안 오잖니껴? 그때사 계절이 할매도 계시고 하이 우째 놀러 올 생각을 하니껴? 지끔은 계절이 할매가 안 계시이 놀러 와볼 생각이래도 하제요. 그래요. 올라가소.* 갑자기 온 앵두 엄마 강냉이가 반갑지도 그렇다고 안 반갑지도 않다. 줄 것도 없고 해서 미숫가루를 타 가지고 온다. 그 사이에 앵두 엄마 강냉이는 구름과자에 불을 붙여 뻐끔뻐끔 피우며 연기를 하늘로 뱉어낸다. 연기는 하늘로 올라가며 뱀처럼 꾸불텅꾸불텅 몸을 비틀며 뭉쳐 있던 살점을 풀어내 사라진다. 구름과자를 피우는 것이 멋있어 보이기는 처음이다.

정신없이 쳐다보고 있는데 강냉이는 *한 모금 피워볼라이껴?* 자신이 피우던 구름과자를 건네준다. 손은 거절하지 않고 받는다. 양

입술 사이로 꽂아 한 번 빨아본다. 뱃속에 있던 기침이 입 밖으로 마구 쏟아진다. *첨에는 본래 그릏니더. 피우다 보믄 차츰 덜해지니더. 답답하믄 피우소. 여자는 담배 피우믄 안 된다는 뱁이 있니껴? 속 탈 때는 이게 보약이씨더. 다시 한 모금 빨아보소.* 또 한 모금 빨아보자 속이 거부하고 기침을 쏟아낸다. 다시 강냉이의 손으로 구름과자를 돌려준다. 거절하지 않고 다시 받아든다. 강냉이 손이 받아들고 강냉이 입술은 폼 나게 빨아도 기침 한 방울 안 쏟아진다. *지는 담배를 먹을 팔자도 아인가 볼씨더. 담배 먹는 것도 팔자가 있니껴? 자꾸 피우다 보믄 괜찮아지니더. 속이 까맣게 타는 대신 담배를 태우는 거제요.* 구름과자를 검지와 중지 사이에 끼우고 쭉 빨아 당긴다. 입술은 맛있게도 빨아 당긴다. 구름과자 끝에는 산딸기가 발갛게 익어가고 있다. 산딸기를 익히느라 피운 연기는 하늘을 향해 끝없이 날아가고. 강냉이는 특별하게 할 이야기가 있어서 온 건 아닌 것 같다. 구름과자 꽁초를 마당 화단에 휙 집어 던지고는 미숫가루를 마신다. 급하게 후르르 다 마셔버린다.

더 마시소. 아니씨더. 목이 말라서 단심에 마싰니더. 배가 불러서 더는 못 먹니더. 달녀의 입도 미숫가루를 마신다. 미숫가루를 다 마시고 앉아서 강냉이는 입 밖으로 말을 꺼낸다. *우쩨 꽃을 저래 이쁘게 가꿨니껴? 생긴 거맨치로 이쁘게도 가꿔났네요.* 그사이 바람이 자랑이라도 하듯 후르르 후르르 꽃들을 흔든다. 각색의 향이 눈 속으로 마구 달려든다. 나비들도 오늘은 여기가 마음에 드

는지 앉았다가 섰다가 재롱을 떨면서 날아가지 않고 놀고 있다. 흰 나비가 노랑꽃에 앉아 노이 참 이쁘네요. 저 월똥초는 버릴 게 없어 좋제요? 생걸로 무쳐 머도 달작지근한 게 맛이 좋고 적을 꾸 머도 좋고 삶아서 나물 해 머도 좋고 꽃도 이쁘고 맛도 좋고 그래이 나비도 저래 좋아서 난리제요. 그케요. 월똥초를 봄에 마이도 뜯어 먹었는데도 또 자라고 또 자라서 저래 꽃까중 피우니더. 꽃이 저래 노랗게 피이 집안도 환해지는 것 같애서 좋니더. 내년에는 저 씨 받아 놨다가 지도 쫌 주소. 그 흔한 건데도 우리는 안 심었니더. 시어머이가 분초만 잔뜩 심어놔서 분초도 하야이 꽃이 피믄 꽤 이쁘기는 하제만 월똥초만큼은 안 이쁘이더. 야, 씨 앉으믄 받아뒀다가 드림시더. 쫌 마이 주소. 앞 화단에 한 반은 월똥초 뿌래야 될씨더. 간들간들 간드러지게 이쁘기도 하이더. 야, 지도 저 꽃을 좋아하니더.

계절이 어마이사 인물이 울매나 좋니껴. 이 집에 시집 안 와도 그 인물이믄 신랑감 골라 갈 껜데. 우째다 이 집으로 시집와서 이래 힘들게 사니껴? 하기사, 여자가 우째 남자 속을 다 알고 시집오니껴만. 지가 박복해서 그릏지 누구를 탓하니껴. 그저 그르려니 하고 사니더. 참, 그저께 장에 갔다가 희한한 말을 들었니더. 먼 희한한 말을요? 그쎄 언젠가 장에 갔을 때 소리실서 우리를 불러세우고 나서 계절이 어마이 보고 집에 양반 자꾸 단산옥에 드나드는데 그 양반 살다가 헤어졌으믄 고마이제 왜 그래 간섭이 심하게 그래는지 모르겠니더. 양반 단속 쫌 하소. 그래던 그 남자 있잖니껴?
아! 소리실 사는 그 양반요? 야, 기억 나제요? 기억 나니더. 글쎄
그 양바이 죽었다니더. 어이구! 멀쩡하든 양바이 갑재기 죽기는
왜 죽어요. 어데 아팠다니껴? 아이요. 자세한 건 지도 잘 모르니
더. 장에 가이 소문이 그래 나다더. 나무 일이라 자세히 듣고 싶지
도 않고 왜 죽었나 물어보지도 안 했니더. 그릏제요. 잘 알지도 못
하이 알믄 머하니껴. 그릏지만 안죽 나도 안 많은데 안됐니더. 글
쎄요. 사램이 산다는 게 어데 나이대로 죽니껴. 때가 되믄 나이에
상관없이 죽는 게 우리네 힘없는 목심 아이껴. 그릏네요. 지내가
다가 한분 들래봤니더. 심심하기도 하고 해서. 가니더. 또 심심하
믄 놀러 올 테이 가라고 내쫓지는 마소. 언제든 지나가다가 들어
오소. 이웃인데 왜 내쫓니껴. 그냥 한분 해본 소리씨더. 설마 내쫓
을니껴. 웃자고 해본 소리씨더. 미숫가루 잘 마시고 가니더. 야, 조
심해서 가소. 강냉이가 엉덩이를 흔들어대며 가자, 자신처럼 다 닳
아 몽땅해진 연필을 깎는다. 부엌칼로 깎는다. 조금 깎자 까만 속
심을 내보인다. 속심을 뾰족하게 갈아낸다. 그리고 오랜만에 시란
것을 긁적거려본다.

초서(草書)를 쓰는 독

푸르스름한 뱀들이

草書를 쓰며 허공을 난다.

한 곽에 갇혀 있다는 건
같은 독에 마취되어 있다는 것
스무 마리 중 한 마리를 꺼내 불을 지피면
입속에 독을 풀어놓고 조금씩 엷어지는 연초(煙草)
한 마리 또 한 마리 스무 마리
연기로 뭉쳐있는 저 파충류들.
구불거리는 독(毒)에서
마른 장작 냄새가 난다.

독의 사용 설명서를 여러 번 읽고
주의 사항을 몇 번이고 확인하지만
겨자씨만 한 결심엔
수미산만큼 독한 유혹이 웅크리고 있다.

독은 껍질을 벗어 나뭇가지 찔레넝쿨
아랑곳하지 않고 걸어놓는다.
간혹 바람이 파랑을 일으키는 건
허파에 들어 있던 기침 소리다.

해마다 다짐은 중독처럼 오고

작심은 3일을 끙끙거리며 간다.

허공을 휘감고 도는 오래된 습관을 비우고

빈 허공에 입김 불어 결심서 한 장 쓴다.

마지막으로 독하게

독한마음 한 모금 먹자

　시인지 아닌지 모르지만, 연필은 문종이에 한 무더기를 긁적여 놓고 베개에 잠을 눕힌다. 소리실 그 남자가 죽었다고. 무슨 이유일까? 자꾸만 궁금증이 생각 문을 두드린다. 잠을 다 훔쳐낸 소리실 남자의 죽음.

자살하는 달

　마음속 어딘가에 슬픔이 솟아나는 우물이 있다. 모두가 흘러가고 지금만 이렇게 있다. 지금 순간만은 슬퍼할 일도 없는데 슬픔이 울컥, 능소화처럼 목을 타고 넘어와 붉게 핀다. 아무리 삶이 고유성과 독자성이 있다고 하지만. 그 고유성과 독자성 때문에 공평

하지만은 아닌 것이 분명하다. 어쩌면 영원히 닿을 수 없는 남편과의 거리인지도 모른다. 쉼표만이 덩그러니 남아 앞으로 가야 할지를 생각하고 있다. 마침표를 찍을 날을 위해 쉼표가 존재하는 거겠지. 그게 언제가 될지는 모르지만. 아직 오지도 않은 날들을 당겨 미리 상상한다. 남편이 집에 들어오지 않는 횟수가 잦아지는 날들이다. 모두 지나간 일이다. 이제는 무감각해지자. 남편이 내게 무감각한 것처럼 딱 그만큼만 이제는 내가 무감각해지자. 자꾸만 쓸데없는 생각들이 머릿속에서 푸른 물을 자아낸다. 그러다가 갑자기 어제 일이 다리를 둥둥 걷어 올리고 머릿속을 걸어간다. 왜? 죽·었·을·까? 소·리·실·그·남·자·는! 골똘한 의문을 뭉턱 잘라내며 누가 잔기침을 한다. 눈을 들어보니 앵두 엄마 강냉이다. 어제도 오고 오늘도 오다니. 부쩍 친해진 것인가? 손에 무엇인가를 들고 있다.

먼 생각을 그래 골똘하게 하니껴? 사램이 와서 서 있어도 온 것도 모르고. 아이고 미안하이더. 얼렁 오소. 미안할 꺼까지야 없제요. 오늘은 놀러 온 게 아이고 이거 줄라고 왔니더. 그게 머이껴? 이거 산돼지고기씨더 산돼지고기? 산돼지고기가 어데서 났니껴? 전번에 들렀던 노실 댁이 줬니더. 노실 댁이 손이 커서 울매나 마이 주는지 우리도 식구가 먹고도 남을 만큼 마이 주디더. 그래고 계절이네 주라고 따로 이래 싸 주디더. 지는 심부름만 하는 거씨더. 그 집에는 산돼지고기가 우째 그래 많니껴? 아, 그 집은 동네서 누가 산돼지 잡았다 하믄 한 마리를 통째로 다 사니더. 이웃 동네까짐 부탁을 해놓고 사먹잖니껴. 한 마리를 다 사서 머 하게요? 산돼지 간이 사람한테 그래 좋다니더. 그래이 산돼지가 죽기 전에 간을 꺼내서 쌩걸로 먹는다이더. 그래고 산돼지 불알은 불에 꾸서 먹고 족은 삶아서 먹고 몸에 좋다는 건 다 구해서 식구들을 메기는 집이씨더. 그래고 나머지는 이래 아는 사램들 다 논갈라 주니더. 부잣집이 돼노이 통째로 사서 이래 논갈라 주제. 이게 쉬운 일이이겨? 우리네는 산돼지 구경도 못 하고 사는데. 그 집은 여게 저게 미리 부탁을 해놓는다이더. 그래서 산돼지를 잡으믄 기중 먼저 그 집으로 가져간다이더. 값을 후하게 쳐주고 산다고 소무이 나서 사램들이 산짐승을 잡으믄 기중 먼저 그 집으로 가져간다니더.

　산돼지뿐 아이고 꿩이나 산토끼 산노루 오소리 같은 것도 값을 마이 쳐주는 그 집에 기중 먼저 가주고 간다니더. 사냥하는 사램들이사 잡으믄 당연히 비싸게 주는데 팔제요. 그 바람에 우리는 마이도 얻어먹었니더. 통째로 사서는 이래 이웃하고 아는 사램들한테 다 논갈라 준다이 있고 다 베푸는 건 아인데. 그 집은 인심이 좋은 집안이제요. 장꾼들 장에 갔다 들리믄 누구든지 꼭 밥 메게 보내기로도 유명해진 집이씨더. 지끔이사 밥 못 먹는 사람이 드물제만, 및 년 전만 해도 밥 못 먹는 사람이 많앴잖니껴. 그래 일부러 밥 얻어머로 장에 가는 사람도 있었다니더. 한해 여름 태풍이 와서 사람도 논도 다 쓸어갔을 때는 아예 이 집에서 쌀 배급을 줬다니더. 그래이 이 집한테 신세 안 지고 사는 집이 모시레서는 거의 없다이더. 또 이웃 마을에서도 장날이믄 그 집에 가서 밥 얻어먹고 오는 게 관례처럼 돼 있니더.

그 말을 듣고 보니 자신이 처음 갔을 때도 아무런 스스럼없이 밥 먹었냐고 묻지도 않고 밥을 차려왔었다. 그래 있다고 해도 나누지 않으면 부자가 아니지. 함께 나눌 때 진정한 부자지. 그렇지만 있다고 해서 나눈다는 것도 쉬운 일은 아니지. 우쨌거나 고맙니더. 그래고 노실 댁한테도 고맙다고 전해주소. 전해사 주제만 은제 장에 가는 길 있으믄 한분 들래서 고맙다고 말하는 게 낫제요. 알았니더. 은제 장에 갈일 있으믄 들래서 인사함시더. 은제는 멀 내일이 당장 장인데 가믄 되제요. 지도 내일 장에 가니더. 우리 같이 가시더. 생각할 시간도 없이 가자는 쪽으로 몰아붙인다. 알았니더. 그래믄 내일 아직 먹고 우리 집 앞으로 오소. 지는 심부름 끝났으이 고마 갈라니더. 툭툭 아무것도 묻지도 않은 엉덩이를 습관처럼 털면서 일어나 간다. 마당을 나서며 그새를 못 참아 또 구름과자에 불을 붙이면서 간다. 신기하게도 구름과자를 먹는 앵두 엄마 강냉이가 멋있어 보인다. 아픔을 모두 빨아내어 하늘로 뱉어내는 것 같은 느낌. 뒷모습이 안 보일 때까지 멍하니 서 있다가 고기를 부엌으로 들고 간다. 고기가 제법 많다. 한 덩어리로 뭉쳐진 고기가 어림잡아 대여섯 근은 넘을 것 같다. 찬장 안에 넣어두고 밖으로 나온다.

갑자기 평안 아지매가 생각난다. 부엌으로 다시 들어간다. 부엌 칼로 산돼지고기를 자르기 시작한다. 덩어리로 된 고기가 안 잘라 진다. 부엌칼을 가지고 마당 가에 있는 숫돌로 간다. 넓적하게 생 긴 숫돌에 물을 손으로 끼얹고 칼을 간다. 슥삭슥삭 삭슥삭슥 칼 갈리는 소리는 꼭 마음을 안심시켜 놓고 조조를 죽이려고 칼을 가 는 소리로 들린다. 착각은 커트라인도 없지만. 어쨌건 그 착각으로 대접하려던 마음들은 모두 죽임을 당했다. 슥삭슥슥 삭삭슥슥 날 이 시퍼렇게 선다. 부엌으로 와서 다시 고기를 자른다. 아지매네도 칼이 안 들면 못 썰어 드시겠지. 떡 본 김에 제사 지낸다. 칼 간 김 에 썰어다 드려야겠다. 국을 끓이기 좋은 크기로 썬다. 고기가 선 홍색을 띠고 있어 맛있게도 보인다. 많이도 보냈다. 반도 못 썰었 는데 고기가 많다. 나머지는 썰어서 찬장 안에 두고 고기를 들고 평안 아지매를 찾아간다. 아지매는 마루에서 다듬이질을 하고 있 다. 다듬이질 소리가 집 앞길까지 걸어 나온다. 그 반들반들한 소 리가 시원스럽게 들린다. 어쩌면 리듬도 그렇게 일정하게 다듬이질 을 하는지 꼭 무슨 경전을 읽는 음률처럼 들린다. 잠시 걸음을 멈 추고 한참을 듣다가 들어간다. 다듬잇돌에는 하얀 옥양목 치마와 저고리가 반듯하게 누워서 주름을 펴고 있다.

어서 온. 대낮에 웬일이가? 그냥 왔니더. 이거 산돼지고기인데 노실 댁에서 줬니더. 너무 많애서 두면 상할 것 같애서 아지매 국 끓애 잡수시라고요. 노실 댁네레 둏은 일 마니 하는 집이라우. 그

딥은 어케 아니? 당에도 안 가는데. 아, 요 얼마 전에 앵두 엄마 따라 한분 들래봤니더. 그카믄 먹지 와 가디고 오네. 딥에서 국 끓애서 아이들하고 고도 두디 않고. 너무 많애서 먹고 남아서요. 그래도 그렇디. 남긴 무어래 남간. 안 먹고 가디고 온기디. 아이씨더. 집에도 많으이 아지매 끓애 잡수소. 두니끼니 달 먹갔다우. 고도 기운 없을 때는 퇴고 아이가. 산돼지고기래 보약이디. 고도 고맙다우 야. 아지매 은공에 비하믄 빙산에 일각이제요. 끓애서 기운 없을 때 잡수소. 지는 내일도 장에 가기로 했니더. 그래 이만 가봐야 하니더. 알았다우. 도금 놀다 가디 않고 갈라고? 할 일이 있으믄 고도 날래 가보라우. 야, 아지매 그래믄 가니더. 준다는 것이 이렇게 마음이 뿌듯하고 편하다는 걸 느낀다. 가벼운 걸음으로 집에 온다. 내일 장에 가서 사 올 것이 없나 살핀다. 장마다 가서 빈손으로 오기도 민망해서다. 자신을 위해서 무얼 하나 사 볼까? 그래, 나 자신을 위해서 윗도리라도 하나 사 입자. 그렇게 낙찰을 봐두고 잠자리에 든다. 남편이야 오거나 말거나. 오는 날보다 안 오는 날을 세는 것이 더 빠를 것 같다. 기다리다 보면 자신이 더 이상 버티지 못할 것 같아 애써 무관심으로 돌리자고 자신에게 다독다독 달래며 잠을 베고 눕는다.

이튿날 남편에 방은 주인을 잃고 혼자 덩그마니 있다. 약속대로 강냉이 집 앞으로 간다. 그 집 앞으로 흘러가는 물이 반짝반짝 햇살을 씻기고 있다. 알몸으로 부서져 내려 몸을 씻으며 깔깔거리는 웃음이 눈이 부시도록 환하다. 햇살은 시원하겠구나. 얼릉 오소. 들어오지 않고 은제부텀 기다렸니껴? 모르는 집도 아이고 들어와서 같이 가제. 다리 아프그러 여게서 서 있었니껴? 괜찮니더. 인제 막 왔니더. 아, 그래믄 다행이씨더. 햇살을 씻기는 강물을 뒤로하고 장을 향해 걷는다. 시렁시렁 별 의미 없는 말로 시간을 죽이며 장에 도착한다. 오늘따라 장에 가는 사람이 눈에 띄지 않는다. 모두 미리 갔는지 아니면 너무 일찍 해서 아직 모두 집을 안 나섰는지 모르지만. 장 입구에 들어선다. 그 많은 발에 신발 하나 안 신고 맨발로 바짝 말라 서로 몸을 포개고 나란히 누워 있는 지네. 눈을 멀뚱멀뚱 뜨고 움츠린 채로 몸을 포개고. 어디로 뛸지 모를 자세로 질서 없이 누워 있는 메뚜기. 다리를 쭉 뻗은 채로 마른 몸을 버드나무 가지에 관통당한 채 나란히 나란히 배를 포개고 꽂혀 있는 개구리. 뜨거운 물에 삼기는 것이 얼마나 두려웠는지 쪼글쪼글 온몸이 주름으로 덮여 있는 번데기. 파란 테두리를 감고 하얀 몸을 둥글게 말고 오그리오그리 말라 서로 몸을 포개고 누워있는 애호박. 산에서 살던 시절이 그리운지 깜깜한 표정으로 바싹 말라 앙크랗게 서로 뭉쳐있는 산나물. 뜨거운 물에 겁을 먹어 두 손을 주먹 쥐고 몸을 말고 서로 엉켜 있는 고사리. 삶의 고비가 힘든지 멀뚱멀뚱 이파리 하나 없이 대만 말려들어 서로 기대고 있는 고비. 껍질을 벗길 때의 손맛을 그대로 말려서 서로 뭉쳐져 짚으로 묶여 있는 고구마순. 넓은 이파리에 구르던 이슬방울을 쏟을 때 아리던 마음이 그대로 파랗게 말라붙어 서로 뭉쳐 있는 토란대. 울 밑에 살면서 피우던 하얀 꽃이 그리운지 온몸 동그랗게 말고 엉켜 있는 머우대. 산에서 살던 삶이 그리워 이제 비가 와도 쓸모없음에 우산을 접고 서로 몸을 기대고 말려 있는 우산대. 그 초롱초롱하던 삶이 뜨거운 물에 데칠 때 다 오그라들어 까맣게 뭉쳐 서로 엉켜 있는 초롱대. 산에서 대우받던 시절 자신의 삶이 그리워 서로서로 격려를 건네며 뭉쳐 있는 잔대싹.

모두 다 각자 제 몸짓에 맞는 크고 작은 광주리에 담겨 주인을 기다리고 있다. 그 골목이 끝나자 냉이 달래 씀바귀 부추 돌미나리 삼동초 돌나물 햇쑥 햇잎 고들빼기 꽃다지 같은 풋 종류가 파릇파릇 주인을 기다린다. 반은 파랗게 반은 볶은 콩가루를 온몸에 뒤집어쓰고 취향을 기다리고 있는 수리취떡. 반은 파랗게 반은 볶은 콩가루를 온몸에 뒤집어쓰고 쑥향을 기다리고 있는 동그란 쑥개떡. 하얀 쌀가루를 두부모처럼 찐 사이사이로 붉은 양대가 콩콩 얼굴을 내밀고 박혀 있는 양대떡. 넓적한 송판처럼 잘린 하얀 떡은 검은깨를 총총 박고 맨드라미꽃을 피워놓고 있는 기지떡. 누렇게 부푼 사이사이로 구멍이 숭숭 뚫려 조각조각 잘려 서로 몸을 포개고 있는 강냉이빵. 열여덟 처녀 가슴처럼 부푼 빵은 하얗게 공갈로 부풀어 삶은 팥으로 속을 채운 찐빵.

콩팥 보리 조 밀 귀리 녹두 수수 율무 강냉이 쌀들도 보자기를 깔고 앉아 주인을 기다린다. 됫박은 곡식 옆에서 부름을 기다리고 있다. 길게 늘어선 먹거리 줄을 지나간다. 호미 낫 괭이 쇠스랑 곡괭이 삽 부엌칼 과일칼 톱 도끼 서로 날을 세우고 주인을 찾고 있다. 치마저고리는 난전에 누워서 자신의 몸을 찾기 위해 해죽이 걸려 있다. 고무신방에는 흰 고무신 검정 고무신 흰 코고무신 검정 코고무신 꽃고무신 버선들이 코를 쳐들고 누웠고. 동백나무도리깨 나무종다래끼 나무 다래끼 대나무 소쿠리들이 어린이 키 높이만큼 키를 키우며 주인을 기다리고 섰다. 긴 줄을 지나온다. 긴 곰방대가 우묵하게 짜인 삼태기에 올망졸망 꽂혀서 자신을 빨아줄 입술을 기다린다. 워낭은 주저리주저리 새끼줄에 묶여서 딸랑딸랑 소리를 지르며 주인이 될 쇠 모가지를 찾는다. 코뚜레는 새끼줄에 꿰여서 어깨에 매달린 것도 모자라 한 손에 잔뜩 매달려서 자신과 함께 살아갈 주인의 코를 찾고 있다.

짚신은 꽃처럼 펼쳐져서 등에 졸망졸망 매달리고 손에서 부채처럼 펼쳐서 자신을 신어줄 주인을 발바닥이 닳을까 봐 허공을 딛고 기다린다. 손재봉틀은 길거리에 앉아서 손을 잡고 빙글빙글 돌며 검정 고무신을 꿰매주고 있다. 고무줄 다발은 뱀처럼 길게 늘어져서 주인을 기다리고. 참빗 얼레빗은 애타게 자신을 빗겨줄 주인 머리카락을 찾고 있다. 호박엿은 가위를 엿장수 맘대로 치면서 엿 먹으라고 소리를 지른다. 소는 등이 휘어지게 나무를 지고 서 있고. 지게는 나무를 지겟작대기에 고이고 서 있다. 희나리는 여인의 머리 위에 가지런히 누워서. 광주리 가득한 나물은 여인의 머리 위에 올라앉아 종 부리듯이 머리를 부리며 걸어오고 있다. 대바구니는 차곡차곡 몸을 포개고 앉았고. 복조리는 둘이 2인 1조가 되어 함께 묶여 운동회 때 두 사람이 한 쪽씩 다리를 묶고 달리듯이 함께 복을 줄 준비를 하고 있다. 부들이나 왕골로 맨 자리는 돌돌 자신의 몸을 말고 주인의 엉덩이를 기다린다. 새끼는 둥그렇게 뱀처럼 똬리를 틀고 서로 기대고 앉아 주인을 기다린다. 사기 호롱이 반들반들 환하게 주위를 비추며 밤을 기다리고. 놋그릇은 윤기를 내며 부엌을 기다린다.

길이 부러지다

<u>8</u>

나무 뚝배기는 투박하게 포개고 앉아 묵묵히 있고. 옹기전에는 항아리들이 만삭인 몸을 내밀고 숨을 몰아쉬고 있다. 갓은 주인의 머리를 기다리느라 하얗게 시간을 늙히고 있다. 우시장은 뒤편으로 돌아앉아 있다. 팔려 가는 것을 눈치챘는지 땅바닥에 털썩 주저앉거나 앞발로 힘껏 힘겨루기를 하며 주인의 가슴을 애태운다. 회초리가 엉덩이를 이랴! 이랴! 때린다. 태어난 지 얼마 되지 않은 송아지들은 어미에게서 떨어지지 않으려고 음매매음매매 뒷걸음치며 울어댄다. 어미 소는 보내지 않으려고 음매매음매매 새끼에게로 발걸음 돌리며 울어댄다. 가지 않으려고 우는 송아지 보내지 않으려고 우는 어미 소. 모두가 마음이 찢어지는 일이다. 갑자기 죽은 아지 생각이 난다. 뜨거운 눈물이 주르르 쏟아진다. 더는 우시장을 볼 수가 없어 걸음을 돌린다.

태어나서 처음으로 장을 차근차근 살펴보았다. 그사이 앵두 엄마는 무얼 구경하고 있는지 보이지 않는다. 빠른 걸음으로 장을 한바퀴 돌아본다. 한쪽 구석 난전에서 자신이 입을 옷을 고르고 있다. 달녀는 자신도 자신에게 선물하기로 한 윗도리와 아랫도리 한 벌을 고른다. 목련처럼 뽀얀 한복 한 벌. 처음으로 자신에게 선물하는 거라 기분이 좋다. 이런 기분이 처음이다. 참 좋다는 생각을 하는데 앵두 엄마가 한마디 거든다. *계절이 어마이요! 그 옷 입고 하늘로 날아가는 거 아이껴? 너무 고와서 하는 말이씨더. 낯도 그래 이쁜데 옷까짐 이래 이쁜 거 입으믄 너무 이뻐서 신이 질투한다 아이껴? 참말로 곱디더. 진작 쫌 그래고 살아야제. 아무튼, 참 잘 어울리디더. 앞으로는 자주 사 입으소.* 인사말이지만 기분이 나쁘지는 않다. 자신 역시 기분이 좋으니까. *살 거 다 샀니껴? 다 샀으믄 인제 집에 가시더. 야, 다 샀니더.* 볼일을 덜 본 사람은 볼일을 헐겁게 보라고 복잡한 장터를 빠져나온다. 한 번 얻어먹은 것도 있고 해서 배는 안 고프지만 국말이밥 집에 들어가 점심을 사주겠다고 하자 강냉이는 기필코 사양한다. 가다가 노실 댁네 들르잔다. 아차 싶다. 고기 얻어먹은 인사를 해야지. 무엇인가 답례를 해야 도리인데 까맣게 잊고 있었다. 무엇으로 답례를 해야 할지 앵두 엄마와 상의를 한다.

앵두 엄마는 오히려 뭘 사 가지고 가면 그 집에서 불편해할 거라며 그냥 가서 인사만 하란다. 부잣집이라 시시한 거 사주기도 그렇고 살 것이 마땅찮아서 그냥 따라나선다. 날씨가 화창하게 몸과 마음을 비춘다. 덥지도 춥지도 않고 지천에 꽃은 피어서 눈을 즐겁게 해주고. 개구리들의 음표는 청량하게 흔들리며 노래를 불러 귀도 즐겁게 해준다. 벌 나비들은 공중을 날아 우주의 균형을 잡는다. 울퉁불퉁한 길을 걸으면서도 모처럼 행복하단 생각을 해본다. 아! 이게 행복이구나. 앞서간 사람들의 발자국들이 어지러이 널린 길을 따라간다. 그렇게 행복을 데리고 걸어서 모시레 노실 댁네로 향한다. 노실 댁네는 변함없이 깔끔하게 정돈되어 기분이 상쾌할 정도로 꽃도 많고 정갈한 집이다. 장독대만 봐도 수십 개가 넘는데 반짝반짝 하나같이 윤기가 좌르르 흐른다. 볕을 받으며 일광욕을 하고 있는 고양이 새끼 세 마리가 옹기종기 몸을 맞대고 까망이 하양이 보드라운 털을 꼬물거리며 어미 고양이 품에 안겨 있다. 참으로 평화롭고 따뜻해 온기가 모락모락 김처럼 피어오른다. 고양이를 안아보고 싶은 충동이 일 정도로 귀엽다.

새까만 머리를 쪽을 지어 반들거리는 윤을 올리고 옥색 한복을 단정하게 입은 노실 댁. 누가 봐도 부잣집 맏며느리 같다. 어떻게 나이를 먹어도 저렇게 고울 수 있을까? *얼룽 오소. 장에 가서 머마이 샀니껴?* 작고 붉은 입술에서 방글방글 앵두처럼 발갛게 익은 말이 튀어나온다. *야, 마이 샀니더.* 앵두 엄마가 곧 받아친다. 그사이에 벌써 감자를 넣은 보리밥에 열무김치와 푸성귀가 가득한 밥상을 식모가 차려온다. 보기만 해도 먹음직하다. 고추장도 보리고

추장이고 비벼 먹을 장도 갖은 양념을 해서 한 번 찐 강장이다. 고소한 참기름 냄새가 밥상을 풀풀 날아다닌다. 감자를 으깨고 나물을 뜯어 넣고 강장과 고추장을 넣고 참기름을 넣은 다음 썩썩 비빈다. 비비고 나니 식모가 계란 반숙을 해 가지고 온다. 각자의 밥그릇마다 하나씩 동그란 달 하나씩을 놓아준다. 시장기를 넣고 싹싹 비벼서 먹는 그 맛이 어찌나 맛있는지 입이 놀라고 있는 중이다. 금방 뚝딱 한 그릇을 비운다. 둘이다 한 그릇씩 뚝딱 먹어치우는 것을 본 노실 댁이 한마디 던진다.

시장하싰나 보네요. 하기사 벌써 점심때가 짔제요. 아이씨더. 하도 밥이 맛있어서 정신없이 먹었니더. 에구 참말로 점심 자셨냐고 물어보지도 않고 먹었니더. 괜찮니더. 지들이사 장에 안 갔으이 벌써 먹었제요. 풋나물이 하도 좋아서 보리밥을 한분 해 봤는데 모두 잘 잡수시니까 보기 좋네요. 참말로 맛있게 잘 먹었니더. 앵두 엄마는 스스럼없이 말을 받아넘긴다. *염치도 없이 잘 먹었니더. 그래고 지난번 산돼지고기를 주시서 맛있게 잘 먹었니더. 그 귀한 걸 저희까짐 주시서 고맙니더. 진작에 인사를 했어야 하는데 인제사 인사드리서 미안하이더. 빌말씀을요. 우리 집 양반이 한 마리를 통째로 사서 지들도 다 못 먹니더. 갈라 먹어야제. 맛이 있디껴? 그름요. 그래 귀한 걸 어데서 먹어보니껴? 맛있게 잘 먹었니더. 다행이네요. 잘 잡수셨다이.* 식모가 와서 밥상을 가져간다. 아직도 고양이는 놀고 있고 항아리는 반짝이고 있다. *산국차를 우려 놓았으이*

한 잔 맛보시고 가소. 지난번 그 차이껴? 야. 그 차향이 아주 좋디더. 지가 차를 원체 좋아해서 차를 고로고로 준비해놓고 수시로 즐기니더. 촌에서 차를 만들 꺼리야 지천에 깔렸잖니껴. 전부 공짜로 만든 거제요. 그중에서도 산국차향은 참 좋제요. 꽃도 이쁘지만요. 마시믄 머리도 맑아지니더.

찻상이 나온다. 노랗게 동동 찻잔 위에서 뜨는 차향이 별처럼 곱다. 한 모금 축이니 향이 먼저 폴폴 날아서 콧속으로 들어간다. 별을 우려먹은들 이렇게 향기로울까 싶다. 혀끝에 닿자 벌이 앵앵 날아온다. 오늘은 일진이 좋은 날이다. 이렇게 고운 차를 마시고 여유를 가지다니 살다가 이런 날도 있구나 싶다. 천천히 아껴가면서 맛을 음미한다. 향이 참, 좋디더. 앵두 엄마 강냉이가 국화 향기 솔솔 흐르는 곱상한 말을 동동 띄운다. 야, 지도 이 향에 반해서 자주 마시니더. 그른데 참 소리실 그 양반 우째 됐니껴? 앵두 엄마의 뜬금없는 물음이 찻잔 위로 후두둑, 떨어진다.

소식 못 들었니껴? 야, 지도 장에 와도 이 집에 안 들르믄 소식이 깜깜하이더. 에그 그 양반도 참 안됐제요. 아들 하나만 바라보민서 상처하고 새 장개도 안 가고 일만 했잖니껴. 그래이 보람이 있어 그 아들도 유명한 대핵에 드가고 인제 걱정 없다디이만. 여자한테 눈이 뒤집혔잖니껴. 여자한테 미쳐서 아들도 안 보이는지 글쎄 기가 막히 말도 안 나오니더. 먼 일인데 그러니껴? 단산옥! 그 주인 여자한테 폭 빠지서 논이고 밭이고 다 그 여자 앞으로 이전해 줬다니더. 같이 살자고 맹세했다이더. 그래서 논밭 다 이전해주고 같이 살자고 했는데 일이 틀어졌다이더. 조건은 그 여자가 술집을 안 하고 치우기로 약속했다이더. 그른데 약속을 안 지키민서 자꾸 차일피일 미뤘다이더. 술집을 안 치우는데도 마이 참았제요. 및 달을 기다렸다이더. 아무리 기다리도 술집을 안 치우고 계속해서 술집에서 다른 남정네들과 시시덕거리니 단판을 내자고 찾아갔다이더. 그랬디이만 그 여자가 배신을 한 모양이제요. 그 여자는 같이 못 살겠다고 딱 잡아띠더라이더. 이유를 물었다이더. 그랬디이만 어뜬 다른 남자가 논밭을 다 넘겨주고 같이 살자고 했다이더. 그래서 화가 나서 그 남자를 만났는데 그 남자는 소리실 양반이 대적할 상대가 아이었다나 봐요. 오죽하믄 소리실 양반이 무릎을 꿇고 사정을 했다이더. 그 남자한테. 그랬는데도 여자가 자기는 그 남자를 택하겠다고 했다이더. 우째 사램이 한 약속을 손바닥 뒤집듯 하냐면서 설득을 계속했는데도 안 되이까 그러믄 자기가 죽겠다고 그날 그 술집에서 말했다이더. 그래이 그 여자 말이 죽든지 말든지 자기가 알 일이 아이라고 했다이더.

화가 나서 기싸데기를 때리고 술집 의자를 다 때려 부수고 한 모양이디더. 그 여자도 메쳤제. 글쎄 애초에 싫다고 하든가. 논밭 다 받아놓고는 오리발을 내미이 술집 여자는 술집 여자제 우쩔 수 없는 모양이디더. 술집 여자를 믿은 게 잘못이제. 술집 여자 말을 우째 믿고 전 재산을 다 이전해주니껴. 혼이 나갔던 게제. 아들도 있는데. 그날도 혼자 해결이 안 되이 우리 아 들 아부지를 같이 가서 해결 쫌 봐달라고 왔디더. 그래 하도 불쌍해 보이기도 하고 또 그 래 술집을 안 하믄 이 고을 남정네들 홀래서 가정불화도 안 나고 일거양득이라서 생각했제요. 그래 가서 해결해주라고 보냈제요. 우리 아 들 아부지가 같이 갔는데 먼 말을 해도 소용 없더라이도. 도로 제삼자는 끼들지 말라민서 말을 울매나 잘하는지 그냥 물러 서서 올 수뱎에 없었다이더. 그래 할 수 없이 그 사램한테 어려울 것 같다고 말하고 우리 아 들 아부지는 먼저 왔다이더. 그른데 적 에 우리 집에 들래서 적을 잡숫고는 자신은 그 여자한테 마지막이 라고 하민서 만약에 같이 살 생각이 없으믄 자신은 약 먹고 죽겠 다고 했다이더. 그랬디이만 약을 먹고 죽든지 살든지 자신이 알 바 없다고 한마디로 썩은 환부 도레내듯 잘라뿌렸다니더. 그래고 는 재산은 내중에 벌어서 갚아준다고 했다이더. 그래고 장사하는 데 방해되이까 다시는 오지 마라고 하더라이더.

말도 안 되는 말이제만 자신은 더 이상 우째 할 도리가 없다민 서 죽고 싶다고 하드라고요. 가진 거 다 잃고 여자한테 배신당하 고 아들을 볼 민목도 없고 자신하나 죽으믄 그만이라민서 술이 혀 가 꼬부라지게 먹었제요. 죽고 싶다는 말을 및 번 하기는 했제만 죽는 힘으로 살라민서 천천히 시간을 가주고 해결해 보자고 우리 아 들 아부지가 달랬제요. 그래고 우리 아 들 아부지가 술 마시고 어디 쓰러질까 봐 집까짐 델따주고 왔제요. 누가 저래 진짜로 죽

을 동 알았니껴? 설마 여자 하나 때문에 저래 죽을지 알았으믄 그
날 우리 집에 재워 보내는 긴데. 매일 술을 아무리 먹어도 굳건한
양반이라 별생각 없이 델따주고 왔제요. 그른데 그 이튿날 옆집에
띠기 어른이 밭을 갈 일이 있어서 소를 빌리러 갔다이만 그 시간까
중 자고 있드래요. 그 시간까지 자는 걸 한 분도 본 적이 없어 어
데 아프나 하고 문을 열고 들여다보니 자고 있드래요. 그래서 소
쫌 빌리 가겠다고 소리를 질러도 아무 기척이 없드래요. 술을 마
이 먹었나 생각하고 혼자 살민서 누가 술국 한분 끓이줄 사램이
없는 게 불쌍한 생각이 들었다이더. 그래 집에 와서 꿀물을 한 잔
타 달라고 해서 가주고 가서 먹이고 소를 빌려야겠구나. 하고 집에
다시 와서 꿀물을 타 갔다이더.

부지런히 가서 깨웠디이만 벌써 혼은 저승으로 가고 몸만 뻣뻣하
게 누웠드래요. 아들이 왔지만 빌 도리 있니껴. 아무것도 모르이
그냥 자기 아부지가 과로하고 지대로 못 잡수시고 해서 돌아가
다고 생각하고 그냥 조촐하게 뒷산에 묻었다이더. 불쌍하제요. 살
아서도 그래 힘들게 살디이만 죽어서도 어데 묻을 곳도 없었제요.
그래서 우리 집 양바이 아들한테 우리 산자락에 양지바른 곳 골라
서 묻어드리라고 했디더. 우째니껴? 죽은 사램을 묻어야 하이. 우
리 집 머슴하고 이웃 사램 맟이서 그냥 묻어드맀디더. 우리 집 양
반도 가심이 마이 아픈지. 그 여자를 원망하고 욕도 하고 그라니
더. 그릏지만 그만 일로 죽는 사램은 또 머이껴? 아들도 있는데 우

째 하건 살아야제.

앵두 엄마 강냉이가 한마디 한다. 도대체 그 여자한테 재산 다 주고 살자고 한 남자가 누구라이껴? 그거는 누구라고 말을 안 해 주디더. 우쨌거나 소리실 양반이 대적할 상대가 못 된다고 우리 양반한테 그랬다이 꽤 부자인 모양이제요. 술집 여자야 장사꾼인 데 재산 마이 준다는 남자 좋아하제. 그까짓 논밭 및 마지기가 눈에 찰니껴? 다 팔아봐야 돈 및 푼 된다고. 그래이 재산 마이 준다는 사내한테 붙고 소리실 양반은 버린 게제요. 그 여자한테는 울 매 안 돼도 소리실 양반은 한평생 피땀으로 모은 재산인데 불쌍하제요. 어떤 미친 인간이 지 재산 다 줘 가민서 술집 여자하고 살라고 덤벼드는지. 참 쓸개 빠진 놈이 다 있다이까요. 그나저나 어떤 사람이든 술집 치우고 데리고 살믄 좋겠니더. 그누무 술집 하나 생기고 나서 온 읍내가 조용할 날이 없으이 우째 생기 먹은 여자가 나무 집안 망칠라고 작정하지 않고서 저랠 수가 있니껴? 얼릉 남자 하나 나꿔채서 살믄 안 그래겠잖니껴? 그 버릇 개 줄라고요. 그것 도 가정이 없는 사람이믄 다행이지만. 가정이 있는 집 남자가 재산 을 줬으믄 그 집안도 또 깨지는 거 아이껴? 참말로 끝이 없네. 그 래다가 또 더 마이 준다는 남자 생기믄 또 버리겠제요. 안 봐도 환 한 일 아이껴? 참말로 기가 차서 말이 안 나오네요.

앵두 엄마 강냉이는 그 여자가 우리 집에 살았던 걸 알지만 노실 댁은 모르는 척한다. 달녀는 얼굴을 들고 앉아 있기가 거북하다.

얼룽 가시더. 오늘은 나무 얘기로 시간 다 보냈니더. 그래 인제 고만 일어서시더. 둘은 말을 털고 일어선다. 달녀는 오면서도 마음이 다 단산옥 도화살 그 여자한테로 가 있다. 도대체 연화동에 살 때도 그리 말썽을 일으키며 동네에서 욕 안 하는 사람이 없도록 하지 않았는가. 그런데 또 하필이면 코앞에 술집을 차려 놓고 숱한 집안들 다 시끄럽게 하더니 기어이 사람까지 죽게 만든단 말인가. 참으로 이해가 안 가는 여자다. 그런데 이상하다. 도화살에게 자기 재산을 주면서까지 사람을 죽음으로 몰아넣기까지 하는 남자가 있다? 그런 남자가 있다는 게 이해가 안 간다. 남편은 도대체 어디 가서 무얼 하느라 집에는 가물에 콩 나듯 들어온단 말인가? 그렇다고 어쩌다 들어오는 걸 보면 술에 취하지도 않은 것 같은데. 알 수 없는 일이다.

어찌했던 그 여자에게 재산을 줘 가면서 들여앉힐 남자가 있다니. 어쩌면 다행인지 모른다. 그렇다면 남편도 더 이상 도화살 때문에 마음 던지면서 밖으로 도는 방황은 끝낼 것 아닌가. 또 다른 여자가 있다면 몰라도. 그럴 수도 있겠지만. 이러든 저러든 단산옥이 문을 닫아야만 온 면소재지가 조용해질 것만은 확실한 것 같다. 노실 댁 양반같이 반듯하고 가정적이며 이성으로 돌돌 뭉쳐진 사람도 그 여자에게 반한다니. 도대체 그 여자는 사향(麝香)이라도 키운단 말인가. 그렇지 않으면 남자를 홀리는 장인의 기술이 있는지. 자신이 같이 살아본 거로는 별다를 것도 아무것도 없는데. 일이란 것도 할 줄 모르고. 안 하는 건지 못하는 건지는 모르지만. 자신의 몸단장하는 것 빼고는 아무것도 특이할 게 없는 여자다. 그런데 왜 남자들이 그렇게도 환장을 하고 자신의 가족을 힘들고 시끄럽게 해 가면서 술집에 드나드는지. 이해할 수가 없다. 그렇게 이 조용한 산촌 동네는 하루도 조용할 날 없이 시끄럽게 시간을 끌고 가고 있다. 그러는 동안 산촌 사람들은 생명을 다 살고 가기도 하고. 구름이 흐르는 동안 닳아서 없어지기도 하고. 중간에 어떤 이유로 목이 꺾여 다 못 살고 가기도 한다. 힘없는 나라의 산촌 동네는 설움을 가장 많이 겪는 곳이다. 영혼을 말살시키고. 그 여파는 개인의 삶 자체를 송두리째 빼앗아 가버려 인생길을 진흙 구덩이로 밀어놓았다. 소백과 태백의 산정기를 받고 달의 정기를 받고 태어났지만, 그 정기마저 왜놈들이 사정없이 짓밟아버렸다. 몹쓸! 몇억겁이 흘러도 이 보상을 받을 수 없는 것이다.

시간 시간마다 모두 진흙탕에서 허우적거리다가 다 써버린 생. 소백산의 딸 달녀는 억울한 생각이 들어 잠이 오지 않는다. 한 여인으로 태어나서 풍족하게 받을 사랑을 모두 빼앗겨 버리고 진흙탕에 구르며 살아온 날들을 돌려보니 피를 토할 것 같다. 밤새워 뒤척인다. 무슨 생각을 하든지 시간은 변함없이 똑같은 보폭으로 흘러갈 뿐이다. 여름은 봄을 밀치며 뛰어서 왔다. 푸르름도 공중 물 두렁으로 끊임없이 흘러간다. 갑자기 가고 없는 아이들이 보고 싶다. 아침을 먹는 둥 마는 둥 뜨고 아이들이 살고 있는 곳으로 향한다. 강을 건너서 강가까지 마중을 내려온 오솔길이 아이들이 잠들어 있는 곳까지 자신의 걸음을 안내한다. 칡넝쿨이 파랗게 넝쿨을 벋어 있다. 아이들이 묻힌 곳을 덮어서 그늘을 지워주고 있다. 칡넝쿨을 살며시 들어 본다. 지난겨울에 떨어진 잎들이 아이들의 무덤을 덮어서 그늘을 만들어주고 있다. 아이들은 어미가 왔건만 싸늘하게 누워서 어미를 거들떠보지도 않는다. 이 캄캄한 곳에서 어둠을 살라 먹고 사느라 얼마나 어미가 원망스러우면 일어나지도 않을까? 업장 소멸을 하는 데 천 년이 걸릴까? 아니아니 만 년이 걸려도 소멸이 불가능할 것이다. 자식을 죽인 어미의 죄는.

어디선가 새 한 무더기가 포르르 내려앉는다. 아마도 아이들일지도 몰라. 어미가 보기 싫어서 포르륵 재잘재잘 파르륵 재잘재잘 내려앉으며 어미를 조롱하는지도 몰라. 붉게 핀 꽃들이 너무 예뻐서 슬프다. 얼마가 지났는지 알 수 없다. 창백한 시간을 밀어내고 앉았던 엉덩이 들고 일어선다. 잘 있거라. 담담하게 한마디 던지고 모든 생각도 다 내려놓고 산길이 안내하는 대로 걸음을 옮긴다. 강물까지 데려다주고 되돌아가는 길. 강물에 빛들이 쌓여 반짝반짝 눈빛을 마구 찔러댄다. 강물에 싱싱한 아이들의 말들이 뛰어놀고 있다. 아이들의 살냄새가 끈적거린다. 집에 도착하니 반갑게도 아들이 와있다. 두 아들이 와 있으니 집이 꽉 찬 느낌이어야 하는데 텅 빈 느낌이다. 모처럼 더위에 보양식을 해 먹일 양으로 닭을 잡는다. 닭들이 안 잡히려고 홰를 치며 날아가 풀속으로 숨어든다.

닭의 걸음을 자유를 목숨을 울음마저 거두어들인다. 모가지를 자르니 피를 흘린다. 내장들도 자진해서 나온다. 걸음과 자유와 목숨과 울음마저 솥에다 넣고 아궁이에 관솔로 불을 붙인다. 닭 볏처럼 붉은 관솔은 불길이 닿자마자 벼락 치듯 번진다. 바람이 달려와 닭의 영혼들을 송진 냄새로 쓸어안는다. 보리밭으로 풀밭으로 데리고 치달음질한다. 또 다른 영혼으로 태어나 관솔불처럼 활활 타다 사라질.

솥뚜껑을 열자 닭들은 웅크린 채 오금도 펴지 못하고 겁을 먹고 있다. 오돌토돌 얼마나 겁을 먹었는지 소름이 온몸에 돋아 있다. 닭을 통째로 꺼내서 살을 찢는다. 다리를 떼어내고 날개를 떼어내고 살을 뜯고 뼈를 추려낸다. 녹두와 찹쌀을 넣고 다시 끓인다. 구수한 냄새가 모락모락 피어오르는 죽을 떠서 아이들에게 먹인다. 벼락 치듯 한 그릇씩 뚝딱 비워내고 또 달란다. 아이들이 먹는 것만 봐도 배가 부르다. 오늘 밤엔 별들도 하늘 가득하게 많다. 저녁을 먹고 툇마루에 앉아서 모깃불을 지핀다. 연기가 나자 모기들이 모두 도망가고 오랜만에 딸과 아들 모두 모여 수박을 잘라 먹는다. 아들은 자기가 자르겠다면서 수박을 반쪽으로 쭉 쪼개더니 한 입으로 들어갈 만큼 반듯하게 잘라서 동생들과 어미를 준다. 볼수록 기특하다.

밤하늘에 별들이 저래 많제만 우리 아들딸만큼 반짝이는 별은 하나도 없네. 엄마! 고슴도치도 지 새끼는 이쁘데요. 엄마 눈에사 우리가 최고로 이쁘게 보이겠제요. 모든 엄마 눈에는 다 자기 아들딸이 최고 이뻐 보이니더. 그릏지만 우리 눈에는 시상에서 우리 엄마가 최고로 이쁘이더. 제법 너스레를 떤다. 그래, 너들도 인제 마이 컸구나. 어미는 너들만 봐도 아무것도 안 머도 배부르다. 지들도 엄마만 있으믄 다른 거는 다 필요 없니더. 지끔이사 그렇제. 내중에 장개 가도 그랠래. 그래믄요. 지는요. 장개 갈 때 최고 먼저 보는 게 먼지 아니껴? 먼데? 우리 엄마한테 잘할 여자요. 다른 거는 다 필요 없니더. 엄마한테만 잘하믄 되니더. 엄마! 지도 형아하고 똑같니더. 우리 엄마한테만 잘하믄 다른 거 다 필요 없니더. 두 눔들이 에미를 가지고 놀리네. 아이씨더. 진짜씨더. 우리 엄마 고생 너무 마이 해서 우리는 엄마한테만 잘하믄 다른 거는 필요 없니더. 효자 낳구먼. 효자 낳어. 우리 엄마는 좋겠니더. 우리맨치 효자는 없다고요. 알겠니껴? 알겠니더. 우리 두 아드님.

행복하다. 일순간 행복 가루가 우수수 쏟아진다. 별들도 있는 힘을 다해 반짝인다. 달은 빙그레 자신의 모체인 달녀를 비추고 있다. 이렇게 행복한 밤은 깊어간다. 둘이서 서로 무릎을 차지하려고 다 큰 것들이 다툰다. 결국, 다 밀려나고 작은 눔이 어미 무릎을 베고 눕는다. 엄마의 무릎을 그래도 컸다고 제일 큰 놈은 아예 양보하는 기세다. 어느새 잠이 찾아왔는지 코를 곤다. 부채로 연기와 모기를 쫓아주니 잘도 잔다. 계절이 깨워서 방에 눕힌다고 한다. 그냥 두라고 단잠 깨우지 말고 그냥 얇은 이불 하나 갔다 덮어주라고. 그 새 딸의 다 큰 머리가 또 한쪽 무릎을 베고 눕는다. 이런 다 큰 놈들이 어미 무릎을 한 쪽씩 베고 자니 발이 피가 통하지 않는지 저리다. 하지만 일어날 수가 없다. 방에 있던 배게 두 개가 큰놈 손에 끌려온다. 잠이 깰까 살그머니 내려서 머릿밑으로 베개를 베어준다. 이불은 아이들의 배를 덮어주고 있다.

   암만 여름이래도 배를 다 내놓고 자면 배탈 나니더. 그래이 배는 덮어줘야 되니더. 형이 다르긴 다르다. 어미가 할 말을 대신해서 한다. 동생을 챙기는 마음이 거룩하다. 동생들에게 모기가 달려들까 봐 부채를 들고 계속 부친다. 계절아, 저 산 언덕을 넘어서믄 머가 있겠노? 아마도 꽃향이 덮인 슬픔과 바램에 맑게 씻긴 강물이 있지 않겠니껴. 우째믄 태초에 덧없는 한 시상을 살고 간 사램이 살고 있지 않을라? 풋풋한 봄 햇빛이 찔레꽃보담도 하얀 웃음을 웃으믄서 날아댕길 것 같니더. 억울하게 살다가 죽은 사램들의 살 냄새가 익어가고 있지 않을라? 빌들이 엄마를 비웃니더. 여게 지끔 니와 어미가 하는 말이 빌에 백히고 달에 백히고 하늘에 백히고. 땅에 백히고. 툇마래 백히는데 왜 기억이 안 날니껴? 천년 들길을 헤매는 바램겉은 말이 돼 날아댕기지는 않겠제? 펄펄 끓어오르는 말맨치 기억할게씨더. 들판에 아지래이맨치로 아지랑 아지랑 늘 내 곁에서 아롱거리겠제? 365일 엄마 곁에서 이래 아롱거릴 테이 걱정하지 마소. 봄이와 가을이와 겨울이도 같이 모여서 낄낄대믄서 웃고 놀 수 있겠제? 엄마는 왜 강물에 꺼꾸로 처박히는 말하

고 낭떠러지에 굴러떨어지는 말만 골래서 하고 그래니껴? 좋은 밤
이잖니껴. 나는 우리 아들이 엄마가 없어도 만약에 만약에 아니
면 먼 먼 뒷날 엄마가 없는 시상이 오믄 외로와하지 말고 동상들을
지끔맨치 잘 돌봐 주민 좋겠다.

그릏지만, 혹시래도 외롭거나 눈물이 날 일이 있거든 아들아 저
하늘 쫌 봐라. 저게저게 국자가 보이제. 엄마가 늘 저 국자가 있는
하늘 부엌에서 너들을 위해 밥을 하고 반찬을 만들민서 오로지 너
들이 잘되기만 빌고 빌고 또 빌어줄 테이까 아주 먼 훗날 엄마가
이 시상 사램이 아니어서 엄마가 그리우믄 저 국자빌이 엄마라고
생각하고 동상들한테도 알래주고 동상들이 외롭거나 힘들어하믄
형인 니가 위로해주민서 살그라. 엄마, 엄마는 먼 고내이가 뜯어먹
다 내뿌랜 쥐포 겉은 말을 하고 그래니껴? 어미가 하는 말은 늘 머
릿속에 잘 박제해둬라. 은젠가는 쓸모가 있는 말이다. 지끔은 아
무짝에도 쓸데없는 말 겉제만 시월이 흐르믄 다 살이 되고 피가
되는 말이다. 엄마는 먼 말씸을 백로 지낸 고추 약 오르는 소리만
자꾸하고 그래니껴. 쓸데없는 낙서 겉은 말 그만하시고 엄마 얼릉
잠이나 주무시이소. 알았다, 팔 아픈데 그만 부채고 니도 얼릉 자
그라. 엄마 모기가 독해요. 그래믄 모깃불에 생풀을 쫌 더 갔다 얹
을까요? 그래. 그래믄 모기가 다 도망가제.

생풀이 한 아름 아이의 팔에 안겨 와서 모깃불 위에 얹힌다. 풀
냄새가 풀풀 날아오르며 연기를 낸다. 모기들이 다 쫓겨 간다. 계

절도 팔을 베고 툇마루에 눕는다. 계절이 툇마루에 누운 모습이 참으로 대견해 보인다. 자신의 뱃속에서 어떻게 저런 아들이 태어났을까? 달녀는 신기하기만 한 아들을 넋을 놓고 바라본다. 엄마! 빛이 참 밝니더. 엄마는 아부지가 저래 엄마한테 잘하지도 않는데 우리 키우고 할매 뒷수발하고 화도 안 나니껴? 왜 화도 한분 안 내니껴?

화내서 될 일이믄 냈제. 어데 인생이 환낸다고 달라지나? 에미는 너들 건강하게 잘 크는 거 그거 말고는 다른 거는 관심 없다. 태어나길 박복하게 태어나서 엄마 사랑도 못 받고 컸는데 너들한테라도 에미 없는 서러움 없게 해 줘야지. 다른 건 관심 없다. 야, 고맙니더. 엄마. 인제 고상 다 했니더. 지도 올해 졸업하제 할매도 안 계시이까 엄마도 인제 하고 싶은 거 하고 사소. 우리 아들 다 컸네. 에미한테 그른 말도 다 하고. 그름요. 지가 엄마 때문에 이래 열심히 공부했제요. 엄마 행복하게 해줄라고요. 그래 고맙다. 이래 다 모이니까 좋제요. 그름, 더 말해서 머 하노. 이른 날이 기중 행복하제. 인제 어미가 죽으믄 동상들을 니가 다 돌봐야 하이 어미가 니한테 미안하제. 엄마는 왜 그른 말씀을 하고 그래니껴? 엄마는 죽으믄 안 되니더. 사램이 안 죽고 사는 사램이 있나. 누구나 한 분은 다 죽제. 그릏지만 우리 엄마는 지가 못 죽게 해났니더. 하느님한테 부탁해 났제요. 썰데없는 소리 하지 말고 늦었다. 얼릉 자자. 야, 엄마도 이불 덮고 주무시소. 그래, 어미 걱정 말고 니나

배 덮고 자그라. 저 빌이 내리와서 니 배꼽 속으로 다 들어가믄 우쩨노. 우리 엄마는 시인 같애. 그래? 얼릉 자그라. 야.

그렇게 네 식구는 모처럼 툇마루에서 사랑을 깔고 별을 덮고 잔다. 아침에 눈을 뜨니 이리저리 쪼그리고 쭉 펴고 자는 모습이 평화로워 보인다. 새벽이라 쌀쌀할 것 같아 이불을 덮어주고 조용히 일어난다. 가끔은 아주 가끔은 이런 행복도 다가왔다 가곤 한다. 백낮이 오기 전에 아이들이 입었던 옷 보따리를 풀어서 냇가로 간다. 옷을 빨면서도 어젯밤 아이들과 지낸 행복이 빨래터까지 따라와 재잘거리고 있다. 이래 일찌거이 빨래 빨로 왔니껴? 앵두 엄마 강냉이다. 아이들이 옷 보따리를 가제와서 얼릉 빨아 널라고 왔니더. 그래는 앵두 엄마는 우쩨 일찍 왔니더. 내사 빨래가 없어도 여름 되믄 맨날 나오니더. 냇물이 흐르고 있는 걸 보믄 신기하단 생각이 들거든요. 어데서 저릏게 끊임없이 물이 흐르는지. 참말로 신기하이더. 물이 없으믄 하루도 못 살 인간들이 물 귀한 줄은 모르제요. 인간들은 공짜는 다 귀하게 안 생각하니더. 공기도 공짜고 햇빛도 공짜고 물도 공짜고 시간도 공짠데 머 하나 소중하게 생각하니껴? 보이는 눈앞에 쓸모없는 것만 대단한 것맨치로 아등바등 살다 죽는 게 사람이제요. 무감각으로 당연한 것맨치로 살잖니껴. 그래고 보이 그릏네요.

앵두 엄마는 휘파람을 휘휘 불면서 돌멩이를 주워서 강물에 휙휙 집어 던진다. 계절이 아부지 집에 계시니껴? 야, 왜 그래니껴?

딸녀는 집에 들어오지도 않은 남편을 있다고 거짓말을 한다. 꼭 안 들어왔다고 하고 싶지가 않다. 이런저런 구설수가 싫어서다. 아이 씨더. 그냥 물어봤니더. 머 할 말 있으믄 해보소. 할 말 없니더. 계절이 아부지 잘 챙기보소. 그게 무신 말이이꺼? 소문에 단산옥 그 여자한테 재산 다 주고 살자고 한 사람이 계절이 아부지라고 하는데 설마 그럴 리는 없겠제만 그래도 남정네들은 알 수 없니더. 어데서 들은 소문이이꺼? 아일 수도 있니더. 우리 앵두 아부지가 들었다고 하디더. 어데서 누구한테 들었다고 하디꺼? 장터 갔다가 사람들이 말하는 거 들었다이더. 헛소문이겠지만 그래도 혹시나 해서 말해주는 거씨더. 고맙니더. 고마운 게 아이고 고 여자는 사람 홀기는 데는 머가 있으이 한분 알아보라고 말해주는 게씨더.

길이 부러지다

9

달녀는 잘 이해가 가지를 않아 고개를 지구가 기울듯 기우뚱 갸 우뚱해본다. 부잣집 남자라고 했는데 이해가 잘 안 간다. 그러나 소리실 그 양반에 비하면 우리 논밭이 훨씬 더 많지 않은가! 미리 너무 멀리 가지 말자. 천천히 알아보고 생각해도 안 늦다. 그렇지 만 헛소리를 할 사람이 아닌 게 문제다. 앵두 엄마는 정확한 소문 이 아니면 남의 일을 말하는 성품이 아니다. 그런데 말을 할 때는 분명히 무슨 증거를 가지고 말했을 것이다. 머리가 갑자기 마구 어 지럽다. 땅! 무거운 망치로 한 대 얻어맞은 느낌이다. 바위 속에 숨 어 있다가 벼락을 맞은 물고기처럼 멍하다. 갑자기 불어온 바람에 문짝이 다 떨어져 나간 헛간 같은 말. 꿈도 아니고 이게 무슨 말인 가. 빨래를 제대로 하는 건지 무엇인지 대충 빨아서 집으로 온다. 빨래를 빨랫줄에 널고 나자 힘이 쭉 빠진다. 무엇이 진짜고 무엇이

가짜인지. 어떻게 확인을 하고 확인한들 이미 마음 떠난 남자 바짓가랑이 붙잡고 매달려 봐야 자신만 비참해질 건 뻔할 뻔 자 아닌가. 무엇이 어떻게 되든 정확한 건 알고 싶다.

달녀는 부지런히 앵두네 집으로 간다. 앵두 엄마가 놀란다. 앵두 아버지한테 직접 확인을 하고 싶다. 앵두 아부지한테 여쭤볼 게 있어 왔니더. 지한테요? 눈 속에 비밀스러움이 고여 있다. 야. 우리 계절이 아부지 얘기씨더. 다 알고 왔으이 솔직하게 들은 대로 지한테 말씸해주소. 들은 소문대로 일게씨더. 소문대로라니요? 그래믄 계절이 아부지가 재산 다 주고 산다고 했단 말이제요. 소리실 양반한테 재산 돌려주고 살자고 단산옥 주인 여자한테 말했다는. 그 부잣집 남자란 사램이 바로 우리 계절이 아부지란 말이겨? 야, 지는 직접 하는 말을 들은 건 아이고 전해 들었니더. 누구한테 전해 들었니겨? 노실 댁네서 들었니더. 장에 갔다 오다가 느티 낭구 아래서 노실 양반을 만냈니더. 그늘 밑에 앉았는데 소리실 양반이 안됐다민서 얘기를 하길래 그 사램이 대체 어떤 사램이냐고 물었제요. 그랬디만 내중에 어차피 알게 될 거이까 알리준다민서 계절이 아부지라고 말하디더. 노실 양반도 소리실 양반이 사정을 해서 하도 딱해서 해결을 해줄라고 했는데. 그게 누구냐고 물으이 소리실 양반 입에서 그게 훈장님 댁 아들 계절이 아부지라고 말했다고 하디더. 그 소리실 양반 말이 다른 사람 같으믄 혈투를 해서라도 싸우겠제만 옛날에 신세 진 게 많애서 그래지도 못한다고 하디더.

그래서 입장이 곤란해서 노실 양반도 말도 못 했다고 하더라.

지가 아는 거는 이것밖에 없니더. 전해 들은 말밖에 없고 지 눈으로 확인한 건 아무것도 없니더. 그래이 잘 알아보소. 이웃에서 괜히 아닌 걸 소문이래도 나뿐 피차 못 할 짓 아이껴. 소문일 수도 있제요. 전에 그 여자가 계절이네서 살았으이 소문이 그랠 수도 있잖니껴. 그래이 섣불리 단정 짓지 말고 잘 한분 알아보소. 설마 알 만한 양바이 그렇게까짐이야 할니껴. 한 분 살다가 나간 여자고 또 아 들도 있는데 그래 경솔하지는 않을 게씨더. 그래이 긁어 부스럼 맹들믄 남자들이란 오기가 날 수도 있으이 조심해서 알아보소. 야, 고맙니더. 고맙고 말고 그른 인사치레 하지 말고 단디이 맴 자시소. 사나들이란 그래다가도 집으로 돌아오이 그랬다고 하드래도 그게 오기일 수도 있니더. 먼 오기요? 생각해 보소. 한때 자기가 델꼬 살던 여잔데 계절이 아부지 입장에서 보믄 술집 하는 것도 울매나 자존심이 상할 판인데 소리실 양반 같은 사램하고 산다고 생각하믄 그냥 내뿌래둘 수 있겠니껴? 그래이 남자 자존심 때문에 그래 말했을 수도 있잖니껴? 사나들이란 자존심에 죽고 사는 게제요. 그래이 섣불리 해석하지 말고 잘 알아보라고 말하는 거씨더. 나무집 일에 간섭할 일은 아이제만 계절이 아부지 입장도 지는 같은 남자로서 이해가 가니더.

그 여자가 나쁘제. 해필이믄 단산 소재지서 채릴 게 머이껴? 저 멀리로 가든지 해야제. 그래고 그 뿌이껴? 딸을 술집에서 장사나

씨게고 그 여자 먼 정신으로 사는 여잔지 대체 알 수가 없니더. 계절이 아부지가 드나드는 것도 이해는 안 가제만. 우쨌든 여게서 술집을 못 하게 할라고 그레는 모양인데 그릏다고 그 여자가 말을 들을리겨? 말 들을 여자 같으믄 집에서 나가지도 않았제요. 그레 이 옛날부텀 양반 쌍놈 집안 따지제 왜 따지니겨. 천하 쌍놈 집안 이 벨수 있니겨. 계절이 엄마 너무 걱정하지 말고 아 들 잘 키우고 사소. 계절이 아부지도 사램인데 그레 무지막지하게 일을 처리하지는 않을게씨더. 계절이 엄마가 이 집에 들어오고 집안이 일어섰고 아이들도 크고 먼 걱정이 있다고 그레 재산까짐 줘 가민서 그 여자랑 살거나 그레지는 않을게씨더. 지가 계절이 아버지 하루 이틀 아는 사이가 아이라 그 성격 잘 알제요. 그레이 소문에 휩싸이지 말고 조용히 기다래 보소. 그 여자 달레서 단산서 술집만 못하게 멀리 보낼라고 수를 썼제 싶니더. 입장 바뀌보소. 암만 끝난 여자래도 코앞에서 이 남자 저 남자가 노리개 삼아 델꼬 노는 꼴을 보고 싶을리겨? 그레이 아마도 달레서 멀리 보내기 위해 그레지싶니더. 지 말 맹심하고 참고 조용하게 기다래 보소. 고맙니더.

　세상은 깜깜 먹물에 가라앉는다. 저 정도면 정확한 정보다. 재산 주고 안 주고는 문제가 되지 않는다. 저렇게까지 연연하는 사이라면 자신은 그들 사이에 끼어 있는 장애물이란 생각이 든다. 그레 장애물이다. 그들의 사랑이 먼저였으니까. 이제 반대하던 시어머니도 안 계시고 도대체 무엇이 문제 될 것이 있단 말인가. 말이 맞다.

그렇게 죽고 못 사는 여자가 술집을 차려놓고 이 남자 저 남자한테 웃음을 파는 걸 보고 있을 사람은 아니지. 전 재산을 다 주더라도 함께 살고 싶어 전 재산을 다 바친 남자를 밀어냈다. 그리고 그 남자를 죽게 했다. 그쯤 되면 그들 사이는 이 세상에 아무리 잘 드는 검으로도 베어낼 수 없는 너무나 단단한 끈이다. 이 세상 어떤 잘 드는 낫이나 연장으로 끊어도 칼로 물 베기가 되고 말 것이다. 애초에 처음 하나가 잘못 끼워진 단추는 끝까지 그 구멍은 잘못 끼워지게 되어있다. 첫 단추! 그 첫 단추가 잘못 끼워진 것이다. 그렇다면 나머지 단추라도 제자리에 끼워져서 앞이 보이지 않게 해야 할 것이다. 그 말을 들은 지 이틀이 지난날 밤에 남편이란 사람이 집에 들어왔다. 시끄럽게 하고 싶지는 않다. 그러나 분명한 건 알아야 하지 않는가. 아무 말도 하기 싫지만 숨을 크게 고르고 남편 방으로 간다.

  떠도는 소무이 진짜 맞니껴? 먼 소문? 몰래서 묻니껴? 시치미 잡아떼지 말고 솔직하게 말해보소. 그 여자에게 전 재산 다 준다고 다시 살자고 했다는 그 말 맞는지 아닌지만 말해주소. 그게 소문이 아이고 참말이이껴? 귀가 있으믄 몰라. 들었으믄 들은 거고 안 들었으믄 안 들은 거지. 멀 따져? 여자가. 다시 남편의 입술은 닫혀버린다. 묵인한다는 건 긍정인 것이다. 달녀는 더 이상 아무 말도 않고 나온다. 밤새도록 생각을 해도 정답을 모르겠다. 오답만 줄줄이 딸려 나오고 정답은 나올 생각을 않는다. 아침은 낮에게

밀려나고 방자한 봄은 시샘을 하는지 햇살을 마구마구 뿌려댄다. 남편은 어느새 또 나가고 없다. 필요한 것이 있어 가지러 온 것 같다. 이제 머리 정리가 깔끔하게 되는 느낌이다. 이제는 더 삶을 허비하지 말자. 나에게도 저 여인에게도 남편에게도 주위에 있는 아이들에게도 못 할 짓이다. 머리가 다 큰 아이들이 아버지가 집에서 자지 않는 것을 어떻게 생각할까. 얼마나 혼란스러울 것인가. 누군가 하나는 양보를 해야만 끝날 일이다. 마음속에 있던 모든 것들을 저들에게 내어주자. 하다못해 쓰다만 몽당연필이나 몽땅 빗자루 몽당부지갱이 몽당배태기까지라도 저들이 원하는 것은 모두 내주어야 한다. 이게 마지막이다. 누구도 자신을 이해할 수는 없다. 그냥 마지막 최선을 다하는 거야.

하루하루가 온통 먹과 벼루처럼 까맣다. 연필심처럼 뚝뚝 부러져 없어지지 않더라도 조금씩조금씩 자신의 몸은 서걱서걱 닳아서 없어질 몸이다. 결국은 볼펜 몸통에 의지해서 조금을 더 서걱이다 결국은 몽당몽당 닳아서 어디론가 없어져 버릴 생. 삶은 늘 이 순간만 있는 것이다. 누구에게도 내일이란 오지 않는다. 영원히 내일은 오지 않는다. 내일은 희망이란 단어를 하나둘 던져주면서 사람들을 유인해 가는 유인물에 불과한 것이다. 수억 년을 걸어오면서도 언제 한 번 어떤 반짝이는 이름을 가진 사람이건. 이름도 없이 사라진 사람이건. 누군가 내일을 살았다는 걸 들어보지 못했다. 늘 지금이 이어져서 과거를 만들고. 내일이란 희망이 동그란 알사

탕 하나 던지면 그 달콤함을 먹기 위해 내일을 기다리고. 또 기다
리다 생을 모두 닳아 없애는 것이다. 설령 사탕을 주지 않고. 쓰디
쓴 소태를 주더라도. 또 내일은 사탕을 줄 수도 있다는 희망을 내
일에 걸어놓고 살아가는 게 인간이다. 만물의 영장이라는 인간이
살아가는 방법이다. 내일은 그 희망 빛이 뜬다고. 오늘을 열심히
최선을 다해 살아야 한다고 말하곤 하지만 그 말은 사기다. 아니
가짜다. 그 말은 삶에 새빨간 거짓 딱지를 붙여놓고 내일 열어보면
파란 진짜 딱지가 붙어있다고 희망을 던지는 것이다. 지금 힘들고
어려운 사람에게 발가벗긴 거짓말로 유혹을 하는 것이다. 오직 이
순간이란 말만 존재하는 것이다. 내일 희망이 온다는 말은 벼랑 끝
에서 밀어버리는 말이다. 적어도 달녀의 경험에 의하면 그렇다.

  납덩이처럼 무거워지는 헛바닥과 생각 무게가 슬퍼진다. 아무 미
련도 없이 잎도 꽃도 향기도 모두 떨쳐버리고. 대궁만 외로이 서서
겨울을 나는 1년의 명을 타고난 꽃들도 모두 한 톨의 바람이 되어
사라지고 만다. 이제 달녀는 무서워하지 않아도 된다. 힘들어하지
않아도 된다. 배고파 배를 움켜쥐고 물로 배를 채우지 않아도 된
다. 가난도 고독도 괄시도 가혹한 시련도 어머니를 향한 그리움을
피우지 않아도 된다. 부끄러움도. 자식을 잃은 아픈 가슴도. 아지
를 잃은 가슴 아픔도 견디지 않아도 된다. 끔찍하게 싸워야 했던
자신과의 타협도 이제 하지 않아도 된다. 조용히 눈을 감고 아이
들 옆에 누워서 앞으로 살아갈 아이들에게 복을 빌어주면 된다.

자신 때문에 엇나간 삶. 천옥출과 남편의 엇나간 삶이 덧니를 교정하듯 다시 교정하고 처음으로 돌아가야 한다. 첫 단추부터 다시 끼워야 한다. 단추를 떼어서 올바로 달고 구멍을 끼워 나가면 된다. 그 작업에는 너무나 많은 사람이 희생되었다. 하루도 편하지 못했을 시어머니 나벨라 역시 다른 방법으로 자신의 편이 되어 그토록 증오하는 척 자신이 데리고 온 며느리 방패막이가 되었다. 얼마나 많은 증오를 시어머니한테 가졌었는가? 또 아이들은 할머니를 얼마나 미워했겠는가? 하루도 편할 날 없음을 자신이 오롯이 감내하며 아들 하나 마음잡기만을 빌려 평생을 살다 치매까지 걸려 죽어간 시어머니. 며느리 사랑을 위해 불구덩이에 뛰어들어 훨훨 자신의 몸을 다 태우고 결국 갔다. 그렇게 태우고 가는 마지막까지 눈을 감지 못하고 간 시어머니. 어머니의 죽음 따윈 관심도 없이 그 여자에 대한 생각으로 뼛속까지 물들어 아내도 아이들도 조카도 아무것도 보이지 않는 그 사랑하는 여자만 보이는 독특한 안경을 끼고 벗을 줄 모르는 남편.

어찌 보면 그 여자가 부럽다. 저 정도 사랑을 받는 여자라면 분명 그 나름대로 매력이 있을 것이다. 모든 걸 희생하면서 목숨까지는 남편의 사랑을 독차지한 그 여자가 부럽다. 그렇다면 답은 오로지 하나다. 자신이 사라져 줘야만 가능할 일이다. 자신이 있는한 그들의 애절한 사랑은 영원히 불가능해진다. 두 사람이 제발 방황을 거두고 이제 제자리를 찾아 행복 행복을 엮어나가길. 살아 있는 모든 사람이여 부디 안녕을. 달녀, 그러니까 소백의 딸 달녀는. 아이들이 먹을 밑반찬을 만들어 찬장에 가지런히 넣어둔다. 집 안 청소도 구석구석 깨끗이 치운다. 시어머니 나삐라가 살던 방도 치우고. 마지막으로 아지가 살던 마구간에도 가본다. 마구간 가득히 아지 울음과 아지 발자국이 적막에 싸여 맥을 못 추고 있다. 쥐새끼들이 대낮에 겁도 없이 아지의 자리에서 오물오물 무엇인가를 먹고 있다. 까만 눈이 귀엽다는 생각이 든다. 닭에게 줄 모이 한 줌을 쥐에게 던져준다. 쥐들은 지은 죄가 있는지 모이를 던져주자 짚 속으로 숨는다. 닭들에게 모이를 던지자 어디 있다가 귀신처럼 알고 종종 몰려든다. 며칠 동안 먹을 모이를 더 준다. 꽃들에도 물을 듬뿍 먹인다. 열흘을 가물어도 괜찮을 만큼 푹 준다.

다음 발걸음을 곳간으로 향한다. 곳간에서 자신이 시집오면서부터 쓰던 연장들을 꺼내서 이름을 불러본다. 조선낫 일본 낫 호미 괭이 쇠스랑 곡괭이 삽 자신이 지고 다니던 지게 지겟작대기 바소쿠리 소쿠리들이 나란히 앉아 자신을 멍하니 바라보고 있다. 모두 꺼내서 하나씩 쓰다듬어준다. 자신의 지문으로 지은 옷을 입고 자신을 기다리고 있는 연장들. 자신의 손을 베게 하던 일본 낫을 꺼내서 집어던져 버린다. 자신도 몰래 그놈의 눈은 또 눈물을 흘린다. 곳간 천장을 벽을 둘러보고 나온다. 마당으로 간다. 바지랑대가 빨랫줄을 높이 들어 올리며 버티고 있다. 빨랫줄에는 아이들의 팔과 다리가 펄럭이면서 바람과 햇살을 가지고 놀고 있다. 바지랑대를 낮추고 빨래들을 모두 걷는다. 차곡차곡 접어서 각자의 방에 넣어둔다. 남편이 자는 방으로 간다. 가서 청소를 깨끗이 한다. 남편의 옷들도 가지런히 한눈에 보이도록 정리해 둔다. 방에는 큼큼한 냄새가 난다. 얼마나 오랜만에 방에 들어와 보는지. 부부가 맞기나 한 건지. 방문을 열어두고 냄새를 날려 보낸다. 깨끗이 쓸고 닦는다. 밤마다 깜깜한 방에서 주인을 쓸쓸 기다리던 호롱도 꺼내서 심지를 깨끗이 닦아놓는다. 하얀 사기 호롱이 반짝반짝 웃는다. 방문을 조용히 닫는다. 마루로 간다. 마루를 쓸고 방문을 조용히 닫는다.

하늘을 쳐다보니 하늘도 누군가 깨끗이 닦아 놓았다. 손바닥으로 송판 하나하나씩을 모두 쓰다듬는다. 송판 사이로 옹이가 빠져나간 자리 구멍이 동그랗게 눈을 뜨고 자신을 쳐다본다. 자신의 영혼이 빠져나간 자리 같다. 온 식구들을 편안하게 쉬고 놀게 해준 마루를 둘러본다. 마루 밑에는 온갖 잡동사니들이 그득 들어 있다. 거미줄도 집을 짓고 있다. 마루 틈새로 빠진 곡식알 밥알들이 먼지를 뽀얗게 뒤집어쓰고 고요히 마루를 받치고 있다. 손길을 자주 주지 못해 미안한 마음이 든다. 마당을 둘러본다. 마당 가에 피어서 일렁일렁 춤추는 꽃들. 다가가서 쓰다듬어 준다. 쓰다듬는 대로 몸을 내맡기는 꽃들. 바람 한 줄기가 휙, 불어와 향기를 코로 실어 나른다. 향기를 마신다. 화단으로 개미들도 줄을 지어온다. 향기를 맡으려는 건지. 끊임없이 밀려오는 개미를 보니 내일은 비가 오려나. 어느새 미신 같은 생각이 습관이 되었다. 아니 이건 미신이 아니고 과학이란 말로 바꾸어 생각한다. 그 옆에 요강이 햇빛에 반짝인다. 건드리면 쨍그랑 깨져버릴 것 같은 요강. 깨끗이 씻어서 아이들 방에 들여놓는다. 요강을 들여놓고 부엌으로 간다. 손때 묻어 반들거리는 찬장 문을 열어본다. 아이들이 먹을 찬으로 가득하다.

　손때가 반질거리는 칼과 주걱 솥뚜껑도 열어본다. 가난을 많이도 삶아낸 솥이다. 입구가 새까맣게 그을린 네모난 아궁이. 불이 붙지 않아 애도 많이 태웠던 부엌·부지깽이가 피곤한지 뱀처럼 길게 누워 자고 있다. 뜨거운 불길 속도 마다하지 않고 뛰어들어 불을 헤집어 주던 부지깽이. 반은 새까맣게 타들어 가고 반만 남았다. 부지깽이를 일으켜 만져본다. 손때 묻어 반질반질한 부지깽이 자루가 오늘따라 유난히 촉감이 좋다. 여태껏 한 번도 이렇게 부드럽고 촉감이 좋다는 생각을 못 해봤다. 주둥이가 시커먼 부지깽이 옆에 몽땅하게 키가 닮은 부엌 빗자루가 구석에서 자신을 멀뚱멀뚱 쳐다본다. 온갖 더러움과 자신의 한까지 쓸어내느라 고생을 해서 빗자루는 몽당빗자루가 되었다. 부엌을 쓰느라 고생했다. 아니 어쩌면 더러워진 자신의 고생스러운 마음을 쓰느라 더 몽땅해져버린 지도 모른다. 짠한 생각이 든다. 부지깽이와 빗자루를 나란히 세워둔다. 솥뚜껑 위에 앉아 졸고 있는 행주. 온갖 더러운 것은 다 닦아주느라 까맣게 변했다. 떨어져서 너덜너덜하다. 행주를 빨아

서 빨랫줄에 널어둔다. 햇볕이라도 쬐라고. 행주를 널기 위해 바지
랑대를 살짝 건드리는데 바지랑대가 주루룩 밑으로 미끄러진다.
힘들게 버팀목이 되어준 바지랑대. 수도 없이 만졌던 자리가 반들
반들 닳았다. 늘 젖은 것들만 입혀서 미안했던 빨랫줄. 미안하다
한 번도 햇빛에 뽀송뽀송한 옷을 입히지 못하고 늘 젖은 옷만 입혀
서. 그동안 많이도 정이 들었다. 마음이 긴 빨랫줄은 제비도 참새
도 잠자리도 모두 쉬어가게 해주는 정자였다. 비가 오나 눈이 오나
바람 불어도 꿋꿋하게 버티면서 쉼터가 되어준 빨랫줄. 빨랫줄을
손으로 한 번 쓰다듬고 바지랑대도 쓰다듬어 준다.

　빨랫줄에게 당부를 내린다. 내년에 제비가 오거든 잘 앉혀 주어
라. 고맙다. 흔들흔들 유쾌하게 답을 해준다. 장독대로 향한다. 된
장 고추장 항아리가 불룩한 배를 내밀고 햇볕을 쬐며 일광욕을 즐
긴다. 손으로 쓰다듬는다. 볼록한 배가 따뜻하다. 늘 아픔을 없애
달라고 기도만 했지 어루만져 주지 못한 장독대. 하얀 장보에 고
무줄을 풀어본다. 옥양목 천으로 자신이 누벼서 만든 장보를 열자
된장과 고추장과 간장들이 잘도 익고 있다. 붉은 고추와 숯 솔잎
대추는 위에 둥둥 떠서 자신들의 할 일을 다 하고 있다. 장독대 고
무줄을 다시 단단히 매고 자리를 뜬다. 다음 거름더미 앞에 선다.
쇠스랑은 날카로운 이빨을 거름더미에 푹 꽂고 허공을 찌르며 서
있다. 아지가 죽은 다음부터 거름더미와 거리가 멀어졌었다. 이번
엔 변소에 가본다. 구더기들이 우글우글 작별 인사를 하고 있다.

할미꽃 뿌리를 캐다가 너희들을 한꺼번에 죽인 죄 미안하다. 끝없이 수도를 해서 환골탈태를 해 파리로 날아보지 못하게 죽여서 정말 미안하다. 집 둘레에 감나무 배나무 꼬약 나무를 올려다본다. 해마다 피고 지며 자신의 마음을 달래주고 살아야 할 의미를 부여해주던 나무들. 나무들이 푸른 싹을 낳을 때마다 가슴이 뛰고 살아 있다는 걸 느끼게 했었다. 살아오면서 가슴 뛰는 일은 이 나무들이 싹을 낳고 꽃을 낳을 때밖에 없었던 것 같다.

나무들이 물끄러미 내려다보며 푸른 잎 일렁일렁 흔든다. 온몸으로 인사를 한다. 나무를 껴안아 본다. 나무에 귀를 열어본다. 숨소리가 고요히 아주 고요히 할딱이고 있다. 한참을 듣고 손바닥으로 자근자근 두들긴다. 고마웠다. 모두 묵묵히 나와 함께 살아내느라 고생들 했다. 부디 남은 수명을 새 주인과 함께 잘 행복하게 살도록. 나무들도 있는 힘을 다해 잎들을 흔들어 화답한다. *안녕! 안녕! 안녕!* 나무들에 손을 흔들며 화답을 해주고 돌아선다. 목욕을 깨끗이 한다. 그렇게 험난한 생을 살았건만 자신의 피부가 참 곱다는 생각이 든다. 머리를 감는다. 감아서 곱게 참빗으로 빗어 쪽을 지어 비녀를 꽂는다. 머리를 보자 갑자기 아이들 머리에 이를 잡아주고 약을 뿌려주던 생각이 난다. 머릿니 약을 사러 갔다가 시어머니한테 누명을 썼던 일이 다가온다. 이제 다 지나간 일이지만 그때는 참으로 절박하고 야속했던 시간이었다. 아이들 머리에 이제 이를 잡아주지 않아도 될 만큼 컸다. 반으로 금이 간 민경으로 자신을 본다. 얼마나 오랫만에 민경을 보는 것인가. 씩, 웃어 본다. 가지런하고 배꽃처럼 곱다는 생각이 든다. 이렇게 고운 모습을 남편 앞에서 한 번도 웃어본 적이 없다는 생각이 이제야 든다. 늘 입을 다물고 표정 없이 살았다는 생각이 왜 이제야 드는 걸까? 여인으로 태어나서 민경 한 번 마음 놓고 들여다볼 시간도 없이 살았다. 어느 사내가 늘 감자분이 주근깨처럼 달라붙은 여자를. 머리가 새집처럼 엉킨 여자를. 매일 거지만도 못한 떨어진 옷을 걸친 여자를. 분내 대신 소똥 냄새 풀풀 나는 여자를. 남자처럼 거칠거칠한 여자의 손을. 지게를 지고 다니면서 남자처럼 거칠게 일하는 여자를. 그래 그런 여자를 좋아할 사내는 없을 것이다.

머리에 햇빛이 내려앉아 반짝반짝 윤을 내고 있다. 늘 이런 모습이었다면. 그랬담 남편이 그렇게 무심하지는 않았을지도 모른다. 그러나 모두 지나간 일이다. 그림자 줍는 일 같은 생각이다. 활활 날아오르는 생각을 접고 민경을 다시 들여다본다. 혹시 내 엄마도 이런 모습이었을까? 생전 보지 못했던 말끔한 모습의 여인 하나가 낯설게 서 있다. 옆으로 보려고 민경을 돌리니 잘 안 보인다. 조금 더 돌리다가 민경을 떨어뜨린다. **쨍그랑!** 민경이 땅바닥에 떨어져 깨진 조각들이 별 가루처럼 햇살에 반짝인다. 거울 속 고운 여인도 흔적 없이 사라졌다. **주인보다 먼저 떠나다니!** 자신이 쓰던 몽당연필을 마지막으로 들어서 아이들에게 편지를 쓴다. 구구절절 쓴다. 읽어본다. 떠나는 마당에 유치하단 생각이 든다. 편지를 쫙 쫙 찢어버린다. 못난 어미가 아이들에게 이런 편지를 남겨 상처가 될지도 모른다. 대신 가슴에 편지를 박제시켜 놓고 가기로 맘먹는다. 먼 먼 후일 아이들이 이 세상에서 할 일을 모두 마치고 다시 자신의 뱃속으로 들어오면 그때 편지를 꺼내서 읽어 주리라.

안방으로 들어가 자신의 손으로 난생처음 산 목련처럼 뽀얀 한복 한 벌. 그 하얀 한복을 갈아입고 방을 나온다. 부지런히 걸어서 부석사 절로 향한다. 가는 길에 두들마 오빠네 집에 들른다. 오빠도 올케언니도 조카도 모두 마루에 앉아서 감자를 노릇노릇 화로에 구워서 먹고 있다. 달녀를 본 오빠가 맨발로 뛰어 내려와 반긴다. 노릇노릇한 감자를 강제로 준다. 누구에게서 이렇게 환대를 받아 보았는가. 생각하는 사이 오빠가 감자를 빼앗아 반으로 나눠서 준다. 반을 가르자 분이 포실포실 난다. 강제로 입에 넣어주는 오빠. 눈물이 나는 걸 참느라 감자를 열심히 먹는다. 배가 고프지도 않은데 네 개를 먹는다. 네 개를 먹는 동안 한마디도 않는다. 울음이 섞여 나올 것 같아서다. 감자를 다 먹고 나서 말을 한다. 부석사 절에 온 길에 들렀다고. 오빠와 올케와 조카에게까지 거짓말을 한다. 오빠는 혈육이라 무엇을 보았는지. 웬일로 그렇게 단장을 하고 옷까지 새 옷을 사 입었느냐고 묻는다. 모처럼 기분 전환을 하려고 사 입었다고 둘러댄다. 오빠는 그 말을 그대로 믿는지. 이제 몸도 좀 가꾸고 먹고 싶은 것도 먹고 살라고 말을 덧댄다. 조카는 자기가 태어나서 고모보다 더 이쁜 사람을 본 적이 없다며 너스레를 떤다. 새 신부 같다며. 올케언니도 아가씨가 이렇게 고운 줄 몰랐다며. 모두 마지막인 걸 알기라도 하는지. 전에 없던 칭찬을 늘어놓는다. 모두 이렇게 좀 자주 들르라고 난리다. 이제 자주 들를 거라고. 겉으로 대답을 하면서 속으로 말한다. 이제 자유로운 영혼이 되어 오빠 집으로 날마다 올 거라고.

오빠는 전에보다 얼굴이 더 좋아졌다면서 환하게 웃는다. 그러나 뭔가 불안한지 집에 무슨 일 없냐고 몇 번을 되묻는다. 이제 좀 편안해졌다고 그래서 입고 싶은 옷도 입고 멋도 좀 내보고 싶다고. 오빠가 안심할 만한 말을 골라서 오빠 귀로 던진다. 오빠는 그제야 안심이라도 되는 듯 다시 배꽃처럼 환하게 웃는다. 오빠의 환한 웃음 오랜만에 본다. 보기 좋다. 다행이다. 오빠라도 행복해서. *오빠! 혹시 우리 아이들 놀러오믄 잘 쫌 해주소. 은제 아 들 우리 집에 놀러 보내그라. 보고 싶다. 잘은 못 해줘도 보고 싶으이 조만간 보내그라. 숙멍이는 집에 놀잖나. 여게 와서 믲일 놀다 가그러 낼이래도 당장 보내. 낼 당장은 안 되고 믲일 내로 올게씨더. 그래 은제든지 보내거라. 오빠 다음 생에 또다시 오빠와 동생으로 만나요.* 마음속으로 인사를 건네고 절에 간다며 집을 나온다. 오빠는 기필코 절까지 함께 간단다. 오빠를 겨우 떼어놓고 절로 절로 걸어간다. 절 가는 길이 멀기도 하다. 이렇게 멀고 지루한 곳에 절이 있다는 생각은 안 했다. 그런데 오늘은 절이 몇만 리라도 되듯이 멀고 지루하게 느껴진다.

절에 도착해서 스님을 만나고 108배를 올리고 나온다. 가지고 간 편안한 휴식으로 안내할 약물 한 병을 마신다. 웃는 모습 큰 눈 오뚝한 코 하얀 피부 꿈에서 본 엄마 얼굴이 갑자기 나타난다. 눈에서 흘리던 피눈물이 아닌 맑은 웃음으로 자신을 안는다. 엄마에게 안겨서 어디론가 아득히 아득히 가고 있다. 옹가지에 맑은 물을 가득 이고 자신을 안은 어머니가 찰랑찰랑 어딘가로 가고 있다. 아득히. 그렇게 소백이 낳은 달녀는 일본의 악랄한 행패에 평생 엄마를 그리워하고. 삶다운 삶 한번 못 살아보고 생을 마감하고 만다. 시대를 잘못 타고난 이유다. 108배를 마친 달녀가 갑자기 거품을 물고 토한다. 스님은 당황해서 어쩔 줄을 모른다. 스님은 갑자기 쓰러진 달녀를 허무하게 바라본다. 그렇게도 지극 정성이던 신도가 결국 자신의 절에서 자신의 앞에서 생을 마감한다. 난감하지 않을 수 없다. 스님은 조용히 망자의 극락왕생을 빌며 목탁을 두드린다. 목탁 소리가 극락왕생을 향해 굴러간다. 부석사 지붕 위에 걸렸던 노을이 붉게 하늘을 덮었다. 하늘은 어느새 피바다가 되었다. 사람들은 그걸 노을이라고. 아름답다고. 감탄하겠지만. 그건 감탄할 노을이 아니다. 소백산 한 우주가 사라지고 있는 것에 대한 하늘에 피 울음인 것을 아는 이는 없을 것이다. 사지를 찢어 죽이거나 돌로 때려죽이거나 몸에 꿀을 발라 뜨거운 볕에 내놓는 형벌 뜨겁게 달군 인두로 몸을 지져 죽이는 형벌 장작불에다 태워 죽이는 형벌 십자가에 못 박혀 죽는 형벌 산채로 생매장하는 형벌 펄펄 끓는 가마솥에 삶는 형벌 절벽에서 밀어버리는 형벌 목을 매달아 죽게 하는 형벌.

신은 순식간에 달녀의 생 앞에 높고 높은 형벌을 쌓아 올린다. 마치 꿈인 것처럼. 죽음의 벌이 달녀의 모든 것을 완벽하게 포위하고 있다. 다른 길은 없다. 오로지 형벌을 스스로 받아들이는 수밖에. 달녀는 그 어떤 형벌보다 더 가난한 형벌인 독약을 마시는 형벌을 받고 흔적도 없이 사라져 버린다. 홀로 고용히 서늘할 만큼 아름답게. 구름은 부석사 안양루까지 마중을 나와 걸려 있고 바람은 절 지붕 풍경 소리를 요령 소리로 바꾸어 흔들고 법당 불경 외는 소리는 바닥으로 바닥으로 자꾸만 굴러 내리고 한평생을 살면서도 밑줄 그을 만한 글 한 줄도 남기지 못한 세월. 만기를 채우지 못하고 해약하고 마는 적금처럼 떠나가는 그녀를 위해 공중엔 황홀한 군무가 어느 산맥을 넘어가려는지 날개를 퍼덕이고 날갯짓을 멈춘 달녀는 서서히 어디론가 가는 곳도 모르는 암흑으로 한 발 한 발 내디디고 있다.

이제 보고 싶어도 보지 못하고 울고 싶어도 울지 못하고 미워하고 싶어도 미워하지 못할 어떤 미지의 세계를 향해 미련도 없이 훨훨 떠나고 있는 달녀. 고단한 소문들도 소슬바람이 달녀와 그녀의 그림자마저 쓸어내고 있다. 그녀가 살았던 자리 아픈 말이 지나오고 무거운 시간이 거닐었던 곳 모두 지우고 있는 빗줄기. 하얀색으로 가득 찬 관 뚜껑을 여는 일이란 아무 의미가 없는 일. 스산한

바람이 불고 조등이 흔들리고 설익은 슬픔이 이리저리 뒹굴어 다니는 영원장을 치르는 동안 하늘에선 귀도 눈도 입도 다 닫고 깜깜한 부석이 되어 공중에 떠 있을 것이다. 구불구불 남아 있는 자식들의 슬픔만 흘러가면 이제 달녀, 그러니까 옥련의 파란만장 소설 같거나 아니면 만우절 같은 인생이 만우절같이 사라지고 슬픔도 후진으로 후진으로 달녀의 관을 따라 북천 하늘을 따라가다 뒤돌아보다 서다 뒤돌아보다 서기를 반복하다 결국은 그녀의 종착지에 안착할 것이다. 천 리를 갈지 천년을 갈지 아무도 모를 마중 없는 나들이로 소백산 정기를 받은 우주 하나가 사라진 것이다.

길이 부러지다

10

해를 먹은 섬

문·명·의·무·덤·이·다.

총

총·이

낳은 알

은

총알 총알 총알, 알총 알총 알총

·················

이만, 총총.

경상북도 영주 진성 이 씨라는 아버지의 몸속에 살다 소백산 바람과 햇살과 물의 적절한 배합으로 순간 이동에 성공해 눈물로 가득한 어머니의 배를 빌려 태어난 계절. 엄마를 잃은 계절은 무능력 상태에 빠진다. 엄마의 목소리가 곳곳에 날아다니고 흔적이 곳곳에 흐르는 어머니란 강물에 빠져 허우적거린다. 계절을 적시는 흔적들, 과일이 떨어질 때 새가 떠나갈 때 그 무게만큼 흔들리는 가지처럼 계절은 어머니가 떠난 자리가 너무 깊고 무거워 끝없이 흔들리고 있다. 그 곱던 어머니는 어디로 망명한 것일까? 이 지구가 이 집이 이 가족들이 너무 싫어 다른 은하로 이주한 걸까? 그렇지. 어머니가 이 지구가 좋았던 기억은 없을 테니까. 생을 미련 없이 훌훌 털고 살아 있다는 것을 느끼기 위해 어느 먼 또 다른 은하로 갔다면 남아 있는 빈자리의 쓸쓸함은 어쩌란 말인가? 엄마라는 단어의 부재란 말에서 느끼는 이 공허와 쓸쓸함과 엄마를 찾아 굶주린 사자처럼 붉게 날뛰는 이 심장은 어쩌란 말인가? 아, 어쩌란 말인가? 저무는 것들의 적막함을 어떻게 감당하란 말인가? 계절은 엄마라는 단어에 갇혀 아무것도 못 하고 생각만 공수표처럼 남발하고 또 남발하며 시간을 흘려보내고 있다.

어릴 때부터 천재니 신동이니 소릴 들으며 자라 자신감도 있고 긍정적인 성격으로 자랐지만, 아버지의 이야기를 듣고 어머니의 죽음을 겪으며 그는 출세니 성공이니 이런 것들이 모두 부질없다는 생각에 남들이 들어가기가 어려워 하늘의 별 따기라는 그 직장을 그만두고 집으로 귀향해 1년을 아무것도 하지 않고 지낸다. 이해가 되던 아버지가 증오스럽기까지 하지만 그렇다고 어머니가 살아 돌아올 것도 아니란 생각에 동생 숙명과는 달리 아무것도 알아볼 생각도 행동할 생각도 없이 방 안에서 뒹굴며 냇가에 앉아 물수제비를 낳으며 시간을 보낸다. 아마도 그렇게 낳은 물수제비는 수천 마리도 넘게 부화하여 날아갔을 것이다. 눈앞에 멀쩡하게 살아 있던 어머니가 어디론가 흔적 없이 사라져 버리듯이 물수제비 역시 퐁퐁퐁퐁 물 위를 날아서는 그 즉시 어디론가 사라져 버리고 겨울이 되어 얼음이 꽁꽁 얼어 물수제비마저 낳지 못하게 심술을 부린 후에야 정신을 차린다. 벌써 1년이란 세월도 어머니와 물수제비를 따라 어디론가 가버렸다. 단산옥에 있던 아버지의 사랑도 가게에 불이 나면서 어디론가 멀리 떠나버렸다. 그렇게 모든 것이 흔적 없이 사라지고 단산옥도 사라지자 계절이 아버지 역시 살아있는 건지 죽은 건지 매일 술병만 가득하다.

숙명도 미친 듯이 쏘다니기만 하고 동생들을 보살펴야 하지만 마음과는 달리 도무지 아무것도 손에 잡히질 않는다. 그래도 이대로는 안 되겠다. 정신을 차려야겠다 마음을 다잡으려고 하지만 도무지 어디서부터 무엇을 하며 살아야 할지 아무 생각도 나지 않는다. 뛰어난 실력에 주위 사람들을 놀라게 할 뿐 아니라 영주에서 모르는 사람이 드물 정도인 게 맞는지 의심이 들 정도로 정신이 누워서 놀고 있던 어느 날 낮잠이 들었는데 어머니가 곱게 차려입고 와서 *계절아 정신 채려야제. 니가 그래고 있으믄 동상들은 누가*

돌보노 얼릉 일나서 힘들게 공부한 거 나라를 찾는 일에 써라. 에미는 잘 있으니 너무 상심하지 말고. 만약에 나라의 주권을 찾지 못하믄 너들도 이 어미맨치 또 불행한 삶을 살게 된다. 그래니까 힘들어도 나라를 찾기 외해 멀 해야 될지 정신 바짝 채래야 너의 자식 대에 가서는 이 어미 같은 설움과 압박을 받지 않고 살 수 있제 막연하게 못 배운 어미매로 그래 시간을 헛되게 보내믄 안 된다. 시가 바쁘다. 얼릉 일나서 찬물에 세수하고 정신 바짝 채래라. 어머니는 말만 남기고 홀연히 뒤도 돌아보지 않고 가버린다. 낮에 꿈을 꾸기는 처음이다.

밖으로 나와 냉수 한 사발을 마시고 나니 너무 안일하게 방황을 하고 있었다는 느낌이 든다. 엄마의 말씀이 옳다. 꿈에서라도 엄마의 얼굴을 보고 나니 실제로 본 것처럼 생생하고 기분도 좋다. 그래 무엇이라도 해보자. 엄마가 얼마나 한이 되었으면 죽어서도 저렇게 나라 걱정을 할까? 그건 외할머니가 일본 놈에게 끌려가서 자신의 인생이 이리되었다고 믿고 있기 때문이다. 그게 사실인 것을 너무나도 잘 알고 있는 계절은 일본 놈 몰래 한글을 가르쳤다는 할아버지처럼 어떤 방법으로든 우리 아이들에게 우리글을 가르쳐야 한다는 정신이 번개처럼 머리를 번쩍인다. 계절은 벌떡 일어나 그 길로 자신이 할 일은 일단 일본의 눈을 따돌리며 학생들을 가르쳐야겠다 마음먹는다. 장소가 어디면 어때. 우선 자신의 골방으로 아이들을 불러 한글을 가르치며 나라 찾는 일에 나머지 인생을 걸기로 마음먹는다. 어떤 뚜렷한 계획이 있는 건 아니지만 무슨 일이든 시작을 해야겠다는 생각이 불처럼 일어난다. 내일부터는 아이들을 모아서 가르치기로 마음먹고 누워서 지내던 시간을 청산한다.

저 끝은 무엇일까?

어린 바람 잉잉 울어대는 어느 날
하늘에 별비늘 지상으로 떨어지는
아니, 아니
물 위로 떨어지는 수상
수상 수상 수상한 꽃이 핀다
물주름꽃
물비늘꽃
금세 피었다 사라지는
비린비린 비린 꽃
덩달아, 덩달아서
개나리 덩굴덩굴
폭포수 이루는
산수유 노랑노랑 봄을 짜는 저 끝은 무엇일까?

늙은 종소리 비 되어 오는 날

땅에 아리랑 소리 하늘로 아니, 구름으로 퍼나르는 바람

바람꽃이 핀다

새소리꽃,

신선초꽃

웃다가 울음 되는 아리아리 아리랑꽃

덩달아, 덩달아서

구름다리 알록달록 터널을 만드는

매화꽃 분홍분홍 그림을 짜는

저 끝은 무엇일까

저 끝은 어디서 멈출까?

아니 어쩌면 멈추고 나면 허무와 고통과 상처에 살아도 죽음만

못한

날들이 될 것이다.

우리는 이렇게 혼돈이라는 강물에 빠져 허우적거리고 있다.

　일본 만행의 꼬리를 조금씩 조금씩 잘라먹으며 여름이 푸른 눈을 부릅뜨고 푸른 입을 벌리고 푸른 숨을 내쉬고 들이쉬며 여름을 식히고 있다. 더 잃을 것이 없는 오후. 아니 더는 이대로 있어서

는 안 된다는 생각에 주먹을 불끈 쥐며 한글을 가르친다. 일본에 몇 번을 들켰다. 들킬 때마다 장소를 옮긴다. 일본 감시가 심하면 심할수록 젊은 혈이 부글부글 끓어오른다. 일본 놈과 한바탕 멱살까지 잡으며 싸웠다. 끝나지 않는 지루한 싸움. 화가 더욱 온도를 높이며 펄펄 끓어오른다. 머리 위에 있는 가마솥 뚜껑이 열려 밤새 뜬눈으로 지새운다. 아침 하늘을 북어 두들기듯 두들겨 패주고 물어뜯어도 시원찮을 마음뿐이다. 아무 일도 없다는 듯 뜨고 지고 뜨고 지고를 반복하는 하늘이 일본 놈들보다 더 얄밉고 야속하다. 속상하고 어둡고 저속하고 아프고. 비통함이 몸과 마음의 뼛속까지 꽉 찬다. 이 안타까운 마음을 꺼내서 소수소원 소나무에라도 걸어두지 않으면 자신이 스스로 죽을 것 같다.

열받아 펄펄 끓는 마음. 서원을 한 바퀴 돌면서 식히기로 작정한다. 그래야만 아이들을 가르칠 수 있다는 생각으로 산책을 나온다. 내 나라말 내 나라 글을 내 나라 사람에게 가르치는. 너무도 당연한 일을 저들에게 저지받는 것이 분통 터지고 피가 거꾸로 솟는다. 끝이 어디인지. 끝난 뒤에 무엇이 있는지. 귓가에서 잉잉 울어대는 일본 놈들의 만행을 잘라낼 궁리를 하며 소수서원으로 걸음을 옮긴다. 서글서글한 눈매 쭉 뻗은 콧대를 둥근 얼굴에 조각해놓은 듯 질서 정연하게 배치되어 있는 준수한 외모까지 갖춘 계절. 지식이나 외모 성품까지 황금 비율을 갖춘 동네에서 자타가 공인하는 양반가 선비 집안 할 것 없이 사위로 삼기 위해 안달을 넝쿨처럼 키워댄다. 그렇지만 결혼은 관심 밖으로 밀어낸다. 딸을 둔 양반 선비 집안사람과 그 싱싱한 처녀들의 가슴을 까마귀울음보다 까맣게 태우고 있다. 계절은 소수서원 소나무 밑에 앉아 고개를 젖히고 하늘을 쳐다본다. 소나무란 이름을 달고 꾸불텅꾸불텅 비늘을 덮고 하늘을 향해 포효하는 듯한 푸른 용들을 신비롭게 바라본다. 신비로움은 강물에도 뛰어들어 반짝인다. 잔잔하게 모여 놀고 있는 강물 주름 위에 윤슬이 아롱아롱 춤추면서 일렁인다. 답답한 날. 미래가 보이지 않는다. 훗날들은 우리를 어디로 데리고 갈 것인가? 역사는 우리를 어떻게 기억할 것인가? 입술에서 휘파람을 꺼내 후후 불어본다. 소리는 새가 되어 소나무 위로 날아간다.

엄마가 보고 싶다. 엄마는 왜 그렇게 서둘러 이승을 떠나 저승으로 이사를 갔을까? 갑자기 자신도 모르게 눈물이 주르르 흐르는데 물속에서 낯선 여자가 걸어오고 있다. 엄마였다 자세히 보니 엄마가 아닌 어떤 여자다. 출렁이는 물속을 걸어오는 여자는 상큼하게 짧은 머리 목련꽃보다 하얀 얼굴 날씬한 몸 물방울무늬가 방울방울 매달린 달린 옷을 입고 물속에서 나오더니 계절의 옆으로 다가온다. 물속에서 걸어 나온 여자의 옷은 물기 하나 없이 뽀송뽀송하다. 푸른 휘파람 소리를 들었을까? 엄마로 둔갑하고 자신의 옆으로 다가온 여인은 그림자로 햇살을 가리며 말을 건넨다. *저어 죄송한데 말씀 좀 여쭐까요?* 목소리에 작약꽃 냄새가 묻어 있다.

붉은 향기가 풀풀 날아오르는 말. 훅 끼쳐오는 엄마 냄새? 엄마가 살아 돌아온 듯한 착각에 계절은 머리를 마구 털어본다. *저어 죄송한데 말씀 좀 여쭐까요?* 그때야 계절은 야? 야! 대답한다. 되묻는 건지 대답하겠다는 건지 모를 어정쩡한 말에 여자는 당황한 듯 다시 또박또박 말을 건넨다. *저는 제주에서 왔는데 이곳 소수서원을 처음 와서 이 고장을 잘 몰라서 길 좀 안내받고 싶습니다. 숙박 같은 곳도요.* 초면인 여자 말은 당차기도 하다 생각하지만, 계절은 이 고장에 온 손님이라 생각하고 성실한 말을 던져준다.

순흥은 여인숙이란 곳이 없고 영주 시내에 나가야만 여인숙이 있니더. 아, 그렇군요. *영주역사가 아름답던데요. 일자형 평면에 박공지붕이고 출입구도 그 기세가 높던데요. 역 광장 출입구에는 작은 차양도 있고 철로 쪽 출입구에는 기둥을 세운 차양이 길고 넓게 나 있던데요. 역 대합실에 앉아 있는 나무 의자도 정겨웠어요. 대합실 사각 미닫이창에 햇빛이 앉아 놀고 있는 모습도 정겨웠고요. 역 마당 가장자리에는 수양버들이 휘청휘청 머리카락을 늘어뜨리고 바람을 유혹하고. 지게꾼과 리어카꾼들이 앉아서 쉬도록 배려를 하는 친절한 나무 그늘. 그늘을 깔고 앉아 쉬는 모습이 그림 같았어요. 열차 들어오기를 기다리는 것 같더군요.* 계절은 처음 보는 여자가 저렇게 당돌하게 자신의 이야기를 늘어놓으며 말을 하는 것에 놀란다. 그렇지만 싫지 않은 이유는 엄마가 겹쳐서라고 스스로에게 말하며 대답을 성의 있게 해준다. 그 *정맨으로*

마주 보이는 곳이 철탄산 자락인데 철도 직원을 위한 일본식 관사씨더. 관사 골이라 불래제요. 건축에 조예가 깊으시네요. 조금 공부를 해 봤지요. 아주 기초만. 그런데 삼각지까지 대폿집 식당 여인숙이 덕지덕지 붙어 있던데요. 중앙 통에는 포목전 옹기전 나무전 싸전이 모여 앉았고요. 그 옆 어두컴컴 후미진 골목. 그 골목은 사창가인가 봐요? 여자들이 요염한 자태로 모여 있던데요.

계절은 무슨 여자가 저리도 많은 것을 관찰하고 있는지 내심 놀란다. 그렇지만 제주도에서 자신의 고장까지 왔다는 사람에게 친절하게 해줘야 한단 생각에 정성을 들여 대답한다. *거게는 요염함을 판다고 해서 염매(艶賣)시장이라고 부르니더. 아이들은 위험하게 기찻길에서 놀고 있던데요. 아이들한테 기찻길은 훌륭한 놀이터제요. 아 그렇군요. 고맙습니다. 여기 구경하려면 이쪽으로 가면 되나요?* 반짝반짝한 말을 빛 가루처럼 홀홀 뿌린다. 말은 맑은 물살 위로 빛을 반짝이며 떠내려간다. 오염 한 점 없는 무색무취의 목소리는 천상에서 내려온 선녀처럼 청순하다. 계절의 마음은 맑은 물소리가 졸졸 흐르는 여인에게 기운다. 애써 친절을 던진다. *여게를 우째 알았니껴? 여게까짐 오싰으이 지가 안내해 드립시더.* 친절이 개살구꽃처럼 분홍스럽게 핀다. 갑자기 그 여자 입에서 피시식 성냥불 켜다 꺼지는 소리 같은 웃음이 흐른다. 계절의 기분에 야릇함을 뿌린다. *왜 웃니껴?* 이번엔 피시식피시식 성냥불이 번져나가듯 더 길게 번진다. *내 낯에 머가 묻었니껴?* 아니믄 내 코가

삐딱 코이껴? 기분이 조금 나빠지려는 계절이 언성을 높여서 묻는다. 그러나 묻는 말엔 대답도 없이 한참을 웃고 나더니 성냥 약이다 탔는지 그녀의 손은 쓸어 올릴 만큼 길지도 않은 머리를 쓸어 올리면서 말을 잇는다. *미안하니껴.* 이 여름에 그녀의 입술 사이로 서리 맞은 고춧잎 같은 말이 흘러나온다.

이번엔 계절이 웃는다. *지끔 머라 했니껴? 암말 안 했니껴.* 그녀의 어이없는 대답에 계절이 어이가 없다. 그녀보다 더 피시식거리며 하늘을 쳐다보며 호탕하게 한바탕 웃는다. 계절이 웃는 걸 본 작약꽃은 작약꽃향을 붉게 쏟아내며 따라서 웃고 있다. *왜 그래 민망하게 웃는데요?* 화를 조금 섞어서 그녀가 묻는다. 계절은 웃음을 뚝 끊어내고 *댁 말이 재미있어서요.* 작약 꽃향기가 채 가시지도 않은 그녀의 눈은 계절의 얼굴을 빤히 쳐다본다. *왜 또 그래 보니껴? 아이씨껴.* 계절의 말에 그녀는 또 터져 나오는 웃음을 손으로 움켜쥔다. 입을 움켜쥔 손가락에서 섬섬옥수란 글씨가 하얗게 쓰여 있다. 글씨는 날개를 퍼덕이며 계절의 눈으로 달려든다. 하마터면 계절의 입술은 초면을 잊고 실례의 말을 그녀에게 튀길 뻔했다. 묘하게 생활에 무뎌졌던 감각들이 기지개를 켜고 일어난다. 고개를 젖혀 하늘을 쳐다본다. 하늘엔 선녀 구름이 놀고 있다. 계절의 입은 구름 같은 말을 뭉게뭉게 내놓는다. *여게 말이 머 어떻단 말이이껴? 아니. 그냥 재미있어서요. 미안합니껴.* 그때서야 그녀의 입술은 정식으로 사과를 하면서도 또 말끝에 껴를 붙인다.

계절은 조금 묘한 씀바귀 맛 같기도 하고 홍옥 사과 맛 같기도 한 입맛을 다신다. 기분이 나쁜 건 아니다. 이럴 때 딱 맞는 단어가 생각나지 않는다. 건방지다? 귀엽다? 당돌하다? 마음이 안갯속에서 헤매고 있다. 안내를 해줘야 하나? 그만둬야 하나? 썩 내키는 것도 아니고 싫은 것도 아니다.

중(中) 자처럼 딱 양쪽으로 갈라지지도 못한다. 중심을 못 잡는 심장. 초면에 그것도 부탁하는 입장이면서 남의 말에 웃어버리는 여자. 웃음이 밉지 않다는 자신의 머저리 같은 머리. 어딘가 모르게 교양 싹이 싱싱한 여자 같지 않다. 아니 꽤 괜찮은 여자일 수도 있다. 어쩐다? 그렇다고 남자 체면에 한 번 뱉은 말을 주워 담을 수도 없다. 계절은 그녀를 안내해주기로 맘을 오려둔다. *제주에서 우째 여게까짐 오싰니껴?* 어색함을 지우려 배려 묻은 말을 건넨다. *방학이라 다니러 왔어요. 제주도 야학에서 어린이들을 가르치는데 여기를 한 번도 못 와봐서. 우리나라 최초의 사액서원인 이곳을 꼭 한번 와보고 싶어서요. 큰맘 먹고 오게 되었어요.* 계절의 머리는 그녀를 판단한다. 그리 교양 싹이 하나도 없지는 않겠구나. 그리고 우리나라 최초의 사액서원을 와 볼 생각을 키울 정도면 최소한의 교양 싹은 세포 속에서 살고 있다. *아하 그래시군요. 고향이 제주도라 좋겠니더.* 야학에서 아이를 가르친다는 말에 계절은 호기심이 활짝 피어난다. 그녀에 교양 싹이 없다던 생각과 건방진 듯하던 말투가 얼음 녹듯이 녹는다.

아니요. 전 고향이 서울이고요. 부모님 고향이 제주도라서 할머니 댁에 놀러 다니다가 제주도가 좋아서 제주도가 제 옷자락을 붙잡아서 주저앉았어요. 그곳 좋은 곳이지요. 귤이 생각나네요. 할머니 댁은 귤 농사를 짓고 사시지요. 귤이 노랗게 익은 귤밭을 보면 마음마저 노랗게 물들어 천국이 있다면 그런 곳일 거란 생각이 들 정도예요. 무작정 내려가서 귤밭 일도 도와드리다가 제주도 경치가 끌어당기는 바람에 홀딱 반해 거기서 살고 있어요. 거기 말도 재미있는데 여기 말도 무척 재미있네요. 참 재미있어요. 그녀는 무엇이 그리 재밌는지 재미있어 못 살겠다는 표정이다. 그 사이 어디선가 놀던 바람이 싱그러움 한 줄기를 끌고 다시 온다. 초여름 날씨만큼 두 사람은 따뜻하게 다가서고 있다. 두 사람은 소수서원의 용이 되어 구불텅구불텅 기어오르는 소나무 사이를 걷는다. 물소리를 건지고 햇살을 꺾고 바람을 흔들며 선비들의 가슴에 드나들었던 숨결을 들이마시며 한 바퀴 돈다. 소수서원은 어느새 두 사람을 운명의 도가니 속으로 밀어 넣고 끓일 솥을 걸고 있다. 코끼리보다 큰 상상을 만진다. 한 남자와 한 여자. 둘은 서로 이름도 모르는 여인의 길을 앞장서서 안내하고 이름도 모르는 남자의 발자국을 따라가며 씨줄 날줄로 엮이고 있다.

계절은 엉뚱한 생각 타래를 잡아당긴다. 갑자기 불을 훔쳤다는 프로메테우스가 계절의 앞에 나타난다. 프로메테우스는 불을 훔쳐서 훔친 불씨를 잘 갈고 다듬어 근사한 조각품을 만들었다. 혼의 온도를 36.5도에 맞춘 후 사람의 몸속에 넣어주었다. 그러나 사람들의 욕심은 끝이 없다. 더 많은 불을 피우면 열이 펄펄 끓어 머리 위에 엎어놓은 가마솥 뚜껑을 열게 만든다. 그래서 사람들은 지금도 열만 받으면 입으로 내뱉는 말. 뚜껑 열린다! 뚜껑 열린다! 소리를 지르며 자신의 피를 펄펄 끓인다. 열을 많이 받는다는 것은 욕심이 많다는 뜻으로 풀이해도 오답은 아니다. 열을 많이 받는 사람은 스스로 목숨을 단축시키는 단축키도 몸속에 달려 있지 않을까 생각된다. 혹시 병균이라도 몸속에 침입해 스위치를 누르기라도 한다면 열을 펄펄 끓여 부들부들 떨게 만들어 치명적 손상을 입거나 심지어 목숨까지 잃어버린다. 적당히 불을 잘 이용하라는 프로메테우스의 명령을 어기면 재앙을 내리는 불. 아름다운 사랑을 위해서도 사랑하는 사람을 위해서도 불을 피워서 솥을 걸도록 허락해준다. 모락모락 따뜻한 김이 나는 밥. 이마를 맞대고 열기를 후후 불어가며 맛있게 먹으며 낄낄거리다가 껄껄거리다가 아이를 낳는다. 불은 고구마를 굽고 감자를 굽는다. 사람의 마음도 굽고 가난도 굽고 추위도 굽는다. 추위를 이기기 위해 방으로 들어온 방고래도 뜨겁게 달군다. 이 황량한 세상 슬픔도 고구마 속처럼 구워줄 불. 생각이 줄달음쳐 가고 있다. 계절은 사투리보다 더 투박한 웃음을 웃는다.

왜? 웃으세요? 계절의 웃음이 땅에 떨어지기도 전에 웃음을 주워 든 그녀. 그녀의 얼굴에 작약꽃향 한 잎이 바람에 휘리릭 날린

다. *아이씨껴. 그냥요껴.* 그녀의 어설픈 말에 설명할 수 없는 묘한 기분. 계절은 엉겁결에 소나무 가지에 푸른 거짓말을 걸어둔다. *참 구엽니더.* 그 말을 진심으로 알아듣던 가심으로 알아듣던 그것은 중요하지 않다. 자신의 입이 왜 갑자기 귀엽다는 말을 쏟아내는지. 계절은 자신이 더 우스워서 또 한 번 웃는다. 그녀는 더 이상 계절의 웃음에 궁금증을 보태지 않는다. 다행이란 생각이 훌훌 달려온다. 소수서원에 발자국을 버리려 다니느라 시간을 다 버렸다. 계절은 어린이들에게 한글을 가르칠 시간이 가까이 걸어오고 있다. *지는 인제 가봐야 하니더. 어두워지기 전에 영주까짐 가기가 쪼매 어려울 것 같으이 오늘은 누추하제만, 지 집에서 하룻밤 묵어가는 게 우뜨이껴?* 계절은 말을 꺼내놓고도 왜 그 말을 하는지 모른다. 인사치레인지 아님 진심인지. 도무지 모른다. 자신이 한 말에 자신이 놀라고 있는 사이 그녀도 놀라는 눈치다. *지가 지금 아 들을 가르칠 시간이 돼서 영주까짐 안내해드랠 시간이 없니더. 초행길인데 여자 혼자 영주까짐 가기는 쪼매 무리일 것 같니더.* 계절의 입에서 나온 미끈한 말. 그녀는 긍정의 대답인지 부정의 대답인지 모호한 말을 입술에서 꺼낸다. *고맙습니다. 그렇지만 저를 언제 보셨다고…*. 계절은 그녀의 입술이 꽃잎보다 붉고 예쁘다는 생각이 든다. 그녀의 입술을 보며 군침을 넘기는 자신의 목구멍이 염치없다. 침을 꼴깍 넘기고 쳐다보던 계절은 자신의 마음이 갑자기 선한 군자라도 된 양 말을 받는다. *시상에 태어나민서부텀 아는 사램이*

있니껴? 다, 이래저래 인연 따라 알게 되고 친해지고 하는 게 사램이제요.

계절의 고운 색 말을 들은 그녀는 고맙다는 말을 한다. 한 번의 거절도 망설임도 없이 따라붙는다. 아직 이름도 성도 모르는 두 사람이 집으로, 한 지붕 밑으로 들어간다. 둘은 입을 잠그고 집으로 들어선다. 계절의 아버지가 의심스러운 눈초리로 누구냐고 묻는다. 계절이 자초지종을 이야기하자 아버지는 *우리 집 빈방이 여럿 있으이 누추하제만 편하게 주무시고 가소.* 아들의 말 아니 온 식구들 누구에게도 저렇게 다정한 말을 한 적이 없는 아버지가 하는 산들바람처럼 부드러운 말에 계절은 아버지를 멍하니 쳐다본다. 별일도 다 있다는 생각이 든다. 그의 별일이란 확신을 정조준하고 있다. 조금 있자 한학, 아니 더 정확하게 말하자면 포장을 벗기면 한글을 배우러 오는 어린이들이 몰려온다. 계절은 일찍 공부를 마치고 나머지 공부는 숙제로서 갈무리한다. 벌써 마음속엔 수상한 싹이 수상수상 일고 있다. 저녁상은 다른 때보다 훨씬 더 푸짐하다. 숙명이 차린 밥상은 손님이 오면 멸치 대가리 하나라도 더 얹어주는 게 어머니의 인심, 그것을 숙명이 똑같이 닮아 그녀를 손님으로 생각하고 상을 차린 듯하다. *고맙습니다. 잘 먹겠습니다.* 그녀는 입에서 고맙다는 말이 날아 나온다. 조금의 체면이나 망설임도 없이 밥상에 다가앉아 손은 수저를 들고 밥 한 공기에 염치를 섞어 밥알 한 알갱이 없이 깨끗이 비운다. 다 비운 걸 본 아버지가 한마디 한다. *시장하싰든가 보제요. 더 잡수소. 숙명아 밥 더 드려라.* 따뜻한 아버지의 말이 건너간다. 그녀의 뱃속에는 체면이란 것이 살지 않는지. *예. 고맙습니다.* 하고 밥공기를 넙죽 내민다. 숙명이 밥을 더 퍼주자 그녀는 게 눈 감추듯 먹어 치운다. 그녀의 배에는 아귀(餓鬼) 귀신이 살고 있는지 모른다는 생각을 한다.

제가 설거지는 하겠습니다. 말과 동시에 밥상을 주섬주섬 거두기 시작한다. 기겁을 한 숙명의 손이 그녀를 팔을 잡아 앉힌다. *손님한테 누가 설거지를 시키는 법이 있다디껴? 가만 앉아 쉬소.* 숙명의 강한 만류와 아버지가 *손님한테 설거지시키는 법은 양반가에서는 없니더.*라는 말에 그녀는 그냥 주저앉는다. 설거지를 하러 숙명이 나가고 동생들이 나가자 아버지는 쓸데없는 물음표를 자꾸자꾸 던진다. *고향이 어디이껴? 서울입니다. 성씨가 우째 되니껴? 제주 고가입니다. 나이는 및 살이이껴? 스물두 살입니다.* 아버지 입에서 끊임없는 물음표가 쏟아져 나오자 아버지를 향해 계절이 한마디 한다. *아부지 손님한테 빌걸 다 묻니더. 고만하소. 알았다.* 계절의 아버지는 두 번 다시 묻지 않고 일어선다. 다행히도 아버지는 *편히 쉬셨다 가*라는 말씀만 깔아놓으시고 일어선다. 둘이 앉아 있자니 새삼스레 할 말이 어디로 도망쳐 버린다. 서먹서먹함이 둘 사이로 훨훨 날아다닌다. *저, 밤에 구경할 곳은 없나요?* 그녀도 어색한지 아니면 더 구경하고 싶은지 모를 질문을 날린다. *특빌한 데는 없어도 산책할 때는 많니더.* 계절의 입이 말하자 그녀는 산책을

하자는 말로 해독을 한다. *그럼 죄송하지만, 안내 좀 부탁드려도 될까요?* 제법 예의 있는 말 색깔이다. 계절은 예의가 묻은 말이 마음에 들어 주저 없이 여자를 데리고 밖으로 나간다. 무작정 걷는다. 티눈이 박힌 아픈 세월이지만 아직 젊음이 넘실거리는 시간이다. 달이 따라붙으며 그림자를 늘였다 줄였다 밝혀준다. 초여름 냄새가 싱그럽게 달려든다. 찔레 넝쿨에 이름 모를 새들이 모여 도레미파솔라시도 도시라솔파미레도 반음을 올렸다 내렸다, 멋진 화음을 쪼아대며 허공을 난다. 아마도 경진대회를 앞두고 합창 연습을 하며 목을 풀고 있나 보다. 두 사람 사이사이로 달빛이 부서져 내린다. 누가 먼저랄 것도 없이 연인처럼 나란히 서서 걷는다. 마음에 스위치 켜지듯 딸깍, 환해지는 밤. 어색한 침묵을 밟으면서 걷던 계절이 말 그물을 던진다. *참, 이름이 먼지도 모르네요, 지 이름은 이계절이씨더.* 말 그물을 받은 그녀는 *저는 고정의라고 합니다. 아, 예 정의로운 분이신가 보제요?* 풀냄새 풀풀 나는 말로 말 그물을 받는다. *정의롭게 살라고 아버지께서 정의라고 지으셨겠지요. 이름대로 살려고 노력하고 있어요.* 둘은 연인처럼 다정하게 동네 숲을 한 바퀴 돌고 집으로 돌아와 그녀를 방으로 안내하고 자신의 방으로 들어온 계절의 잠은 어디로 외출을 가고 돌아오지 않는다.

길이 부러지다

11

너도 처음 나도 처음 인간은 이번 생이 모두 처음이어서 모든 게 서툴고 헐겁고 실수와 후회투성이일까? 오솔길 사이의 상큼한 바람도 사람 숲 사이의 따뜻한 공기도 가족이란 고귀한 제도, 즉 세상에서 가장 따뜻한 사이, 조건 없는 응원과 마음의 상처를 치료해줘야 할 사이임이 분명한데 어찌 가장 상처를 많이 주고받고 가장 아픈 가시가 앙크랗게 돋아 서로를 찌르다 결국 피를 철철 흘리고 상처가 아물어 딱지가 생기고 옹이가 되어 그 옹이도 끝내 견디지 못해 상처만 남기고 사라지는 건 모두 이번 생이 처음이라서일까? 처음이라서 상처를 주지 않는 법을 몰라 배우지 않고 태어나 상처만 남기고 어디론가 사라지고 사라짐에 또 상처받고 아파하면서 결국 자신들도 사라지고야 마는 것은 고불거리는 길들이 산 가까이에 가면 뚝 부러져 다시 발길을 돌려야 하듯 그렇게 삶이 부러지는 건 산에 닿았단 이야기일까? 엄마의 길이 부러져도 부부로 살았던 아버지는 아무 감정도 생기지 않는 것일까? 당신의 아이를 낳고 살던 여자, 이루지 못한 사랑에 묻혀 빛을 발하지 못하는 여자 역시 아버지 생이 이번이 처음이라 서툴러서 미끄러져 버린 것일까? 얽히고설킨 생각을 털고 일어서려고 하지만 엄마의 부재에 우울들이 바글바글 달려들어 자신을 갉아먹고 마음 뼈만 앙상하게 남을 즈음 고정의를 만나 엄마를 잊어버린다는 일이 참 우습다는 생각이 든다.

　잠의 외출을 틈타서 오늘 고정의를 만난 후부터의 일들이 줄줄이 달려온다. 잠의 갈피를 헤집고 잠 속으로 퐁당퐁당 물장구치는 소리가 들린다. 개구리가 연못에 뛰어들듯 뛰어들어와 잠에다 물방울을 튀기며 훼방을 놓고 있다. 창문을 열고 밖을 내다본다. 달은 자두 나뭇가지에 걸터앉아서 다정다정 놀고 있다. 자세히 보니 고정의도 거기 앉아서 함께 놀고 있다. *미친놈!* 입은 자신에게 미친놈이라 욕을 하고 손바닥은 자신의 이마를 탁탁 두드린다. 자신의 이마를 두어 대 쥐어박은 손은 방문을 닫는다. 그러나 뚫린 문구멍 사이로 고정의가 또 들여다보고 있다. 처음 만난 여인한테 웬 망상이란 말인가! 별빛도 문틈으로 들어와 초롱초롱 망상을 함께 부추긴다. 문구멍을 막아버린다. 달빛도 고정의도 발도 못 들여놓도록 막아버리고 자리에 눕는다. 이런 빌어먹을! 젠장! 미치겠구만! 문구멍을 막고 나니 심장은 낮 시간을 뛰어놓고 있다. 고정의가 달빛과 소수소원과 낮에 함께했던 시간을 고스란히 들고 들어와 펼쳐놓고 있다. 초록 냄새가 자꾸만 영역을 넓히고 아예 잠의 자리를 차지한다.

한편 고정의는 아예 방문을 열어젖혀 놓고 달을 쳐다보고 있다. 상큼한 바람이 별빛 향을 퍼 나른다. 마음을 얼싸안는다. 풀벌레 노래가 나무를 타고 날아오르더니 자두나무 위에 앉는다. 북어처럼 말라가는 생각을 흥건하게 적셔주는 별빛. 자두나무를 흔드는 달빛. 낮 동안 다녔던 소수소원이 환하게 웃으며 길을 열어주던. 잘생긴 얼굴이. 목소리가 저벅저벅 낯선 남자의 집 방으로 걸어 들어와 하룻밤을 빌린 그녀의 머리를 흔들고 있다. 잘생긴 외모. 재미있는 사투리. 투박한 행동. 모든 것들이 고정의의 머릿속으로 걸어 들어와 그녀의 잠 줄을 마구 흔들고 있다. 두 사람의 너 따로 내 따로 잠 속을 뒤흔들어 밤새 두 사람은 잠을 잃어버린다. 긴 하품을 잠근다. 어둠을 밀어내고 해가 환하게 뜬다. 잠은 영영 돌아오지 않는다. 두 사람 모두 같은 생각으로 엊저녁 생각들을 지워버리려고 애써 태연한 척한다. 이른 새벽인데 벌써 계절은 동네를 한 바퀴 돌고 들어오다 고정의와 마주친다. *저도 깨워서 같이 데리고 가시지 그랬어겨?* 고정의의 말간 이슬 같은 말에 계절은 산뜻한 풀잎 같은 말을 한다. *먼 길 오시느라 피곤하실 것 같아서 혼자 갔니더.* 말간 이슬과 산뜻한 풀잎이 아침 햇살에 반짝인다. 고정의는 배려 묻은 계절의 말이 고맙다.

둘은 다시 묵음 경전 같은 길을 걷는다. 누가 가자고 하고 말도 하지 않았는데 둘은 묵묵히 동네 한 바퀴를 돈다. 새들이 포르릉 짹짹 날아오르며 아침 인사를 건넨다. 붙은 입술을 분리해서 제주에서 하는 일에 대해 묻는다. 고정의의 근원 없는 말. 갓 쓰고 한복 입고 구두 신은 듯한 말을 한다. 그렇지만 그 말 중에 계절의 가슴을 아프게 파고드는 말이 있다. *제주에는 야학에 나와서 봉사하려는 사람이 없어껴, 그래서 배우는 사람에 비해서 턱없이 선생이 부족해껴.* 이 '껴'라는 영주 토속 사투리가 그들의 운명을 묶은 말이 된다. 내년이면 서울에 있는 친구들이 내려와 도와주기로 했는데 올해가 걱정이라고 한다. 계절의 마음은 북처럼 둥둥 소리를 두들기며 움직이기 시작하고 있다. *그래믄 거기 가믄 머꼬 자고 할 곳은 있니껴?* 하고 관심 가득한 말을 한다. 꼭 갈 것처럼. 묻는 말을 받아 고정의 입에서 나온 말은 순발력 있게 달려간다. *그럼요. 좋지는 않아도 먹고 잘 정도는 가능합니껴. 저희 할아버지 집이 있어서 내년에 올 친구들도 거기서 먹고 자려고 해껴. 그 대신 일손이 없으니까 사이사이에 할아버지 귤 농사 좀 도와주시면 되지껴.* 전에는 귤 농사란 말에 별생각이 없었다. 무심하게만 느껴지던 귤 농사란 말이 귤처럼 달콤함으로 다가온다.

그래믄 내년까짐 지가 도와드리믄 되겠니껴? 계절의 이 계절 풍취 풍기는 말에 고정의는 얼마나 놀라는지 눈이 휘둥그레진다. 깜짝 놀란다. 눈동자를 보름달보다 더 크게 키운다. 자그마한 마음

의 창으로 햇살이 뛰어내린다. 마음이 한 떨기 꽃을 피운다. 다정한 목소리로 출렁이는 계절의 말. 꽃다발 같은 하얀 말을 받아들고 고정의는 오동통 마음에 살이 오른다. 계절은 옷소매 자락을 흔들며 아버지께로 간다. 제주에 가서 한 달 정도 있다가 오겠다는 계절의 말이 아버지 사이를 서성인다. 아버지는 무슨 이유에선지 하고 싶은 대로 하라고 하신다. 그렇지 않아도 일본 놈들과 한바탕 한 아들. 계절의 아버지는 불안을 느끼던 터다. 잠시 피신시킨다는 생각이 넝쿨처럼 푸르다. 잘되었다고 생각한다. 계절의 생각도 그렇다. 몇 번째 우리글을 가르치다 일본에 들켰다. 그 뒤로 부쩍 일본은 눈에 광채를 내면서 감시 온도를 높인다. 온도는 갈수록 높아 행패가 극에 달했다는 생각을 한다. 우리의 조상이 힘들여 만든 글이고. 우리의 조상 대대로 내려온 말이고. 우리의 전통대로 우리 이름을 지어 부르는데 글도 말도 이름조차도 자기들의 나라말로 자기 나라 식으로 개명까지 하라는 산 그림자가 웃을 횡포를 저지르고 있는 것이다. 문화 말살도 도를 넘친다. 고유 명절 설을 구정이란 이름으로 격하시키고 갈수록 서슬푸른 일본에 당할 재간이 없음을 생각하지만, 계절은 눈에 보이는 것이 없다. 우리 글 못 가르치게 한다고 먹살잡이를 하기 몇 번 불안하던 차에 당분간 그들의 칼날처럼 번뜩이는 눈초리를 피하는 게 나을 것 같다.

계절 역시 한글을 가르치기는 힘들게 생겼다. 그렇다고 한문만 가르치는 건 그다지 큰 의미가 없다고 생각하던 참이다. 어쩌면 이 풀리지 않는 일들을 회피하기 위해 도망가는 비겁자라고 자신이 자신에게 꾸짖는다. 그렇지만 딱 1년만 가 있다가 다시 돌아올 것이다. 거기서도 역시 같은 일을 할 수 있으니까 도망자는 아니다. 저놈들의 감시가 수그러들면 다시 꼭 와서 지금 당한 수치만큼 되돌려줄 것이다. 떠났다는 소문이 돌면 조금 감시가 소홀해질 것이다. 어떤 대가를 치르더라도 한글은 우리 국민에게 가르쳐야만 우리의 미래가 있을 것이다. 그렇게 생각을 성냥곽에 성냥개비처럼 가지런히 정리한다. 계절은 그녀와 함께 떠나기로 한다. 짐을 꾸리고 있는데 앞마당에 꽃들이 붉은 눈물을 글썽인다. 바람이 다가와 꽃을 토닥인다. 괜찮아. 괜찮아. 곧 다시 올 거야. 어머니께서 짐을 꾸리는 아들을 멍하니 바라본다. 느린 걸음으로 방 문지방을 넘으시면서 복숭아꽃 같은 말을 환하게 피운다. *저 처자 참말로 참하게 생겼다, 우리 메느리 하믄 참 좋겠는데 니는 우째 생각하노? 제주도 가그든 한분 잘해봐라. 어머이 씰데없는 헛물 캐지 마이소. 그른 게 아이고 제주에 야학 선상이 없다고 해서 1년만 해주고 새로 돌아올 께씨더.* 어머니의 말 줄기를 싹둑 잘라버린다. 어머니의 말 싹을 자르고 보니 어머니는 어디로 갔는지 흔적도 보이지 않는다. 눈물이 주르르 흐른다. *엄마!* 계절은 엄마를 불러 보았지만, 엄마는 다시 나타나지 않는다. 그렇게 제주행은 잠시 고향을 떠나는 일이지만 먹물처럼 새까만 앞날이 그를 기다리고 있다. 계절의 인생을 상상도 못 할 구렁텅이로 몰고 갈 것인지도 모르고 인연이 끌고 가는 미지의 길을 따라 제주도로 향한다.

나비의 날개 몇 쌍이 나풀거리며 허공을 날고 있다. 일요일 아침이다. 잘 다녀오겠다는 번지르르하고 형식적인 인사를 한다. 하늘을 구름을 뭉게뭉게 게워내고 있다. 씁쓰레 달달한 아침이다. 드디어 제주도에 도착한다. 고정의네 집에서 발걸음을 쉬게 하고 잠을 눕히는 거처로 삼는다. 고정의 할머니는 마당을 쓸던 몽당빗자루를 멈추고 아래위를 훑는다. 고정의는 야학에 선생님이라고 간단한 말로 눈길을 자른다. 잠시 후 고정의 할아버지가 헛기침을 하면서 뒷짐을 지고 나타난다. 할아버지께도 똑같은 말의 길이로 인사를 시킨다. 다행스럽게도 고정의 할아버지와 할머니는 더 이상 아무것도 묻지 않는다. 계절의 아버지가 그랬듯이 고정의 할머니는 다정한 눈빛을 던진다. 눈에 넣어도 안 아플 손녀가 하는 일은 무조건인 것 같다. 정의는 밥상머리에서 조금 더 말 인심을 써서 자세히 설명을 한다. 정의 할아버지 집은 기역자집이다. 제법 넓은 마당엔 꽃들이 만발하고 벌들도 날아와 환영을 한다. 정의 할머니는 방 하나를 비워 계절의 짐을 풀게 한다. 영주와는 또 다른 풍습이 신기하기도 하고 호기심도 생긴다. 피로를 풀어놓고 하룻밤을 잔 계절.

아직 방학이 일주일이나 남았다는 정의의 말에 속으로는 다행이다 싶다. 일주일간 제주도를 돌아보며 구경을 할 계획을 머릿속에 그린다. 그의 마음을 읽기라도 한 듯 고정의는 말한다. *아직 방학*

이 일주일 남았어껴. 그러니 그 기간에 내가 제주도 안내 좀 해드릴껴. 월급 대신 안내해드릴 테니 그리 아세껴. 지렁이에 뱀 대가리 떼다가 붙인 듯한 말을 한다. 계절은 웃음이 터졌지만 참는다. 이튿날 아침 햇살이 무성하다. 마당은 싱그러운 향기 보관소다. 향수보다 더 고운 냄새가 온 마당을 날아다닌다. 정의는 계절의 발걸음을 안내하며 앞장선다. 순흥에서 계절이 그랬던 것처럼. 제주는 마음껏 자태를 뽐내며 풍경을 펼쳐준다. 첫 번째는 천제연 폭포로 간다. 제1 폭포는 길이 22m, 수십 미터의 소를 이루며 물을 마구 쏟아낸다. 겁도 없이 뛰어내리는 물줄기는 다시 달음질쳐 제2·제3의 폭포를 만든다. 몸을 날려 뛰어내리는 물들의 아우성. 그 갑갑하고 헐렁했던 날들을 청량하게 씻어준다.

폭포 주변엔 희귀식물이 모여 마을을 이루고 살아간다. 송엽란·담팔수·비쭈기나무·감탕나무·조록나무·참식나무 가시나무류 등의 상록수와 푸조나무·팽나무 등이 정답게 살아가는 곳이다. 밤이 되면 별빛을 타고 옥황상제를 모시던 칠 선녀가 내려오는 곳이다. 물·불·바람·이성·정·흙·정보를 관장하는 모두 급이 굉장히 높은 선녀들이다. 높고 아름다운 7 선녀들은 옥피리를 불며 자줏빛 영롱한 구름다리를 타고 내려와 폭포수에 멱 감고 노닐다 올라간다고 하여 천제연(天帝淵) 곧 하느님의 못이라고 부르게 되었다는 유래가 눈 속으로 들어와 찍힌다. 저 폭포 소리를 꺾어다 마당에 두면 물꽃이 하얗게 필 것 같은. 더 이상 좋은 곳은 없을 성싶다.

제1 폭포가 떨어지는 절벽 동쪽 암석 동굴 천정이 눈 속으로 걸어 들어온다. 한여름에도 이가 시릴 정도로 찬물이 쏟아지는 곳으로 백중이나 처서에 이 물을 맞으면 별이 사라진다는 전설이 산다. 그 전설을 보러 수많은 사람이 찾았다고 또렷이 전하고 있다. 진시황은 불로장생 초를 캐기 위해 한라산(옛 영주산)에 진시황의 신하 서복을 보냈다고 했다. 함께 온 일행은 정방폭포에 서불과지(徐市過之)라고 남겨 서귀포라는 지명이 여기서 유래되었고. 한편 추사 김정희의 세한도(歲寒圖)를 제주 미술의 근원으로 보는 견해도 있다고 했다. 세한도는 직접 한라산을 소재로 한 그림은 아니지만, 당시 제주의 풍물을 담은 불후의 명작으로서 후세에 많은 예술인을 배출하는 모체가 되었던 것만은 사실이며 김정희는 1840년(헌종 6)에 제주에 유배되어 대정현(大靜縣)을 적거지(謫居地)로 삼고 9년여 동안 서화(書畵)뿐만 아니라 한시 등 문학에도 정진하여 독특한 서체의 경지도 개척했다고 정의는 얼굴 혈관이 파래지도록 현장 실습을 시킨다. 절절한 눈길로 설명해 준다. 아득히 먼 전생 내게도 한 번 있었던 것 같은 생각이 스멀거린다. 언젠가 제주라는 곳에 애절한 사연을 뿌려두었던 곳이란 생각. 감탄사를 연발 자아내게 하는 재주가 뛰어난 고장. 제주와 재주는 동음이의어(同音異議語)임을 순간적으로 포착한 순발력인지 재치인지 해학인지 아무튼 고정의라는 여자는 언홍을 즐길 줄 아는 여자라는 생각이 든다. 제주의 아름다움을 저렇게 표현할 수 있다니.

계절은 신선한 충격에 젖어 들며 머릿속은 바람을 먹고사는 고무풍선처럼 상념으로 부풀어 오른다. 계절은 정의가 할머니 댁에 왔다가 눌러앉은 심정을 이해할 것 같다. 다른 세상 같은 비경을 보면서. 계절은 정의를 따라서 오길 참 잘했다는 생각을 한다. 둘이 여행을 하는 사이 서로 스스럼없는 연인이 된 것 같은 착각 속으로 빠져들게 한다. 일주일 내내 손 한번 잡지 않고 오래된 연인처럼 지낸 둘. 조금의 거리감도 없이 둘은 오누인지 연인인지 모를 정도로 거리를 가깝게 당기고 있다. 마치 축지법의 달인처럼. 그 어떤 황홀한 비경도 시간을 멈추게 하지는 못한다. 일주일이 꿈속으로 사라지고 야학의 수업이 시작된다. 허름한 천막으로 들어가는 순간 계절은 울컥, 울음이 넘어온다. 순흥에서 가르치던 것과는 전혀 다른 환경이다. 낡은 천막 속에서 배우려는 눈망울이 별처럼 초롱초롱하다. 구름처럼 몰려드는 배움의 목마른 사람들에 비해 가르치는 사람은 정의뿐이다. 계절은 내심 놀란다. 저 가냘픈 여자의 몸에서 어찌 이런 위험하고 위험한 일을 감내했을까? 그것도 혼자. 사실 남자도 보통 배짱으로 할 수 있는 일이기 때문이다. 존경심마저 우렁우렁 우러난다. 학생들은 새로 온 선생을 잘 따라준다. 거의 모든 학생은 젊은 사람들이고 겉은 허름하고 정신은 옥처럼 반짝이는 사고를 가진 사람들이다. 애국정신이 투철한 사람들이 모두 모여든 것이다. 사이사이로 한문도 가르친다. 그 이유는 혹시라도 모를 감시에 대비한 것.

정의와 계절은 서로의 뜻이 한곳으로 바라보고 있음에 한 몸이 된 것처럼 점점 스스럼없는 사이가 되어간다. 그렇게 1년이 닳아 없어진 어느 일요일. 그녀는 외출을 하지 않고 있다. 일요일이면 집에 있지 않고 말만 한 손녀가 돌아다니는 걸 늘 못마땅하게 생각하는 할아버지 할머니다. 그렇다고 할아버지 할머니의 말씀을 고분고분 따를 정의도 아니다. 당차게 야학을 꾸리는 것과 달리 할머니께는 어리광덩어리다. *왜 바램 쐬러 가지 않고 집에 있니껴?* 계절은 집에 있는 정의를 향해 잔잔한 돌팔매를 던진다. *이제 내일부터 마음대로 며칠간 놀 수 있어서요. 오늘은 할아버지 할머니 안심을 위해 집에 있는 척하는 거니껴.* 계절은 정의가 말끝마다 껴를 붙이는 것에 익숙해졌다. 오히려 귀엽다는 생각까지 한다. 말뜻은 안 통하지만, 그 억양은 묘하게 재미있는 말이란 생각이 든다. 어울리지 않는 옷차림 같은 말에 웃음이 터진다. 할아버지와 할머니는 외출을 준비하시고 밖으로 나오신다. 흰 옥양목을 앙크랗게 날이 서게 풀을 먹여 입었다. 옷에서 사그락사그락 억새 우는 소리가 폴폴 날아오른다. 서울 계시는 아버지 어머니 집에 다니러 가신다는 거다. 한 5일 정도 머물다가 오신다고 집을 잘 보라고 당부를 하신다.

기회는 선용하는 자에게 미소로 답한다. 둘에게 이런 황금 같은 시간이 선물로 다가온다. 이렇게 빨리 둘만의 시간이 달려올 줄 누가 코끼리 꼬리만 한 상상이라도 했을까? 할아버지와 할머니는 떠나시면서 집과 정의를 잘 부탁한다며 당부를 내려놓고 가신다. 고양이에게 생선 한 토막을 던져주고 제주를 두고 서울로 가신다. 그날 밤 둘은 제주 바닷가에 바람을 쐬러 간다. 누가 먼저랄 것도 없이 함께 바람을 온몸에 묻히고 들어온다. 둘은 술을 마시고 밤이 늦어서야 달빛을 밟으며 집으로 온다. 달이 술에 취해 비틀거린다. 세상이 모두 술에 취해 비틀거린다. 둘은 비틀거리는 것들 사이를 헤치며 집으로 온다. 누가 먼저랄 것도 없이 한 방으로 들어간다. 둘은 한 방에서 한 몸이 된다. 그날 이후 둘 사이는 어느 바람도 흔들지 못했다. 할아버지 할머니가 제주도에 오실 때까지 둘은 한 방에서 한 이불을 덮고 한 베개를 베고 한 몸이 된다. 이렇게 한 몸이 되는 것에 대한 두려움 같은 것은 서로가 하지 않는다. 불길은 이미 처음 순홍에서부터 타고 있었는지도 모를 일이다. 둘은 그날 이후 부부처럼 한 방에서 한 몸이 되어 뒹군다. 계절은 잠시 그녀와 한 몸이 되어 뒹구는 시간만은 일본 놈들의 잔인함도 나라의 장래도 잊는다. 일본 놈들의 잔인함도 나라의 장래도 모두 차곡차곡 접어서 보이지 않는 곳에 넣어둔다. 아니 어쩌면 외면하고 싶은, 잊어버리고 싶은 것인지도 모른다. 세상에 떠도는 모든 행복이 두 사람에게로 밀려왔다.

둘은 바늘과 실처럼 늘 붙어 있다. 달콤한 나날들이 제주 하늘에 수를 놓고 있다. 달도 별도 바닷물도 바람조차도 둘을 위해 존재하는 듯하다. 초원이 말들을 놓아 마음껏 기르듯이. 제주는 두 사람을 아무 걱정도 없이 하루하루를 유채꽃처럼 사랑사랑 수놓으며 물오른 나무들처럼 파릇파릇 키우고 있다. 둘은 서로가 서로에게 결점 하나 없는 완벽한 사람으로 보인다. 계절과 정의를 위해 모든 빛과 바람과 꽃들까지 세상에 아름다운 것들은 몽땅 제주도 땅에 가둬둔다. 풀들은 늘 별들을 우수수 쏟아내고 새들은 그들을 위해서 끊임없는 축가를 부르며 볼 고운 바람들도 두 사람의 기분을 사르랑사르랑 맞춰주고 있다. 후루룩후루룩 진한 국물처럼 사랑을 들이켜는 두 사람. 황홀한 불륜 같은 사랑은 단 한 번의 기회만 있을 뿐이란 듯. 서로가 서로에게 여름 더위보다 더 뜨거운 순수를 꽃피우며 활 활 활 활 불꽃으로 여름을 불태우고 있다. 계절은 잠깐, 영영 이 행복이 푸를 수 있을까 생각한다. 내가 왜 이렇게 정신없이 지낼까? 생각을 하다 인지 부조화를 끌어낸다. 그래, 대학자인 퇴계 이황 선생도 두 번째 부인을 그렇게 사랑했다지.

책에서 읽은 일화 하나가 달려든다. 서당에서 글을 가르치고 있는 이황 선생께 서당 문을 열고 들여다보면서 *오늘은 참 얌전하이더, 어젯밤에사.* 하고 문을 닫고 나간 뒤에도 퇴계 이황은 제자들 앞에서도 아무렇지 않게 아내를 사랑스럽게 올려다보았다지. 또 아내가 명절에 제사상을 차려놓으면 제사상에 음식을 마구 손으로 집어 먹어서 집안 어른이 *저 버르장머리 없는 짓을 우째 두고만 보노!* 라고 이황 선생을 나무라시면 이황 선생은 곧 받아들이는 말씀으로 *하늘에 기시는 아부지께서 메느리를 을매나 이뻐하싰는데 쪼매 모자래는 메느리가 먼저 쫌 멌다고 야단을 치시겠니껴?* 아마

도 마이 먹으라고 더 주실 게씨더. 하고 약간 부족한 아내를 토닥 토닥 다독이며 사셨다지. 예안에 유배 온 권질의 집안은 갑자사화 (1504) 기묘사화(1519) 신사무옥(1521) 잇따라 엮였다지. 집안이 풍비박산이 나고. 그 충격으로 정신이 온전치 못하고 의지할 데도 없는 권질의 딸. 얼마 지나자 그 딸마저 정신을 놓아 온전치 못하게 되고 말았다. 퇴계 이황은 권질의 딸을 거두는 심정으로 후처로 삼고 돌봤다 한다. 왜 저런 분하고 재혼을 하셨냐고 사람들이 물어오면 *저 불쌍한 여인을 내가 안 델꼬 살믄 누가 델꼬 사니껴?* 하면서 태산 같은 인품을 내보이셨다는데. 그런데 나 같은 속물이야 당연한 것 아닌가. 자신에게 토닥토닥 위로를 먹이면서 정의에 대한 자신의 감정을 합리화하기에 정신없다.

두어 달 그렇게 지낸 시간이 이틀을 지난 듯 빨리 흐른다. 집 앞 나뭇가지들은 허공을 흔들고 담장 안으론 바람이 자유롭게 왕래한다. 나뭇가지는 흘러간 날짜만큼이나 많은 잎을 키워낸다. 날짜 귀퉁이를 모아 만든 달력 몇 장이 떨어져 나간 어느 날 아침. 아침 상에서 정의의 입이 헛구역질을 해댄다. 그녀의 할머니는 놀라서 튀기듯 손녀에게 온다. 어제 무얼 먹었냐며 손바닥으로 등을 두드린다. 실꾸리를 가져와 바늘이 손끝을 딴다. 정의의 입에서 비명에 엄살이 섞여 풀풀 방을 날아다닌다. 할머니는 엄살에 꿀물을 타먹여 재운다. 오늘도 어김없이 어둠은 슬금슬금 품으로 기어든다. 날마다 하던 대로 계절은 살금살금 고양이 쥐 잡으러 가듯 걷는다. 계절의 신발은 밤이 야심해지고 할아버지 할머니가 잠든 시간이 되면 그녀의 방으로 들어가 함께 잠을 자곤 한다. 계절의 발을 끌고 그녀의 방으로 가는 신발. 신발을 벗어서 품에 안고 방으로 들어간다. 정의도 자지 않고 누워 있다. **안죽도 아프나?** 계절이 걱정 묻은 말을 던진다. **아니 이제 가라앉았어껴.** 정의는 일부러 계절에게 꼬박꼬박 '껴'를 넣은 말을 쓰며 계절을 놀린다. 그럴 때마다 계절은 자신도 모르게 그녀를 따라 한다. **다행이껴.** 계절은 정의가 하는 말이 정겹고 신기해 자신이 중독되고 있다는 생각이 든다. 계절의 얼굴에는 정의가 사랑스러워 어쩌지 못한다고 찍혀 있다. 계절은 정의를 안고 엄마가 아기를 재우듯이 토닥토닥 자장가를 불러주며 재운다.

자장자장 우리아기 잘도 잔다 우리 아기
꼬꼬 닭아 울지 마라 멍멍 개야 짖지 마라.

잘도 잔다 우리아기 새근새근 잘도 잔다
나라에는 충신둥이 부모에겐 효자둥이

앞동산의 뻐꾸기야 뒷동산의 꾀꼬리야
우리 아기 잠자는데 가만가만 노래해라.

우리 아기 예쁜 아기 우리 아기 착한 아기
자장자장 잘 자거라 소록소록 잘 자거라.

사랑은 유치라고 했던가. 자신이 어렸을 때 어머니께서 불러주시
던 그 노래를 정의에게 불러준다. 그녀는 자장가를 엄마 팔을 베듯
이 베고. 스르르 사르르 쌔근쌔근 까근까근 소록소록 콜콜콜콜
아기처럼 잠이 들곤 한다. 다행스럽게도 할아버지와 할머니는 전
혀 아무런 눈치를 채지 못하신다. 정의는 이제 하룻밤도 계절의 자
장가를 베지 않고는 잠을 잘 수가 없다. 길을 걸을 때도 계절의 손
을 잡지 않고는 걸을 수 없다. 계절은 늘 다정하게 손을 잡아준다.
야학이 끝나고 밤에 집으로 돌아오는 길엔 일부러 돌고 돌고 또
돌아서 거리를 늘리며 늦도록 걸어 다니다 집으로 향하곤 한다.
그렇게 하얀 낮보다 까만 밤이 울타리에 보초를 서는 늦은 밤에야
집에 돌아오곤 한다. 할아버지와 할머니도 주무시는 시간이다. 할
아버지 할머니는 그저 손녀딸이 늦게까지 야학에서 공부를 가르치
느라 늦는다고 믿으시는 눈치다. 계절이 제주에 온 후로는 아예 맡
기듯이 무심해지신다. 계절과의 관계는 꿈에도 생각지 못한다. 오
히려 은근히 계절을 손녀사위로 삼고 싶은 기색을 보일 때도 있었
다. 그때마다 둘은 시치미를 뚝 떼어먹는다. 손녀딸보다 계절을 더
챙기신다. 빨래며 먹을 거며 살뜰하게 돌봐주시며 계절을 친손자
처럼 아끼신다.

계절은 무관심한 자신의 할머니 생각이 났다. 왜 할머니는 그토록 자신이나 자신의 어머니에게 무심했던 것일까? 아무리 생각해도 도무지 답을 찾을 수가 없다. 정의 할머니의 사랑에 계절은 봄바람처럼 따뜻함을 느낀다. 그런 그들에겐 또 다른 사랑이 하나 더해지고 있다. 정의는 이상하게 날이 갈수록 기운이 없고 밥맛도 잃어간다. 그러던 어느 날 문득 달거리가 없음이 생각난다. 그래. 그런 거야. 정의는 계절에게 자신이 임신한 거 같다는 말을 조심스럽고 수줍게 꺼낸다. 계절의 얼굴은 하얀 백지 위에 먹물이 떨어지듯 놀랜다. 잠시 후 *참말이라? 야후 후후후후후~* 그녀를 덜렁 들어 올려 빙빙 돌리며 좋아한다. 푸른 그늘을 흔들면 지나가는 바람 소리. 그칠 줄 모르고 흘러가는 달빛 별빛 소리. 세상 맑고 곱고 아름다운 소리는 모두 배 속에 있는 아기의 숨결 같다. 계절은 세상이 자신을 위해 존재한다 생각한다. 부부가 첫아기를 임신하면 저럴까 싶을 정도로 좋아한다. 일단 둘만 알고 있기로 둘은 새끼손가락을 건다. 배가 불러 아이가 할머니 할아버지께 고자질을 할 때까지. 할아버지와 할머니께는 비밀로 하자고 약속을 잠근다. 계절은 매일 휘파람을 분다. 여름 휘파람은 더위에 익지도 않고 포로롱포로롱 날아다닌다. 문제는 야학이다. 이제 배가 부르면 야학을 나갈 수가 없다. 그러면 그 아이들을 누가 가르친단 말인가.

아직도 왜놈들은 두 눈을 시퍼렇게 뜨고 우리글을 못 가르치게 한다. 학교는 물론 온 동네 구석구석 뒤지고 다닌다. 정의는 잠깐

이지만 답답함에 갇힌다. 그러나 계절은 아무 걱정 하지 말라며 태평 같은 소리를 한다. 야학은 자신이 맡아서 더 잘 가르친단다. 아무 걱정 하지 말고 아이나 건강하게 잘 낳으라고. 따뜻한 격려를 정의에게 매일 먹인다. 날마다 계절에게 영양제를 먹듯 얻어먹는 격려 덕분에 정의는 조금 안심을 한다. 여름은 이러구러 두 사람의 불같은 사랑으로 다 태우고 가을이 온다. 제주의 가을은 인간의 말로는 표현하기 미안할 정도로 수려하고 아름답다. 이 아름답고 수려하고 빼어난 고장. 계절은 여기에서 자신의 아이가 자라고 있음을 생각하니 하루하루 그야말로 꿈을 꾸고 있는 듯한 착각에 빠져 허우적거린다. 이 수려한 곳. 저 무도한 일본 놈들이 악바리처럼 진을 치고 있다. 우리의 혼을 어지럽히고 짓밟고 있다고 생각하니 또 답답함이 가슴속에서 용솟음친다. 가을 풀벌레 울음이 별빛처럼 쏟아진다.

소멸에 대한 서러움을 강렬하게 저항하는 것들의 울음이다. 정의는 가을 내내 불러오는 배를 옷으로 감추며 야학을 나간다. 가을 강물도 수척해 간다. 가을은 어디론가 망명지로 떠났다. 어디선가 고여서 숨죽이며 살던 쌀쌀한 겨울이 발을 들여놓는다. 배가 불러오는 속도로 겨울도 불러온다. 이제 곧 방학이 다가온다. 방학이라고 하지만 이름이 방학이지 배울 사람은 나오라고 계절은 말한다. 계절은 자신들의 일을 더 이상 숨길 수 없음을 깨닫는다. 자신이 모든 십자가를 질 생각을 간추린다. 말할 기회를 찾기 위해 기웃거린다. 초겨울인데도 아침을 먹고 귤 농장으로 가시는 할아버지. 집을 나서는 할아버지를 도와드린다는 명분을 만들기 위해 동행을 한다.

할머니도 함께 가시겠다고 나선다. 귤처럼 노란 향이 나도록 동글동글하게 익힌 다음 말을 입안에서 따낸다. 할머니와 함께 가면서 계절은 모든 이야기를 거미줄처럼 뽑아낸다.

길이 부러지다

12

긴장되고 떨리는 가슴으로 말을 꺼낸 계절과는 달리 할머니는 그리 어렵고 힘들게 꺼낸 말이 무색할 정도로 태연하다. 전혀 놀라는 기색이 없는 할머니를 보며 오히려 계절이 놀란다. 할머니 얼굴을 똑바로 쳐다보지 못하고 곁눈으로 할머니를 쳐다보니 할머니는 아무렇지도 않게 일만 하고 있다. 떨고 있는 계절이 안쓰럽다는 생각을 하면서 할머니는 말 한 줄기를 꺼내 훅, 던진다. *그래 어떻게 할 생각인가?*

무슨 말인지를 잘 파악하지 못한 계절 반문을 한다. *어떻게 할 생각이라니요? 무신 말씀인지? 결혼 말일세. 아이를 가졌으면 결혼을 결심한 거 아니었나? 당연히 집에 말씀드려서 결혼식을 올래야재요. 그룻제만 지끔은 배가 불러서 안 되고 아이 출산 후에 결혼식을 올릴까 하니더.* 계절의 말을 들은 할머니는 합죽 웃음을 오물오물 웃는다. 그 웃음을 따라 얼굴 가득 주름이 째글째글 달려 나온다. 평소에 그렇게 많은 주름이 있는 줄 몰랐다. 계절은 속으로 *참 많이 늙으셨구나.* 하는 엉뚱한 생각을 수숫대처럼 붉게 흔든다. 사그락사그락 벌판에 홀로 서서 붉게 우는 소리. 아버지도 저렇게 무반응이실까? 할머니 생각이 겹친다. 늘 어머니께 무심하던 할머니, 어머니는 어떻게 그 세월을 견디셨을까? 새는 공중을 날며 울고 여름은 천둥·번개라도 한 번씩 치며 울음을 쏟아내고 풀벌레들은 가을 냄새를 갉아먹으며 울음을 쏟아내고 나무들은 찬바람에 울음을 윙윙 섞어 우는데 어머니는 누구에게도 자신의 힘들고 고통스러운 마음을 열어 보이지도 못하고 소리 내어 울 장소도 없이 얼마나 막막하고 허전하고 슬픔이 꽉 막힌 하루하루를 건너며 사셨을까? 어머니에겐 마음 놓고 울 장소가 없어 어머니의 목숨을 앗아간 것 같아 명치끝이 아프고 아득해지는데 할머니가 계절의 생각을 자른다.

그래, 잘됐네. 내 진작부터 자네를 우리 손녀사위 삼고 싶었는데 우리 정의가 하도 쓸데없는 소리 마라고 해서 내 아무 말도 안 했네. 고맙네. 우리 정의한테 잘해주고 어린것 낳아 기르면서 행복하게 살게. 할머니의 선 축하가 계절의 귓속으로 날아든다. 고맙기도 하고 쑥스럽기도 해서 가렵지도 않은 뒤통수를 괜히 긁적거리며 대답을 얼버무린다. *야. 고맙니더. 꼭 정의 행복하게 해줄게씨더. 그럼 그래야지.* 할머니와 계절이 말을 주고받으며 부지런히 걸어서

귤 농장으로 간다. 마음 같아선 계절은 집으로 돌아가서 정의에게 말하고 싶지만, 꾹 참고 할머니 뒤를 쫄랑쫄랑 그림자처럼 따라간다. 친할머니와 한 번도 걸어보지 못했던 길을 걸으며 계절은 또 한 번 이해가 안 가 고개를 젓는다. 귤 농장에 주렁거리는 귤들이 더욱 노란빛을 곱게 단장하고 자신을 반기고 있다. 다른 때보다 더 힘이 불뚝불뚝 솟아오른다. 귤밭이 이렇게 아름답게 보이다니. 귤만큼 많은 행복이 주렁주렁 열리길 기도한다. 그렇게 별 어려움 없이 승낙을 얻었고 계절의 아이는 뱃속에서 점점 자라는 속도가 눈에 띈다. 저희 엄마 배를 힘껏 늘리며 자라는 아이가 얼른 보고 싶다. 어린 왕자처럼 마지막 지구별을 찾아 매일 매일 뱃속에서 이 지구로 강행군을 하고 있다. 다행스럽게도 엄마에게 입덧도 안 시키고 잘 먹고 운동도 잘한다. 이쪽 지구의 길을 기특하게도 잘 찾아오고 있다.

정의는 야학에서 공부를 가르치는 일을 그만둔다. 그 대신 계절이 모두 맡아서 정의 몫까지 한다. 그렇지만 정의는 늘 학교 앞까지 계절을 마중 나와서 함께 걷는다. 정의는 힘들다며 업어달라고 어리광을 부린다. 계절은 즐거운 마음으로 어리광을 받아준다. *우리 아가 알았다. 알았어. 이리 업혀라.* 어리광을 받아 업는다. 뱃속에 아이가 떡 버티고 엄마 아빠 사이를 갈라놓는다. 등으로 등을 업고 걷는다. 하늘의 별이 얼굴에 떨어진다며 까르르 까르르 어린아이처럼 웃어대는 정의. 웃음소리가 밤하늘을 환하게 비추는 정의가 너무 귀여워 둘을 업어도 힘든 줄도 모르고 집으로 오곤 한 야학도 겨울 방학을 한다. 방학이라도 배울 사람을 오라고 하지만 아무도 나오는 사람이 없다. 둘에게 황금 같은 시간을 선물해 준다. 둘은 방학 동안에 영주에 다녀오기로 한다. 아버지께 둘 사이를 알리기 위해서. 허락이 아닌 통보 같아 죄송하기도 하지만. 지금이라도 찾아봬야 정의의 불안감을 조금이라도 덜어줄 것 같은 배려다.

반쪽 환대

새들의 발자국이 어지러이 걸려 펄럭이는 허공. 바람은 부지런히 하늘을 쓸어내고 낮달이 덩그러니 하늘을 지키고 있다. 달력에서 떨어진 날짜들은 모두 어디로 갔는지. 계절은 어머니가 안 계신 고향에 가기 싫지만, 정의를 생각하면 안 갈 수도 없다. 계절은 무거운 마음으로 정의와 함께 고향에 다녀오기로 맘먹는다. 어쩌랴! 어머니가 없는 고향 반쪽의 고향이라고 할 일은 해야만 정의가 맘이 편할 것 같아서 고향 집으로 간다. 두 사람이 들어서자 계절의 아버지는 전에 한 번도 보지 못했던 다른 사람 같은 행동을 한다. 이들을 보자 급히 뛰어나오신다. *언능 오그라. 잘 댕게왔나?* 말은 아들을 향하고 눈길은 정의의 배에 얹힌다. 계절은 무슨 일인가 싶을 만큼 아버지의 행동이 이해가 되지 않는다. *안녕하세껴?* 정의의 인사에 아버지 눈은 아들을 쳐다본다. 정의의 우스꽝스러운 말. 그러나 제주도 말인가 싶었는지 아버지는 더 이상 말을 닫는다. 아버지는 정의와 마주 앉으며 숙명에게 먹을 것을 준비하라고 소리 지른다. 계절은 자신의 아버지의 낯선 행동에 묘한 기분이 든다. 숙명이 부엌에서 밥을 차려 나온다. 계절은 밥상머리에서 어머니 생각이 나서 눈물이 자꾸 흘러 앉아 있지를 못하고 일어서 나온다. *뒷간 댕게올게이 먼저 잡수소.* 한마디를 던져놓고 뒷간 쪽으로 간다. 눈물 둑이 터졌는지 줄줄 흘러내리는 눈물 계절은 눈물을 닦을 생각도 없이 화장실에 쪼그리고 앉아 운다. 텅 빈 집 같은. 아버지도 동생들도 다 있는데 왜 텅 빈 집 같을까? 어머니가 계셨으면 정의의 임신을 얼마나 좋아하셨을까? 끊임없는 생각에 그는 냄새나는 화장실에 앉아 눈물을 흘린다.

한참을 울고 난 계절은 옷으로 눈물을 닦고 마루로 향해 간다. *왜 이래 오래 걸렸어껴?* 정의의 물음에 계절은 응 속이 좀 안 좋아서. 하면서 아프지도 않은 배를 쓰다듬는 연기를 한다. 저녁상을 차려 온 숙명은 저녁을 다 먹을 때까지 아무 말도 하지 않는다. 계절의 아버지는 여름에 정의가 밥을 다 먹고 더 먹던 생각을 떠올린다. 밥 한 그릇을 비운다. 밥그릇의 바닥이 보이자 더 먹으라고 권하자 계절의 아버지 말씀을 착실하게도 받아 또 한 공기를 냉큼 먹어 치운다. 맛있게 밥을 먹는 정의를 아버지는 가장 밝은 눈빛으로 바라본다. 저녁상을 물리고 나서 계절은 정식으로 아버지께 인사를 시킨다. *아버지께서 전에 메느리 삼았으믄 좋겠다 했제요. 그래서 결혼할까 하는데 어뜷니꺄?* 아버지는 갑작스러운 아들의 말에 어안이 벙벙하다. 그렇지만 속으로는 기분이 좋다. 이미 처음부터 정의를 계절보다 더 마음에 두고 있던 계절의 아버지다. 정의는 시아버지에 대해 아무것도 모르고 그저 본래 저리 자상하고 살가운 줄 알 걸 생각하니 계절은 씁쓰레한 기분이 든다. 이 기분 틈새로 *그 그래, 그쪽 집에서는 허락을 맡았나? 야, 맡았더.* 결혼이란 밀당을 하는 재미도 있어야 나중에 추억거리도 있는 법인데 양가 모두 너무나 착착 환영한다. 활짝 핀 꽃처럼 환한 환대. 잠깐 흘린 낮 꿈이라도 기분은 좋다. *아버지 손자도 곧 볼 게씨더. 3월이 해산달이씨더.* 계절의 아버지 얼굴에 갑자기 살구꽃이 확, 일어난다. 숙명은 무엇이 못마땅한지 신발을 투덜투덜거리며 마당으로 가버린다.

에구 복이 넝쿨째 굴러들어왔구먼. 벌써 새손까짐 델꼬 오고 우쨌든 몸 매무새 단디 하고 댕게야 한다. 그저 산모는 하나에서 열까짐 조심조심 또 조심해야 한다. 계절의 아버지는 며느릿감이 맘에 들어서인지 뱃속에 손자가 좋은지 얼굴 가득히 아주 흡족함으로 도배를 한다. 산모가 지켜야 할 도리를 꼼꼼하게 알려 주신다. 정의는 그런 시아버지가 고맙다. *예. 잘 배우겠습니껴.* 계절은 또

어머니 생각이 난다. 어머니가 있었다면 얼마나 기뻐하실까? 이 순간에도 정녕 아버지는 어머니 생각이 나지 않는 걸까? 복잡한 생각이 머릿속을 휘젓는다. 계절이 무슨 생각을 하는지는 상관없이 시아버지와 며느리는 자신들만의 이야기에 빠진다. 아버지 얼굴에 저렇게 환한 날이 있었나 싶을 정도인 게 오히려 화가 나기도 한다. 가슴 속 어딘가 숨어있던 근심까지 다 사라지는 듯한 아버지. 계절은 그렇게 반쪽 행복으로 생각하지만, 정의는 시어머니의 부재 따윈 관심도 없이 시아버지의 사랑을 오롯이 받아들인다. 뱃속에 아이는 아직 태어나기도 전에 할아버지께 극진한 대우를 받는 것 같아 정의는 어린아이처럼 좋아한다. 그렇게 일주일을 고향 바람을 마시며 고향 물을 먹고 고향서 자란 곡식을 먹으며 지낸 후 다시 제주도로 날아온다. 결혼식은 출산 후에 유채꽃이 흐드러지게 피어나는 봄날을 잡아서 하기로 한다. 고향 바람을 물을 햇빛을 두고 다시 제주로 돌아온다. 정의 할아버지와 할머니는 궁금증을 만들어낸다. 오기가 바쁘게 그쪽 시댁에서 무어라 하더냐고 다그친다. 정의는 아버지께 환대받은 이야기를 꼼꼼하게 해 드린다. 두 분은 낯빛을 환하게 피우시며 흐뭇해하신다. 할아버지와 할머니 몸에서 궁금증이 떠나간다. 제주 햇볕은 날마다 할아버지와 할머니에게로 우루루 몰려든다. 당신들의 피가 구름처럼 손녀에게도 흐르고 있음이리라. 눈에 넣어도 안 아픈 손녀딸, 아직 태어나지 않은 아기를 생각하며 마음이 아지랑이처럼 날아다닌다.

정의의 몸이 많이 불러올수록 두 분은 조심을 당긴다. 세상에 자신들만 손녀사위가 있는 것처럼 극진을 뿌려댄다. 둘은 누가 보아도 축복받은 한 쌍임이 분명하다. 그렇게 겨울도 밀어내고 봄이 한 걸음씩 걸음마를 배우고 있다. 보름날이다. 할머니는 오곡밥을 해주시면서 많이 먹으라고 하신다. 온갖 나물과 궁합이 맞는 오곡밥. 정의는 한 그릇을 먹고 또 먹는다. 걸신들린 듯 먹는 손녀를 보자 천천히 꼭꼭 씹어 먹으라며 근심을 섞는다. 너무 많이 먹은 탓인지 밤이 되자 배가 아프기 시작한다. 체한 것 같다고 할머니께 바늘로 따달라고 달려간다. 할머니는 바늘로 따주며 어떤 약도 먹어서는 안 된다며 손녀에게 주의를 시킨다. 밖에 나가서 산책을 좀 하고 들어오면 괜찮아진다고 어떤 약도 아이가 태어나기 전에는 먹지 말란 금기를 내린다. 정의도 할머니 말씀에 따라 한 바퀴 돌고 오더니 괜찮다고 한다. 그렇게 정의는 매일 할머니 할아버지 계절이에게 여왕 대우를 받으며 뱃속에 아이를 기르고 있다. 추위도 가시고 겨울도 아니, 봄도 아닌 어느 날 또 찰밥이 먹고 싶다는 말에 정의 할머니는 찰밥을 해서 손녀에게 먹인다. 정의는 또 배가 아프다면서 손을 들이민다. 따달라고 그러나 할머니는 바늘을 가져올 생각은 않고 조금 기다리라고 한다. 조금 기다리니 거짓말처럼 가라앉는다.

그런데 또다시 아프기 시작한다. 할머니는 산통이 온 것 같다고 하신다. 정의는 하늘이 새까맣게 노랗게 변하고 암흑으로 추락했고. 암흑에서 눈을 뜨니 처음 보는 낯선 아이가 옆에 누워 있다. 아무도 없던 자리에 아기가 누워 있는 게 무척 신기하다. 계절을 쏙 빼닮은 사내아이다. 정의는 자신이 아들을 낳았다는 게 믿기지 않고 아이가 신기하기만 하다. 계절은 아이를 보며 아버지가 기뻐하실 생각을 하다가 또다시 어머니 생각에 눈시울이 붉어진다. 하늘을 날아오를 것만 같은 정의와 달리 계절은 또 마음 한구석에 웅크리고 있는 어머니 생각이 난다. 계절의 눈에는 째글째글 주름 투성인 아이 모습에서 어머니 모습이 보인다. 신기할 정도로 어머니의 모습이 겹쳐 보여 기쁨보다 슬픔이 앞선다. 주름이 많다. 어머니가 나를 낳았을 때도 저렇게 주름투성이였겠지. 입도 코도 눈도 귀도 하다못해 하품하는 모습까지 신기하고 예쁘기보다 어머니도 자신을 낳고 예뻐했을 모습에 계절은 어머니에게로 달려가 현실을 보지 못한다. 아기 똥 냄새가 더럽지 않고 오줌을 누고 똥을 누고 젖을 빨고 눈뜨는 것까지 기쁨이 날마다 찾아오고 배냇짓을 하는 걸 보면서도 아기가 웃었다며 정의는 아기 바보가 되어가고 있지만, 계절은 그 모든 모습에 어머니가 겹쳐 숨을 쉴 수 없어 찬 물만 벌컥벌컥 마셔댄다.

정의는 밤낮으로 아이에게 눈빛을 쏘아댄다. 잠시도 땅바닥에 놓지 않고 품에 안고 있다. 할아버지와 할머니도 아이를 서로 차지하려고 신경전을 벌이신다. 그렇게 행복 싹은 무럭무럭 자라고 있다. 계절은 생의 가장 소중한 자신의 분신 앞에서도 어머니 생각에 우울 우리에 갇혀 있다. 어머니의 죽음에 아무렇지도 않게 잘 견디겠다고 그렇게 맹세를 했건만 계절은 생각과 달리 최고의 순간에도 어머니를 생각하고 있다. 어머니 생각이 날 때마다 어서 조국을 일본의 간섭에서 벗어나게 해야 한다는 생각이 더욱 들어서 기쁨에 그늘을 드리우고 있다. 그 그늘은 어쩌면 곧 들이닥칠 화마를 예견하는 건지도 모를 일이다. 어이없게 평화를 깨트리는 총소리가 계절의 행복을 정조준하고 있다. 계절은 아이와 뒷일을 정의에게 맡기고 기약도 없이 거리로 뛰어나온다. 거리로 나온 계절은 제주에서 벌어지는 일제 저항기보다 더 악랄하고 잔인한 자들의 역사를 찍기에 밤낮을 몽땅 담보 잡힌다.

1945년 8월 6일 오전 8시 15분, 히로시마 상공에서 원자폭탄이 날아내렸다. 바로 그 순간 계절은 외할머니를 찾아봐야겠다는, 더 정확하게 말하면 어머니 대신 외할머니께 자신의 기쁜 마음을 함께 나누고픈 생각을 하고 있었고 정의는 그저 아이를 들여다보며 도낏자루 썩는 줄 모르는 시간을 죽이고 거리에는 여전히 일본군이 활보하며 우리 국민을 유린하고 있었다. 어떤 사람은 타국에서 나라를 해방시키기 위해 밤낮을 보냈고 어떤 사람은 일본을 내쫓을 계략을 논의하고 어떤 사람은 언제 일본의 손에서 벗어날지 까마득하고 분통이 끓어올라 막 폭발하려던 순간이고 또 어떤 사람은 일본을 이용해 자신의 이익을 챙기면서 자국민들에게 못된 짓을 하고 어떤 사람은 자신의 일 외에는 나라가 짓밟히든 어찌하든 관심조차 없는 그 순간 일본 히로시마 상공에 원자폭탄이 사정없이 날아가 갖가지 방법으로 나라를 찾아보겠다며 저항하고 고민하던 우리나라 사람을 대신해 순식간에 7만 8천여 명을 죽이고 어마어마한 부상자를 만들고 나라를 돌려주라는 압력을 가했다.

불바다가 된 도시에서 얼마나 살아남았는지 얼마나 죽었는지 계산을 할 수 없지만, 그들이 우리나라에 한 짓을 보면 인과응보(因果應報)란 생각을 하며 계절은 이제 우리나라도 주권을 가지고 도약할 수 있게 되었다는 안도감을 가진다. 그러나 며칠이 지나도 일본군이 물러갈 기세는 보이지 않는다. 태평양 전쟁의 승기를 잡은 미국이 일본 제국의 항복을 시키기 위해 던진 이유는 1845년 7월 26일 포츠담 선언이 발표되었지만, 현실을 파악하지 못한 일본이 포츠담 선언을 묵인한다는 발표를 하고 나섰다. 하루빨리 전쟁을 끝내고 싶은 미국은 선택의 여지가 없었다. 미국 정보기관이 대일전 승리를 위해 한국의 완전한 독립 보장이 필요하다는 결론을 내렸다. **한국인들에게 전적이고 완전한 독립을 약속하면, 우리는 절대적으로 아무것도 잃을 것이 없다. 반대로 우리 미국이 전쟁을 단축시킬 수 있고 귀중한 미국인의 생명을 아낄 수 있다고**(미국 국립문서관리청이 소장한 전략사무국 1급 기밀 보고서) 한국 독립승인과 그것이 전쟁에 미치는 효과가 기록된다. 일본 제국은 설마를 믿었겠지만, 그 설마는 가혹한 결과를 가져오고 말았다. 인류에 또다시 있어선 안 될 본보기를 보여준 것이다. 그래도 상황 파악이 안 되는지 바로 항복하지 않고 며칠이 지난 1945년 8월 15일에서야 일본 천황의 항복 방송이 라디오에서 흘러나왔다. 라디오에서 나오는 소리가 잡음이 심해 계절은 무슨 소리인지 잘 알아듣지 못하고 귀를 의심했다.

답답한 마음에 들은 내용이 사실인지 잘못 들었는지를 확인하기 위해 밖으로 나온다. 밖에 나오니 일본이 항복했다는 소문이 거리를 돌아다니기 시작했고 이튿날이 되자 깜짝 놀라 사람들이 기쁨에 넘쳐 거리로 거리로 뛰어나왔다. 모두 감격을 가누지 못해 태극기를 들고나온 사람은 그리 많지 않고 맨주먹으로 뛰어나왔다. 맨발과 맨주먹 때로는 수건을 태극기 대신 흔들고 옷가지를 들고나와 흔드는 사람도 있다. 다급함에 일장기 위에 급히 덧칠을 해 태극기로 만든 것도 있었고 공책을 찢어 그려서 들고 나온 사람도 있었다. 온 동네 사람들이 뛰쳐나와 태극기를 들고 맨주먹으로 만세를 부른다. 온종일 거리에 흙이 다 닳도록 만세를 부르며 모두 기뻐했다. 얼마나 기다렸던 해방인가? 얼마나 가슴 저리게 기다렸던 독립인가? 그러나 일본은 바로 물러가지 않고 여전히 이 땅에 머무르며 지배를 포기하지 않고 있었다. 한번 발을 들여놓은 땅에서 쉽게 물러가기 억울하기도 하겠지. 그들은 여전히 거리를 누비며 총구를 부라리다 9월 8일 미군의 배가 인천항에 들어오고 이튿날 서울 중앙청 앞 광장에 걸려 있던 일장기를 내린 자리에 성조기가 게양된 후에야 거리에서 설치던 일본군이 물러가기 시작했다.

미군은 광장에 새까맣게 천막을 쳐서 꼭 천막촌 같아 보였다. 조선총독부를 접수한 미군이 한국 땅에 갑자기 많이 들어왔으니 미군 병력이 기거할 곳이 없었다. 그러자 미군은 중앙청 앞에 천막을 치고 밤을 새우며 일본군을 몰아냈다. 그런 천막생활은 일본군이 물러간 뒤에야 일본군 막사로 옮겨졌다. 미군이 서울에 들어올 때 일본군은 자신들이 경비하겠다고 자청할 정도로 상황 판단을 못 하는 건지 안 하는 건지 뻔뻔함이 도를 넘었다. 말 탄 일본 경찰이 여전히 우리나라를 지배하며 경찰인 척 환영 나온 우리나라 국민을 위압적으로 대했다. 우리나라 국민이 물러서지 않자 발포까지 해서 죽은 사람도 있다. 그러나 일본군은 미군이 무장 해제에 들어가자 그들이 가진 포 총 탱크 비행기 모두 미군에게 빼앗겼다. 총포 등은 바다에 버리고 탱크 비행기는 폭파됐다. 그렇게 일본군은 무장 해제 됐다. 부산에서 일본으로 쫓겨 가는 배를 타기 전 일본군은 미군의 혹독한 검열에 비참함을 겪어야 했다. 가지고 갈 수 있는 품목도 한정되었다. 그렇게 서슬 푸르게 날뛰던 일본도 미군 앞에선 고양이 앞에 쥐가 되어 절절매는 꼴이란 빛과 그늘을 연상시키는 장면이었다. 패전국의 비참하고 황망한 모습이었다. 약자에겐 그렇게 횡포를 부리던 일본이 강자인 미국에는 절절매는 꼴이라고는. 그렇게 일본은 발자국만 남긴 채 이 땅을 떠나는 데도 꽤 오랜 시간이 걸렸다. 미군정이 서울에 들어왔는데 여운형이 즉각 건국준비위원회를 구성하고 전국에 지부를 설치했다. 광복을 목전에 두고 일본으로부터 행정권을 이양받은 여운형, 일본은 왜 패망 직전 몽양 여운형에게 행정권을 이양했는지 아무도 모른다. 그러나 미군정은 몽양이 세운 전국 준비위원회를 인정하지 않았다.

북에서는 김일성이 9월 초 평양에 들어와 10월에 평양 시민환영 대회에 얼굴을 드러냈고 남쪽에서는 이승만이 귀국해 국민에게 방송으로 성명을 발표했다. 백범 김구는 임시정부 인사들과 함께 11월 하순에 귀국했고 미군정은 이들의 귀국을 몹시 꺼려 개인 자격 입국이라는 조건으로 받아들였다. 해외에서 독립을 위해 활동하던 지사들은 귀국했지만, 조국은 미군이 통치하는 듯한 느낌이다. 진정한 독립이 아니라는 생각이 들었다. 더구나 12월 27일 모스크바 3상 회의의 결정 사항이 날아들었다. 한국을 4개국이 신탁 통치한다는 내용은 독립의 꿈에 부풀어 있는 대한민국 땅에 또 다른 지배자가 군림한다는 날벼락 같은 소식이었고 1945년 연말부터 반탁 시위가 뜨겁게 불붙어 활활 타 전국을 태우기 시작했다. 그 와중에 12월 30일 고하 송진우가 총탄에 맞아 쓰러졌다. 광복은 또 다른 통치자들 손에 의해 말만 바꿔 탄격이 되고 광복이 아닌 나라의 운명이 갈가리 찢어질 앞날을 예측하기 어려웠다. 해방 공간에 미국과 소련의 남북한 분할 점령과 신탁통치 프레임에 따른 미소 공동위원회의 공전(空轉)이 있었고 이남에서는 좌우 갈등이 극단으로 치닫고 반면 이북에서는 공산정권이 속전속결로 수립되었다.

미군정은 내치(內治)에 미숙했다. 이런저런 애로와 난관으로 얼룩진다. 형무소에서 출옥한 독립운동가들도 모두 나와 만세를 불렀지만, 그 만세 소리가 마르기도 전에 또 다른 약소국의 비애를 겪어야만 했다. 우리나라에 있던 육군 해군 민간인 모두 일본으로 귀환을 시작했다. 일본군에게 무기를 인계받은 주한 미군은 무기를 정리하느라 여념이 없다. 남한에서의 계획한 순차적인 귀환이 이뤄졌지만, 북한에 있던 일본인들은 1946년이 돼서야 억류에서 풀려나 귀환선을 탔다. 영화에서나 나오는 탈출과 같았다. 이들은 밀항선을 이용했다. 정식 귀환선은 수색을 당해서 가지고 갈 수 있는 물건과 돈의 상한선이 있었기 때문에 밀항선을 이용하는 것이다. 1946년 여름 북한에 주둔한 소련군은 일본인들을 대거 남하시켰다. 콜레라가 유행이라 미군은 이들을 임시 수용소에서 6일간 머무르게 한 다음 일본으로 귀환시켰다.

제주 4·3 발현

이렇다 할 안정이 안 되는 틈을 타 4·3 사건이란 어마어마한 사건이 일어난다. 입속을 떠도는 수천의 문장이 모세혈관을 통과하지 못해 헛바늘로 굳어버린 산과 섬 입을 봉인하여 길을 잃어버린

산과 섬 섬 복판에 올연히 서 있는 1,950m 산정기 뿜어내는 한라! 백두·금강·한라 오순도순 손을 잡은 이 땅 겨레의 영산 삼 형제·소문은 소문을 낳고 황홀은 황홀을 낳는다. 돌이 많아 바람이 많아 여자가 많아 그렇게 불렀다, 삼다(三多) 제주도. 돌 안에는 수억 광년의 시간이 살고 있고 바람 안에는 수억 광년의 숨결들이 살고 있고 제주 사람들 가슴 안에는 수억 광년의 세월보다 더 많은 한이 얽혀 있다. 해마다 심연에서 솟구치는 피 울음 음표가 하늘에 닿아 노랑노랑노랑 물결에 노랑 냄새 피어나는 찬연한 슬픔 슬픔 슬픔이 슬퍼서 아름다운 꽃 유채! 몽고족에 죽으면 죽으리라. 온몸으로 맞서다가 마침표 찍었던 삼별초 얼이 서려 있는 곳. 아직도 시퍼렇게 서성이며 돌로 바람으로 여자로 단단하게 살강하게 부드럽게 제 자리매김을 하며 삼별초의 얼은 살아서 숨 쉰다. 삼별초의 얼을 되새기고 싶거든 제주로 가라. 제주의 단단한 돌문을 열어보고 제주의 살강살강 긴 바람 타래를 잘라보고 제주의 부드러우면서 강한 여자의 생활력을 보라.

일본군이 태평양 전쟁을 한바탕 벌여놓고 스리슬쩍 요새로 삼았던 곳. 4·3항쟁! 지워지지 않는 피비린내로 수많은 영혼이 꺼이꺼이 구천에 떠돌던 곳. 아직도 제 자리를 찾지 못한 수많은 영혼은 바다로 산으로 사람들의 영혼과 몸으로 드나들며 피비린내를 풍기는 그곳. 한반도 남단에 저만치 뚝, 떨어져서 견고한 고독을 운명인 양 인고의 세월로 견디다가 가슴속 촘촘히 주름살로 접혀 있는 펼치면 피바람 우르르 쏟아질 부챗살 같은 그곳. 기억의 한 모퉁이 서 불어오는 칼바람에 찢어지고 구겨진 악보 수리를 더듬더듬하다 하얗게 얼어붙은 입으로 몸의 감각이 퇴화하는 그곳. 바람이 피로 얼룩진 파도 장을 펄럭펄럭 넘기며 피비린내를 씻던 그곳. 돌하르 방보다 무겁고 단단하고 슬픈 날들을 종잇장 넘기듯이 가볍게 넘 겨버리는 그곳. 팔만 뻗으면 하늘의 미리내 한 줌 쥘 수 있는 산은 한라. 누가 뭉크의 그림 망막에 각인된 붉은 울음소리 철철 흘리 는 눈동자의 기억을 좇아 뭉크의 절규를 호명한다. 한반도 지상 으 뜸의 낙원에 누군지는 몰라도 검정 노을 사시장철 걸어 놓는다. 뭍 이 그리워 가슴에 불을 지른다. 날이 죽고 달이 죽고 해가 죽고 다 시 태어나도 소식 한 장 건너오지 못한다.

바다에 뭍은 등을 보인 채 엎어져 자고 있다. 뭍의 등에는 뭍 주 름만 가득하고 주름 고랑마다 햇살을 심고 있다. 우울증이 낳은 영혼의 눈물이 바다로 뛰어든다. 바다가 삼킨 영혼들은 바다를 뒤 집는 용신이 되어 헛바닥을 넘실거리며 위협만 날라준다. 인고로 부들부들 떨리는 손 견딜 수가 없었다. 마음속 얼음덩이 빙하 되 어 뱃속은 꽁꽁 얼음덩이가 달그락거린다. 견디고 또 견뎌야 한다. 동공으로부터 호출되는 기억은 민족의 한 설움 불안과 적개심으로 피폐해진 삶이다. 시나브로 밀려드는 공포와 두려움으로 응축된 하르방 등골에 밴 땀방울이 화석으로 남아 있다.

4·3 서곡

한라 하늘에 바람꽃이 피어난다. 바람은 칼춤을 좇아 칼부림을 좇아 돌개바람으로 피어난다. 한라 심장은 바람 앞의 등불이다. 바람은 피 냄새를 좇아 피 냄새를 좇아 피죽바람으로 머리 위에 까치집을 지으며 피어난다. 한라는 울지 않는다. 한라는 한라의 바람은 희망을 바람으로 바람바람바람 미친 피바람을 씻어낸다. 눈물 한 땀도 기울 수 없는 피 냄새 가득한 솔기 청맹과니 바람 되어 휘적휘적 달도 못 보고 해도 못 보고 대지를 무덤으로 만든다. 한라는 피 울음을 울지 않았다. 바람살을 안고 손가락으로 셀 수 없는 숱한 나날들 오롯이 바람머리를 앓았을 그뿐 눈 뜨고 눈 뜨고 눈꺼풀을 닿지 못하고 스러진 동공들이 산사람의 눈으로 눈을 부릅뜨며 마구 달려들어 온다. 동자가 호출한 그때 그 광경 입술 없는 아우성이 온천지를 덮는다. 정방폭포 등짐지고 종언을 고하던 수백의 길 잃은 결별 못 잊어 쉴 새 없이 조곡으로 흘러가는 아우성아우성아우성! 밤마다 어둠을 헤치고 꿈속으로 들어와 몸을 흔들며 흐느낀다. 꾹꾹 산자의 몸속으로 몸을 구겨 넣고 진저리치며 걷는 붉은 길은 번번이 고양이 발소리가 된다.

아직도 섬사람의 한으로 뭉쳐진 바위 가슴 열지 못해 못다 부른 애달픈 노랫가락은 바람의 날갯죽지를 타고 가파른 산등성이 날아다니며 나뭇가지를 풀의 몸을 사람의 마음을 마구 흔들어댄다. 가 없는 푸른 물길로 출렁출렁 출렁이며 지구를 떠돌아다닌다. 한라 울지 못하고 속울음으로 떠도는 한라는 단 한 번도 울지 않는다. 아무리 무게가 무거운 삶도 등으로 지면 짐이 되지만 가슴으로 안으면 사랑이 되는 이 평범한 진리를 짓밟아 버리는 짐승들 짓밟힌 짐승들의 붉은 한은 서리서리 붉은 서리로 뭉게뭉게 뭉게구름으로 바람바람바람으로 온 지구를 떠돌고 있다. 하늘을 뒤덮는 잿빛 속에서 광명은 떠오른다. 울음 너머로 통곡 너머로 죽음 너머로 새날은 새순을 싹틔울 준비를 하고 있다. 피죽도 못 먹던 나날들 위로 열매를 맺기 위해 싹이 돋고 바람과 햇살과 물들이 모두 머리를 맞대고 삶의 싹을 잉태시키고 있다. 마침내 태평양 전쟁 시작과 마무리를 천황의 나라 섬나라 원인 제공자가 마침표를 찍기 위해 붉은 도장밥을 마련하고 하얀 백지 위에 동그랗게 낙인을 찍는다. 그러나 희열에 젖어 춤추던 시간도 잠시였다. 일본의 압제를 그 잔혹한 시대를 가슴앓이로 지내던 이 땅은 붉게 울어야만 했다.

길이 부러지다

13

구름 속 달도 시간이 지나면 구름을 걷어내고 숨을 쉬듯, 현실이 힘들고 막막하고 지칠수록 마음 지팡이라도 짚고 일어서려고 노력하면 삶에도 햇빛이 얼굴을 내밀어 주겠지. 상실의 감옥에서 겨우 빠져나와 새로운 시간을 보내고 있는 계절에게 또 다른 풍랑이 밀려온다. 유관순은 *내 손톱이 빠져나가고 내 귀와 코가 잘리고 내 손과 다리가 부러져도 그 고통은 이길 수 있사오나 나라를 잃어버린 그 고통만은 견딜 수가 없습니다. 나라에 바칠 목숨이 오직 하나밖에 없는 것이 이 소녀의 유일한 슬픔입니다.* 일제에 맞서 지하 감옥에서 무자비한 고문과 학대를 견디며 살이 트고 피 울음을 울며 조국의 독립을 외치다 자신의 목숨과 부모님까지 총살당한 피 끓는 애국정신으로 되찾은 나라가 또 이렇게 혼란스러워야 한다는 것에 계절은 참담해진다. 한 개인의 생각이 인류를 발전시키는 토대가 되듯 어려울수록 마음의 단련이 필요하다. 지금 시점의 정치적 혼란을 견디고 이겨내려면 마음을 건장하게 하여야 한다고 생각하며 고개를 좌우로 털어낸다. 문다,

아버지를 따라 부석사에 갔을 때 벽에서 본 문구가 떠오른다. 佛家에는 우리 몸에 안이비설신의(眼耳鼻舌身義) 지각과 감각(六根)이라는 여섯 도둑놈이 있는데 이놈의 욕심이 사람 욕심을 부추기고 생명을 빨리 거두어간다니 이 도둑놈들을 잘 다스려야 한다는 글귀.

　　예쁜 것만 보려는 눈이라는 도둑놈
　　자신에게 좋은 소리만 들으려는 귀라는 도둑놈
　　좋은 냄새만 맡으려는 코라는 도둑놈
　　맛있는 것만 처먹으려는 입이라는 도둑놈
　　쾌감만 얻으려는 육신이라는 도둑놈
　　명예와 권력에 집착하려는 생각이라는 도둑놈

이 여섯 도둑놈을 다스리는 놈이 바로 마음인데 이를 잘 다스리지 못하면 여섯 도둑놈이 자꾸 번뇌를 일으켜서 우리 몸과 마음을 빨리 망치게 하고 나아가서 남에게까지 피해를 준다는 욕심 도둑놈들이 난동을 부리고 있다. 욕심이란 척신 난동이 극단적인 분노와 폭력적인 에너지를 폭발하고 있다.

제행무상(諸行無常)

태어나는 것은 반드시 죽는다. 형태 있는 것은 반드시 소멸한다. 나도 꼭 죽는다. 라고 인정하고 세상을 살아라. 죽음을 감지하는 속도는 나이별로 다르다고 한다. 청년에게 죽음을 설파한들 자기 일 아니라고 팔짱을 끼지만, 노인에게 죽음은 버스 정류장에서 차를 기다림과 같나니 종교, 부모, 남편, 아내 등 그 누구도 그 길을 막을 수 없고, 대신 가지 못하며, 함께 가지 못한다. 하루하루, 촌음(寸陰)을 아끼고 후회 없는 삶을 사는 것, 이것이 죽음의 두려움을 극복하는 유일한 길이다.

회자정리(會者定離)

만나면 헤어짐이 세상사 법칙이요, 진리이다. 사랑하는 사람 일가친척 남편, 부인 자식 명예 부귀영화 영원히 움켜쥐고 싶지만, 하나둘 모두 내 곁을 떠나간다. 인생살이는 쉼 없는 연속적인 흐름인 줄 알아야 한다. 매달리고, 집착하고, 놓고 싶지 않은 그 마음이 바로 괴로움의 원인이며 만병의 시작이니, 마음을 새털같이 가볍게 하는 지혜가 필요하다.

원증회고(怨憎會苦)

미운 사람, 싫은 것 바라지 않는 일 반드시 만나게 된다. 원수, 가해자, 아픔을 준 사람, 꼴도 보기 싫은 사람도 만나게 되며, 가난 불행 병고 이별 죽음 등 내가 피하고 싶은 것들이 나를 찾아온다. 빙글빙글 주기적 사이클로 세상은 돈다. 나도 자연의 일부인 만큼 사이클이 주기적으로 찾아온다. 이를 생명 주기(life cycle)라 한다. 현명하고 지혜롭고 매사에 긍정적인 사람은 능히 헤쳐 나가지만, 우둔하고 어리석고 매사에 소극적인 사람은 그 파도에 휩쓸리나니 늘 마음을 비우고 베풀며 살아라.

구부득고(求不得苦)

구하고자, 얻고자, 성공하고자, 행복하고자 하지만 세상살이가 그렇게 만만치 않다. 내가 마음먹은 대로 다 이루어지면 고통도 없고 좋으련만 모든 것은 유한적인 데 비해 사람 욕심은 무한대이므로 아무리 퍼부어도 채워지지 않는 항아리와 같다. 그러므로 욕심 덩이 가득한 마음을 조금씩 덜어 비워가야 한다. 자꾸 덜어내고 가볍게 할 때, 만족감 행복감 즐거움이 따른다. 마치 형체를 따르는 그림자같이.

참 훌륭한 글들이 생각나는 이유가 무얼까? 계절은 이 시대가 흘러가면 상처만 남지 진실은 승자의 기록으로 남을 것이 뻔하다는 생각이 지배하자 밤낮으로 역사를 기록하기로 마음먹고 바삐 뛰어다닌다. 금방 태어난 아들도 잊은 채, 할아버지 유전자가 흘러내려 오는 것일까? 일제에 저항하며 희망을 키워 지켜낸 이 나라의 해방. 그 혹독한 상실의 시대에서 벗어나자 또 다른 붉은 악마가 입을 벌리고 있었다. 그 잔혹한 계절에도 틈을 타서 공산화를 시키려고 섬을 붉게 물들이고 있다는 걸 상상도 못 하고 오직 일본에 저항해서 주권 찾기에만 몰입을 했던 애국자들. 그중에 붉은 사상에 물든 자들이 있었으니 자유를 수호하려는 사람과 공산주의 추종자들로 강물은 두물머리가 되려고 한다. 그러니까, 결국 형제들의 싸움 소리에 휘파람 불며 덤벼든 독 오른 혀들 개구리 한 놈씩 통째로 삼키는 부엉이 형용사. 삼켜진 개구리는 독들의 몸속에서 구불텅구불텅 몸짓하지만, 날름 삼켜버린 저 아가리들의 뱃속에서 각기 다른 길을 걸을 수밖에 없다. 한반도 금수강산은 오욕의 역사 속으로 늪처럼 빠져들어 간다. 남쪽은 미군이 북쪽은 소련군이 짬짜미하여 미국과 소련은 한 치의 양보도 없이 팽팽한 힘겨루기로 얼음덩이보다 더 차가운 냉전을 굳혀나간다. 반쪽 광복 이후 한 민족은 통일 민족국가 수립이 지상 명령이었다. 정치 지도자들은 엄혹한 상황임에도 자신만이 옳은 길을 간다고 고집한다. 양보와 타협은 사치스러운 말로 전락하고 만다.

하나 되지 못한 정치 지도자가 빚어내는 좌와 우의 이념논쟁으로 나라는 멍이 들어간다. 불협화음이 계속된다. **도** 하면 **레** 하고 **솔** 하면 **라** 해, 욕심 묻은 소리 매일 매일 **미파**, **시도**로 시도해도 도돌이표. 밤낮 새 규합으로 대립의 각을 세운다. 시퍼런 칼날 같은 어느 변방의 반골 기질로 대립의 각을 세워 사투를 벌이는 절망 가득한 나날들. 불협화음의 악성에 순수한 백성들은 검은 그림자만 밟으면서 살아야 한다. 찢어지는 감정 노동에 시달려 흔들리는 영혼들. 하루하루가 유목민의 팍팍한 겨울살이같이 서러운 날이다. 간절함이 불안함으로 불안함이 위태로움으로 위태로움이 기어이 천추의 한이 될 일로 끈을 이어간다. 남쪽에는 이승만을 간판으로 북쪽에는 김일성을 간판으로 대한민국 정부가 수립되고 조선민주주의인민공화국이 수립된다. 몸뚱인 하나지만 머리는 둘 샴쌍둥이인 두물머리 나라가 된다. 형제를 걷어차고 넘어진 저, 병, 神, 저, 병, 神, 신병을 담보당하고 만다. 노을이 펼친 그물에 걸려 피 울음을 우는 형제 찰떡 먹은 형제는 개떡 같은 말만 내뱉는다. 일본이 태평양 전쟁에서 무조건 항복으로 백기를 들고 제주에서 주둔하던 일본군 7만여 명이 일본으로 쫓겨났고 군사시설은 패전의 대가를 치르듯이 성난 제주도민의 손에 의해 깡그리 부서졌다. 전리품은 그들이 두고 간 발자국 반짝도 남기지 않고 조지고 부시고 도민들의 뿔난 민심에 짓밟혔다.

  일본군이 노리던 한반도는 반쪽씩 갈라져 힘 있는 나라들의 차지가 된다. 이긴 자의 보상이고 당당한 몫이다. 욱일승천의 기세로 미국에 덤벼들다 불바다가 된 일본. 이런 날이 오리라고 누가 예상이나 했을까? 사람 팔자 시간문제란 말이 정답으로 기정사실화되고 만 시간이다. 태평양 전쟁 이전에 일본에서 살고 있던 제주도민이 고향 땅을 밟는다. 온 누리 한강 물을 다 마셔 봐도 가시지 않던 갈증이 한순간에 해갈된다. 그간의 설움과 울음을 추수하려 해도 이 지구상에 다 쌓을 곳간이 없어 추수하지 못한다. 이제 희망을 추수하기 위해 제주로 돌아오니 바람이 피워낸 울음소리가 활짝 피어 향기를 날리고 있다. 바람도 돌도 단내를 풍기며 달콤한 속살을 채우며 제주도민을 기다리고 있다. 독이 빠져나가고 껍질만 남아 어지럽게 흩어져 나뒹구는 독·신(神)의 허물을 걷어내며 저마다 부푼 가슴으로 새로운 세상을 노래한다. 1945년 8월 15일 일본으로부터 갑작스럽게 해방이 되자 많은 사람이 물밀듯 제주도로 밀려온다. 계절은 이 혼란한 사태를 이대로 지켜보기만 해서는 안 된다는 판단을 하고 정확한 사태 파악을 위해 발로 뛰어다니며 정보를 수집해 기록하기로 작정한 이상 가정은 잠시 고정의에게 맡기고 먼 미래에게 보여줄 시간을 찍는다.

제주도엔 22만 정도였던 인구가 계속해서 불어났다. 그 사람 중에는 군인도 있고 군무원도 있고 노무자도 있고 중국 공산당의 의용군과 팔로군도 있다. 돌아온 좌익계 과격 인물들도 많았다. 제주도는 홀로 외롭게 서 있는 섬이라는 지역 특성상 대부분 혈연관계로 이뤄졌고 육지와 거리가 멀어 육지와 연락이 쉽지 못하다는 점을 이용해 공산주의자들은 마음 놓고 공산주의 묘목을 길러냈다. 공산주의의 빛과 바람과 물의 영향을 받은 제주도민들은 공산주의 사상을 심어 기르기에 안성맞춤이었다. 목포에서 140km 부산까지는 285km나 떨어져 있어 공권력의 통제가 어렵기 때문이다.

제주도는 일제 저항기부터 사회주의 비밀조직이 그물처럼 형성되어 있었다. 제주도의 6~7만여 명으로 추정될 정도로 남조선노동당에 가입한 사람이 많았다. 그들은 주로 교육을 받지 못해 단순해서 어떤 물이든 잘 들기에 공산주의 물을 들이기에 아주 쉬운 어부와 농부들이었다. 제2차 세계대전 전후의 어지러움을 틈타 남조선노동당(남로당)은 제주도민들에게 끊임없이 유혹의 손을 내밀며 경제적 보장을 해주겠다는 달콤한 꿀 발린 구슬에 설득을 당했다. 겉에는 꿀, 속에는 돌멩이인 것을 모르는 사람들은 그렇게 공산주의에 물들어갔다. 1945년 10월 9일 서울에서 박공산이 수립한 조선인민공화국이 제주 지부인 인민위원회가 제주극장에서 조직됐다. 그들은 공산당이라는 이름 대신에 인민위원회라는 이름을 썼다. 제주지사가 공산주의 조직인 인민투쟁위원장이고 제주 읍장이 부위원장 자리에 오를 정도였다. 지리적 특성 때문에 해방 직후부터 공산당의 조직 활동이 꽃처럼 만개하기 시작했고 원래 살구꽃이었던 제주도민들도 모두 개살구꽃의 아름다운 유혹에 넘어가고 말았다. 경찰은 사면초가에 몰렸다. 모든 형세가 기울어지고 치안은 위기에 몰려 겨우 피어나던 무궁화에 또 다른 진딧물이 기생하기 시작해 바람이 무궁화를 마구 흔들어대기 시작했다. 제주에 바람이 많은 탓일까?

1945년 9월 10일

이미 점령하고 있던 그들은 제주도 건국 준비위원회를 조직하고 얼마 뒤에 이름을 바꾼다. 9월 23일 제주 농업학교에서 읍과 면 대표들이 참석한 가운데 제주도민 인민위원회로 출범의 닻을 올린다. 비참함을 걷어내고 참담함을 들어내고 어둡고 캄캄하고 상처받은 이 땅에 등불을 밝힐 앞날에 물을 끼얹는다. 허위 선전과 어지럽게 널브러진 그들의 악행과 죄 발자국을 발자국 그림자까지 지우개로 박박 지우고 먼지떨이로 탈탈 털고 바닷물로 뽀드득뽀드득 씻어내기 위해 힘을 모으지만 역부족이다. 그들은 거짓 명분과 진폐증이 시커멓게 날아다니는 탄광 막장 같은 기운으로 허파를 갉아 먹고 삶을 도려내 상처투성인 제주에 또 다른 상처를 내고 있다. 상처를 치료하고 희망 꽃을 심을 결의를 다진다는 빨간 거짓말 꽃을 마구 피워대며 제주도 인민위원회는 눈을 부릅뜨고 설쳤다.

일본군 패잔병들의 횡포를 저지한다는 명분으로 토지나 산업체나 군수물자를 마음대로 처분하지 못하도록 감시하면서 인민위원회는 교육에도 눈을 돌려 각 면 단위로 국민학교와 중학교를 세운다. 자치 교육도 힘을 모아 실시한다. 흩어졌던 주인들이 줄지어 집을 찾아 돌아왔지만, 고향은 혼란의 도가니였다. 혼란을 막기 위해 미군정이 도내 행정을 맡지만, 인민위원회가 실제로 행정을 주도한다. 이곳저곳에서 일을 맡아보는 건 인민위원장이다. 제주도민들이 물밀 듯이 밀려들어 오기 시작하자 갑자기 몰려드는 인구가 사회를 압박하고, 혼란 속으로 몰아넣고 있는 틈을 타 공산주의 사상은 더욱 붉게 번져나갔다. 제주도 주둔 일본군의 항복 접수와 무장 해제를 위해 1945년 9월 28일 항복 접수 팀과 무장 해제 팀이 내도한다. 11월 9일에는 군정 업무를 담당하는 59 군정 중대가 도착한다. 이 군정대는 제주도를 통과할 수 있는 조직이 못 된다. 인력이 모자람은 말할 나위도 없을뿐더러 정보 입수도 수월하지 않다. 소통의 부재가 역력하다. 따라서 업무를 수행하면서 막대한 지장이 초래된다.

그동안 머무르면서 체계적으로 공산주의 사상을 받은 인민위원회는 결국 지금까지 제주도에서 아무런 영향력도 없던 미군정이 인민위원회의 지원을 받지 않고서는 아무것도 할 수 없음을 깨닫도록 한다. 그런 절박한 사정임에도 불구하고 미군정은 인민위원회를 공식적인 통치 기구로 인정하지 않는다. 미군정은 혼란기 때 업무의 공백을 메우기 위하여 도청과 경찰에서 주요 보직에 있었던 인사들을 그대로 유임시킨다. 장차 인민위원회와 맞서 싸울 세력이 필요하다. 인민위원회가 좌익진영 중심 세력임을 알아차린 미군은 더는 이대로 좌시해서는 공산주의가 될 수 있다는 결론을 짓고 척결 대상이라는 결론을 내린다. 우익진영의 인사들은 단결토록 하고 자리를 마련하여 중점적으로 육성한다. 그렇게 하나하나 미국식대로 제주도의 질서를 잡아가고 있다. 그러나 어려움은 늘 또 다른 어려움을 몰고 오는 법이다. 설상가상으로 흉년까지 들면서 하늘도 우리나라의 혼란을 이겨내고 두 쪽으로 나눠지지 않을 기회를 돕지 않고 있다.

보리 수확량도 해방 이전보다 40%~30%에 그쳐서 그야말로 또 다른 식량 전쟁이 시작된다. 아무리 잘한다고 한들 하늘이 돕지 않는데 인간이 할 수 있는 건 한계가 있다. 제조업체들은 가동을 중단하고 눈처럼 쏟아져 높이높이 쌓이는 실업률에 이어 미곡 정책까지 실패로 돌아가고 말아 제주는 경제뿐만 아니라 정신까지 빈사(瀕死) 상태에 빠진다. 1946년 여름에는 기근이 심해 전염병까지 제주를 휩쓸어 버린다. 사람의 목숨을 담보로 극성을 부리던 전염병인 콜레라는 어림잡아 370명이 넘는 사람의 목숨을 모두 땅속으로 끌어들인다. 이런 어수선한 제주를 통치하던 미군정은 제주도민들의 안정을 위해 노력한다. 압박하고 수탈하는 데 앞장섰던 사람들이라며 공산화를 위해 지껄이는 말을 모두 무시하고 경찰을 관리로 기용한다. 그들의 기용은 큰 힘을 발휘하지 못한다. 이미 공산화된 사람이 많은 제주도에서 각종 불법적 이권에 개입해 더욱 혼란을 가중시킨다며 떠들어대는 인민위원회의 꿀 발린 말에 귀를 기울이는 비극이 잔혹사로 돌아가고 있기 때문이다.

1946년 8월 1일

섬 도(島)가 길 도(道)로 옷을 갈아입는다. 옷을 갈아입으며 설레는 마음을 바람 등솔기에 옮겨 심는다. 제주가 도로 승격한다. 뜨거운 가슴이 물구나무서서 마구 용솟음쳐 오른다. 울 울 울 울 수억만 년을 흘러갈 시간 벽에 걸렸던 빗장 용문이 열린다. 별꽃이 휘청대고 바람이 부서지고 희망 조각들이 흩날린다. 억수같이 쏟아져 내리는 햇살이 허공 가득 사선을 그린다. 우익진영의 입지는 날로 강화되고 소나기 퍼붓듯 센 말발은 옥양목처럼 눈부시다. 수많은 날을 기도하는 마음으로 도 승격을 앞장서서 부르짖었던 우익도 승격에 걸맞은 조직 확대가 첫 번째로 부딪치는 급선무 과제다. 미군정은 세력의 호소를 귀담아듣고 승낙을 한다. 미군정의 지원으로 경찰 병력이 증강된다. 조선 경비대 9연대가 창설의 깃발을 펄럭인다. 기쁨의 그릇에는 기쁨만 채워지는 것이 아니다. 오히려 기쁨이 생겨남으로써 반대로 슬픔이 배가 되는 곳도 있다. 슬픔과 기쁨은 늘 섞여 있었다. 한여름 땡볕에 시원한 그늘을 사람들은 고맙게 여기면서 앉아 휴식을 부르지만, 그, 그늘 밑에 농작물은 피해를 입는 것과 같다.

늘, 세상일이란 양지와 음지가 함께 공존하는 것이다. 양지가 음지 되고 음지가 양지가 되지만 사람들은 늘, 볕이어서 싫고 그늘이어서 싫고를 바꾸어 볕이어서 고맙고 그늘이어서 고맙고 같은 지혜서를 사용하지 못하는 어리석음 덩어리인지도 모른다. 인민위원회는 제주도민들에게 미군정은 도 승격을 빌미로 제주도를 장악하려 한다며 조직을 재정비하고 숨겨놓은 호랑이 발톱을 드러낸다. 양가죽을 쓴 호랑이의 본성이 으르렁거리며 날카로운 송곳니를 드러낸다. 결국, 위원회를 탄압으로 다스리기 시작한다. 미군정 눈으로는 인민위원회의 조직 확대가 못마땅하다. 자기들 노선과 상충하는 일이 한둘이 아니다. 조직력이 더 크거나 단단해지기 전에 하루라도 빨리 인민위원회의 손발을 자르고 제압하여 해체 시킬 날짜만 머릿속에 그리며 뇌의 부피를 늘이고 있다. 미군정이 이 나라를 망친다는 선동에 선동을 퍼붓기 시작하는 인민위원회와 이 땅에 공산주의는 없다는 둘 간의 대립은 팽팽했다. 미군정은 이렇게 하지 않고는 도저히 무너질 대로 무너진 질서를 잡는다는 건 불가능하다는 걸 알고 있었다. 그러나 강하면 부러지는 것이 세상의 이치다. 미군정의 인민위원회 탄압과 새로운 정책의 강공책이 제주도민의 강력한 반대에 직면한다. 제주도는 경제적 상황이 점점 어려워지고 있다. 미군정의 수뇌부는 회의를 거듭한다. 생활필수품의 차질 없는 공급 대책과 물가 안정에 방점을 찍고 민심 달래기에 나선다. 특별히 식량난과 생활용품의 가격 폭등은 도민들의 불평불만을 한껏 끌어올린다. 산 사람의 목에 거미줄 치는 날이라도 닥쳐온다면 걷잡을 수 없는 폭동이 일어나는 것은 불문가지다.

일본 패망 후 제주도로 귀향한 사람들은 공산주의와 민주주의 사이에서 갈등이 깊어만 가고 있다. 미군정은 먹고 살아야 할 양식의 해결책을 자신만만하게 발표한다. 그렇게 해야만 질서가 잡히고 평온해진다는 미국의 판단으로 한 미곡 수집은 수포로 돌아가고 만다. 불어난 도민 식구 6만여 명의 무게를 간과한 것이다. 더 많은 대책을 세웠어야 했다. 그러나 그들의 한계에 제주도민은 더욱 중심을 잃고 비틀거린다. 비틀거리며 내리는 비를 다 맞아야 하는 제주도민은 맘을 열 곳이 없다. 우선 목구멍이 포도청인 게 인간의 심리다.

1947년 3월 1일

시침은 14시 45분을 가리킨다. 겨울을 벗어난 봄의 길목이다. 도마뱀이 벽 속에 꼬리를 잘라두고 도망치듯 겨울이 꼬리를 잘라두고 사라진다. 봄이 환한 향기로 엉덩이를 알랑거리며 첫 생리를 시작한 소녀처럼 싱싱한 분내를 풍기며 걸어오고 있다. 꽃은 불길한 불길로 붉게 타오르고 있다. 슬픈 냄새가 소낙비처럼 쏟아져도 활활 꺼지지 않고 타고 있는 불길. 제주 관덕정 부근에서 몇 발의 총성이 하늘을 뚫고 있다. 계절은 소생의 봄을 알리고 있건만 난데없는 총소리는 계절을 한겨울로 되돌려 놓는다. 경찰관이 쏜 총탄은 시위하던 민간인 여섯 명의 목숨을 뚫는다. 혼은 날아가지도 못하고 몸속에 갇혀 얼어붙는다. 길바닥엔 살아 있는 핏물이 홍건하다. 죄도 없이 몸속에 갇혀서 죽은 영혼의 붉은 냄새가 붉붉붉붉 길 위에 쓰러져 피를 토하고 있다. 사람들의 생각까지 피로 얼룩졌다. 제주도민 전체에게로 옮겨가 심장을 붉게 뛰게 하는 붉은 영혼들이 어깨어깨 총대를 걸고 돌멩이를 던지며 나 죽고 너 살자 나 살고 너 죽자 길바닥에 떨어졌던 꽃들이 바람을 타고 날아다니며 가슴에서 가슴으로 옷자락을 잡으며 불을 지른다. **우리의 죽음을 헛되지 않게 하라.** 슬픔과 고독과 절망을 뒤섞어 활활 태우며 옆으로 옆으로 번지는 씩씩한 황홀경은 순식간에 아비규환 지옥도를 그리고 있다. 청각적 이미지와 시각적 이미지의 조합이 울분을 부추기며 귀와 눈을 흥분으로 날뛰게 한다. 불과 1, 2분 사이에 삶과 죽음이 대명천지에서 벌어진 것이다. 예고 없는 총성이 모두를 혼란의 도가니로 만든다. 혼란은 보복을 낳고 분노는 악의 씨를 잉태하고 있다.

이 사건이 일어나게 된 경위는 이러했다. 1947년 1월 남로당 청년조직 격인 민주청년동맹 민청 제주도 위원회가 결성됐고 인민위원회가 1947년 2월 23일 결성된 제주도 민주주의 민족전선(민전)이란 이름으로 개명을 하고 활동을 했다. 6월엔 민족 통일애국청년회(민애청)로 개명을 하면서 민애청에 가입하지 않으면 제주도 도민으로 사람 취급을 못 받을 정도로 마을마다 술렁이게 했다. 어떤 할머니는 주변에서 모두 남로당에 가입하라고 했지만 그게 무엇인지 몰라 무심코 지나갔는데 어느 날 밤 사람들을 모아놓고 남로당에 가입하지 않은 사람들을 한쪽에 일렬로 세워놓고 몰살을 시켰다며 그래서 어쩔 수 없이 당 가입 서류에 서명했다고 울먹이고 가입하지 않고는 잠시도 마음 놓고 살 수 없이 불안과 공포에 떨어야만 했다고 어떤 이는 말했다. 일이 불길처럼 번지고 갈수록 기세를 부리고 있는 좌익분자 색출을 위해 소집령을 내렸을 때 무지한 사람들은 목숨을 부지할 일념으로 무엇인지도 모르고 잘 먹고 잘살 수 있다고 해서 목숨을 부지할 생각으로 남로당에 가입했다고 말하는 사람이 많았다. 미군정이 애를 쓰긴 했지만, 인민위원회는 1947년 3.1 발포사건 전까지 사실상 제주도 전역을 지배한 자치 행정기구였고 그 배후는 남로당이었다. 전국적으로는 좌익보다 우익이 훨씬 우세했고 조직적이었다지만 제주도는 좌익과 다툴 만한 우익 세력조차 마땅치 않았다. 좌익들은 조직적으로 지령서를 내려서 체계적으로 움직였고 제주도민들을 선동했고 무지한 제주도민들은 그렇게 남로당에 가입을 한 것이다.

제1차 지령서

당일 복장은 전투식으로 하며 인민위원회기를 들고, 구호는 '인민위원회로의 정권 양도, 박공산 체포령 철회. 인민항쟁관계자

석방 남로당의 깃발 아래로의 인민의 결집'으로 하라.

제4차 지령서

3.1운동 기념일을 다중을 고무하여 끌어들이는 기회로 삼아야
한다.
표어는 '우리들의 지도자 박공산 선생 체포령 즉시 철회하라!
정권은 인민위원회로 넘기라!
우리의 지도자 박공산, 허울 선생, 김일성 장군 만세!' 등이다.

1947년 2월 25일 조선 민주청년동맹 제주읍위원회 선전교양부
는 3.1절 전날 제주도 미군 청은 이들이 요구한 제주 북국민학교
대신 서 비행장(현 제주국제공항)에서 기념행사를 열 것과 시위 절대
금지 방침을 통고했는데도 남로당은 제주 북국 민학교에서 대회를
강행했다. 좌익단체 소속 1만 7천여 명 일반 군중 8천여 명이 모여
이 일대를 인산인해로 만들었다. 이들은 오전 11시 금융조합 이사
의 사회로 민전위원장의 개회사 아래 시작된 대회는 각계 대표들
의 *양과자를 먹지 말자. 신탁 통치를 지지한다. 민족반역자를 차*
단하라. 인민공화국 수립 만세 삼창으로 오후 2시경 끝났다. 식이
끝나고 참가자들은 읍내 시위 행진을 할 것을 긴급 제의했고 동의
했다.

그들은 8명을 1조로 스크럼을 짜고 흩어져 서문통과 동문통을 향해 밀물처럼 쏟아져 나갔다. 짐승 울부짖는 소리 같기도 하고 대단한 승리를 하고 돌아오는 선수들의 환호 같기도 한 와와와와 와와와와 소리가 하늘을 공포탄으로 쏘아 올리며 뛰어나갈 때 4·3사건은 이때 발생한 것이다. 오후 2시 50분쯤 기마 경찰관 경위 하나가 제주경찰서로 가는 길이었다. 거리엔 발 디딜 틈도 없이 군중들이 모여 있었다. 기마 경찰이 지나가자 좌익들은 플래카드용 장대를 뽑아 말을 북 두드리듯 마구 두드리고 말의 항문을 사정없이 찔러 마치 사냥을 하듯 폭력을 가하자 놀란 말은 이리저리 길길이 날뛰었다. 눈을 허옇게 뒤집으며 콧김을 횡횡 내뿜었다. 공중을 들이받으며 날뛰면서 말이 길을 막 돌아가는데 골목에서 대여섯 살 어린이가 갑자기 뛰어나와 손쓸 틈도 없이 놀라서 날뛰는 말발에 부딪혀 쓰러졌다. 말을 두들겨 패고 찔러대니 말도 성성 날뛰는 바람에 미처 피하지 못한 어린이가 발에 차이는 사고가 나자 이를 지켜본 군중들이 야유를 폭포수처럼 마구 퍼부었다. *저놈 잡아라.* *저놈 잡아라*는 함성과 함께 돌멩이들이 공중을 날아서 좇아갔다. 경찰관이 탄 말이 돌에 맞아 더 날뛰기 시작했고 흥분한 말은 옆에 있던 경찰서로 뛰어 들어갔다.

군중들은 소리를 지르면서 경찰서로 몰려들어 돌멩이를 마구 던졌다. 경찰관들이 돌에 맞자 보초를 서던 육지 경찰과 도청 정문 망루에 있던 육지 경찰이 장대를 휘두르고 돌멩이를 던지며 물밀

듯이 몰려드는 군중을 향해 탕탕탕 총을 쏘았다. 총소리에 놀라 군중은 삽시간에 흩어졌다. 다섯 달 전 대구 경찰서가 점거되고 경찰관들이 학살당한 대구 10월 사건을 경험한 트라우마가 있는 경찰들이 겁을 먹고 총을 쏜 것이다. 이날 동원된 경찰은 제주 출신 330명과 충청도에서 파견 온 육지 경찰 등 430명이었다. 충청도에서 온 경찰들은 대구 10월 사건을 경험한 사람들이었다. 그들은 대구에서 당한 트라우마 때문에 자신도 모르게 총을 쏘았고 사람들도 자신도 모르게 흩어진 것이다. 양쪽 모두 공산주의자들의 계책에 의한 피해자였다. 사상과 이념 간의 대립이 얼마나 무서운가를 보여주는 사건이었다.

그렇게 부상자를 도립병원으로 옮기는 도중에 병원에서 두 번째 발포 사건이 일어난다. 이 병원에는 허 순경이 교통사고로 입원해 두 사람의 육지 경찰이 간호를 하고 있었다. 총성이 울리고 피투성이가 된 부상자들이 도립병원에 갑자기 들이닥치자 충남 공주경찰서 소속 이 순경이 공포심에 순간적으로 총을 발사했고 행인 2명이 중상을 입었다. 그들은 대전에서 훈련을 받았고 1946년 가을, 좌익들에 의해 동료 경찰이 잔혹하게 당했던 사실을 목격하고 아직 충격에서 못 벗어난 자들이었다.

길이 부러지다

14

어찌했든 사실을 조사해야 했고 미군 조사관이 사건을 조사했다. 결론은 현지 사정이야 매우 급했고 어찌할 수 없는 상황이었다 하더라도 경찰의 발포는 잘못이라는 결론이 났다. 제주도 경찰청장은 도립병원 앞 발포는 경찰의 무례한 행위로서 죄송스럽게 여긴다고 잘못을 시인했다. 그러나 남로당 제주도당은 이 사건을 이용해 반미군정 대 경찰 투쟁(남로당)을 대대적으로 준비하기에 이른다. 울고 싶은 참에 뺨을 맞았으니 소리 내어 울어야만 했다. 이 좋은 먹이를 그냥 놓칠 리 없는 남로당은 제주도 전역에 경찰이 총을 발포해 6명이 사망했다는 전단이 살포됐고 제주도 전역에 이 사실을 선동해 기어이 3월 10일 총파업이 시작됐다. 북군청을 제외한 제주도의 모든 관공서 통신 운동 은행 교사 학생까지 4만 1천 2백여 명이 넘게 참여한 대규모 파업이었다. 제주도의 모든 행정은 마비되고 심지어 애월읍 지서 대정 지서 중문 지서 등 경찰까지 파업에 가담했다. 한마디로 모든 도시가 깜깜 물 밑으로 가라앉고 제주도민들의 생활은 참담하다는 말로도 표현하기 어려웠다.

더는 갈 수 없는 초록인가? 제주는 공산화의 야욕이 설치는 만큼 주민들의 맥박수는 제자리를 찾지 못하고 잃어버렸던 주권을 찾은 기쁨도 삭제되고 하늘은 멀뚱멀뚱 말이 없고 계절은 머리가 어지러워 정리하던 공책을 덮고 멍하니 있다. 총을 쏘지 않고는 혼란을 막아낼 방법이 없다고 생각한 경찰관이 쏜 총소리에 장전되었던 죄와 악의 씨는 소리를 타고 바람을 타고 불길처럼 번진다. 1945년 일제 만행에 저항 저항한 덕분에 악랄한 사슬을 끊은 지두 번째 맞이하는 3.1절 기념행사다. 이 행사를 준비하기 위하여 지난 2월 17일 관공서와 각급 학교 그리고 사회단체와 유교계 등을 비롯하여 3.1 투쟁 기념행사 제주도 위원회가 결성된다. 사흘 뒤에는 제주도 민주주의 민족전선이 결성된다. 미군정은 2월 23일을 기하여 충청도 담당 소속의 경찰 백 명을 제주로 파견시킨다. 이유는 여기 병력으론 도무지 남로당이 휘저어 놓은 무질서한 국민의 혼란을 막을 방법이 없다고 판단한 것이다. 혼란을 막기 위해 병력을 투여하는 게 맞을지 그대로 사태를 수습하지 않고 두는 것이 맞을지 그들로서도 난감했다.

경찰 병력은 진시황 무덤에 묻힌 병사들을 꺼내다가 세워놓은 듯 혼이 빠져나간 흙덩이 같다. 자신의 감정은 다 빠지고 흙덩이가 되어 진시황의 무덤에 갇혔다 나온 것 같은 불쌍한 군사들에게는 잠시의 틈도 주지 않고 비상경계 갑호 명령이 떨어진다. 미군정은 3.1절 기념행사를 마치고 시위를 벌인다면 강력히 엄단 한다고 예고를 미리 뿌렸고 시위는 절대로 불허한다는 방침을 매고 다니면서 거리 방송으로 길거리 거리마다 봄꽃가루 날리듯 흩뿌리고 다녔지만 향기 한 줌도 맡을 수 없는 말과 달리 결국 기념행사는 도내 읍과 면 단위로 성대하게 치러졌고 이른 봄날임에도 여름날을 방불케 하는 더운 기운이 펄펄 끓어 넘치는 유황 온천 같은 남로당의 입김으로 꽃들은 더욱 만개하며 화르르화르르 이같이 웃음을 마음껏 공중으로 날려 보내고 있다. 운동장에 줄을 선 아지랑이는 얄리얄리 얄라셩 얄라리 얄라셩 사람들의 머리 위를 날아다니며 나비춤을 추고 있다. 웅성웅성웅성 무성한 잎들이 꽃물 든 소리로 북적인다. 체기로 뭉쳐 있던 체증을 내릴 준비를 하고 있던 그들에겐 더 이상의 좋은 기회는 없었다. 똑같은 인간으로 태어나서 같은 하늘을 이고 살면서 서로의 이념이 다르다고 서로를 헐뜯고 압박하고 한통속으로 지구 어느 모퉁이에 티끌 하나로 사라지고 말 족속들. 바람에 꺾이지 않으려면 꺾어야만 한다. 이 혹독한 악이 뿌리로 스며들어 악의 뿌리를 싱싱하게 키울 물소리를 잘라 내야 함을 주민들은 잘 알지 못했다.

3.1절 기념행사 대회가 성황리에 끝나고 모두 머리를 맞대었으면 얼마나 좋았을까만은 이미 자유민주주의와 공산주의란 사상이 뚜

렷하게 갈렸기에 행사에 참여한 노동당 붉은 물이 든 주민들은 누가 먼저라 할 것 없이 우르르우르르 거리 시위에 나섰고 모든 신발은 약속이나 한 것처럼 일사불란하게 움직였다. 줄 끊어진 염주 알은 일시에 분노 줄에 꿰어 염주가 된다. 하나같이 동글동글한 염주를 돌리며 비장의 각오가 망막에 각인 되어 소원 성취를 위해 돌아가고 있다. 누가 이들의 가슴에 이토록 단단한 옹이를 박히게 했단 말인가? 서로의 대립이 걱정했던 기우를 기어이 바글바글 살려내고 있다. 열기가 화산 물처럼 팔팔 끓어오르는 시위대는 거대한 태풍이 밀려오듯 관덕정을 지나 서문 쪽으로 밀고 나간다. 시위대를 막으려던 기마 경찰과 남로당 추종자들은 그렇게 무참하고 잔인하게 주민들을 짓밟는다. 피투성이가 된 어린이가 길에서 뒹굴고 있지만 아무도 관심을 두는 이는 없다. 그들은 마음의 눈을 달지 못한다. 눈 뜬 봉사들만의 집합소 같은 행동을 저지르고 있다.

어린이는 혼자 피투성이가 되어 신음하다 신음하다 이유도 모르고 길거리에서 어린 숨결을 지워야 한다. 당달봉사들은 서로에게 잘못을 떠넘기기에 바쁘다. 아니 어린 영혼을 짓밟으며 서로의 권력을 향해 뛰고 있다. 아무렇지도 않게 목적지만 향하여 달리고 있다. 아·무·런·일·도·일·어·나·지·않·았·다. 어린 생명이 몸속에 피를 쏟으며 파닥파닥 죽어 가는데도 귀 닫고 눈 닫고 아·무·일·도·일·어·나·지·않·았·다. 로 위장하고 위장이란 이름도 삭제해 버린다. 한쪽은 공산화를 막으려고 한쪽은 공산화의 야욕으로 한반도 제주섬 하늘은 푸르름의 평상을 잃어버리고 노란 얼굴로 변한다. 시위대에 참가한 군중들의 입과 눈과 귀로 파랑 같은 분노가 달려든다. 붉은 노여움이 한여름 염천처럼 지글지글 끓어오르고 있다. 시위대는 어른도 어린이도 남자도 여자도 젊음도 늙음도 돌을 던지기 시작한다. 분노의 돌덩이는 무게도 잊은 채 공중을 핑핑핑핑 총알보다 날쌔게 날아다닌다. 철새 떼처럼 날아오르는 돌들이 무서워 기마 경찰은 최선을 다해 노력했지만 말은 교육이 되지 못하는 동물이기에 돌에 맞고는 길길이 날뛰어 철저하게 준비된 남로당을 막아내기는 역부족이었다. 경찰관은 애먼 말을 후려치며 말발을 빌려 말도 못 하고 도망을 친다. 남로당도 기마 경찰도 말에게 화풀이한다. 저렇게 무지막지 달려드는 도민들에게 더 대치했다가는 더 많은 부상자가 생길지도 모른다는 생각이 들자 도망을 치지만 돌팔매는 말보다 빨리 피잉피잉 마구 속도를 달린다.

기마 경찰이 꼬리가 빠지라 도망친 자리엔 또 자신들만의 목적에 기인한 도민들의 돌무덤들만 어지럽게 흩어져 분을 삭이지 못하고, 도망간 기마 경찰을 어이없는 눈빛으로 바라보고 있는 남로당 시위대. 누구의 잘못인가? 질서를 잡겠다는 마음과 질서가 아니라 간섭이라는 둘 사이의 격차는 조금도 좁혀지지 않고 서로를 극으로 치닫게 하고 있다. 단단해져라. 단단해져라. 자신은 길바닥에 나뒹굴며 시체로 쌓였다 다시 시위대의 무기로 쓰이는 돌들. 돌은 머리가 돌이라 사람의 머리나 말의 머리나 시위대가 시키는 대로 날아가 충실한 신하가 되어주고 있다. 관덕정 주변에 진을 치고 있던 시위대는 먹잇감을 사냥하는 포수로 변하고 기마 경찰은 이들을 잡기 위해 날뛰고 있다. 이번 기회에 기마 경찰을 그냥 두면 돌이킬 수 없는 결과를 가져올지도 모른다는 시위대와 이들을 진압하지 않으면 도시 전체가 피투성이가 될지도 모른다는 기마 경찰과의 대치, 역사는 그렇게 한 치의 양보도 없이 과격해지고 있다. 기마병은 질서를 잡아 공산화로 제주를 빼앗기지 않을 마음이고 시위대는 반드시 공산화를 만들려는 것이다. 그러나 그러나 그렇지만 말이다. 공산화가 무엇인지도 모르는 어린 목숨은 아무것도 모르고 무방비 상태인 것을 잊었단 말인가? 시위대가 몰려 물결처럼 쓰러지자 무장경찰은 해산을 위해 다시 총알 몇 발을 다시 허공을 향해 쏜다. 해산을 시키지 않고 두었다가는 아수라계 지옥계 아귀계로 변하게 만들어 버릴 것 같아 무장경찰은 총탄을 장전하고 있다. 무장경찰의 총격으로 제주도민의 민심은 최악의 흥분 상태로 치닫는다.

이 총격 사건을 보고받은 미군정과 경찰은 사태의 심각성을 깨닫고 3.1절 기념행사 후 벌어진 사건의 주동자를 색출하는 일에 총력을 기울인다. 이 사건의 진위를 지켜보고 경찰의 말을 들은 주민들은 자신들이 남로당에 가입한 것이 어떤 것인가를 깨닫고 시위에 참여했던 민간인들은 좌익진영에 대해 격분을 참지 못한다. 공산화라는 욕심에 하늘 아래 목숨보다 더 소중한 것이 무엇인가에 탄식 소리가 땅이 꺼지도록 무겁게 깔리도록 만드는 이 상황을 어찌 설명해야 할까? 이 진압 과정에서 민간인 여섯 명이 죽었고 죽음에 대하여 신속하게 대책 위원회를 결성한다. 분노의 물결은 바다를 삼킬 기세로 파도를 뒤집으며 폭풍을 일으키기 시작한다. 남로당은 이 모든 사태가 일어난 것은 경찰의 탄압 때문이라며 제주민들에게 선전한다. 이 선전을 믿은 도민은 민심에 뿌리 돋기 시작한다. 그러나 뿔난 민심 위에도 대책위원회는 억울하게 쓰러져 간 희생자를 돕기 위한 모금에 전 도민의 동참을 호소하지만 성이 날 대로 난 분노의 물결이 출렁거리며 거리를 뒤덮는다. 제주도청에서 시작된 총파업 선언은 들불처럼 번져 번져 제주 전체를 삼킬 듯 타오른다. 민과 관이 하나로 뭉쳐 총파업을 공식화한다. 은행이나 학교 회사나 운수업체 등등 제주도에 156여 개의 기관과 단체의 구성원들이 일제히 파업에 동참한다. 태풍이 세상을 흔들어대듯 사람들 마음은 분노에 속도를 내며 질주하고 있다. 누구라고 할 것도 없이 모든 사람은 살도 눈물도 마음도 모두 짓물러 진물이 질질 흐르는 도시가 되어버린다. 모질고 가파른 세상이 시퍼렇게 눈을 뜨고 달려오고 있다. 무엇을 바꿔놓으려는 것인지 바람은 밤새도록 밤새도록 울고 있다. 일제 저항기에는 어찌 저렇게 단결이 되지 못했단 말인가! 저렇게 죽기 살기도 단합하는 저 좋은 기세를 왜 일본엔 꼼짝도 못 하고 당했는지 하늘이 묻고 있다.

1947년 3월 14일

사태 수습을 현장 지휘하기 위해 미군정청 긴급회의가 열린다. 회의를 마치고 합동조사반을 제주에 파견한다. 3월 14일에는 미군정 경무부장이 제주도에 도착한다. 총파업을 중단시키기 위한 지휘봉을 휘두른다. 강온 양면 작전을 현장 책임자들에게 주지시킨다. 그러나 그 지휘봉을 휘둘러 총파업을 중단시킨다는 건 아무것도 모르는 어린 왕세자에게 금관을 씌워놓고 수렴청정을 하려는 계책으로 여기는 남로당들은 긴급회의 같은 건 두려워하지도 않는다. 미군정 경무부장이 말한다. *이 기세를 일본에 똑같이 몰고 갔다면 이리 오래 일본의 탄압을 받지도 않았을 것을 어찌 같은 민족한테는 이리도 반기에 또 반기 상상을 초월하는 무지한 생각을 하는가!* 경무부장은 이들을 일깨우게 해줄 비책을 생각하지만, 막무가내 앞에는 어떤 비책도 모두 붉게 물든 빨강 물감으로밖에 보이지 않는다. 오직 모 아니면 도, 너 죽고 나 살자는 지칠 줄 모르는 그들의 분노는 안으로 자물쇠를 잠근 채 두드릴수록 더 견고히 잠긴다. 한라에 대못을 박듯 쾅쾅 못질하고 있다.

1947년 3월 19일

미군정은 자물쇠를 열 열쇠를 깎아 전라도 경찰 2백 2십 2명을 총파업 와해 인력으로 투입한다. 경찰 앞에 응원이라는 수식어를 붙여준다. 지원을 응원이라고 한 까닭은 현장에 주둔하고 있는 남로당 추종자들이 어지럽힌 제주도를 평안하게 잘 정리하라는 것이다. 그러나 체계적으로 흐트러진 그들을 잘 정리하기엔 무리가 있어 별 진전이 없자 사흘 뒤에는 또 다른 열쇠를 깎아 보낸다. 경기도 경찰 99명을 투입하면서 강경 대응을 하달한다. 이대로 가면 또 국가가 분열될 수도 있음을 걱정하지만 그럴수록 더욱 불 심지만 돋우는 격이 된다. 거리엔 햇빛이 울창하고 사람들의 마음엔 빛 한 방울 들어갈 틈도 없이 각박하고 막막한 어둠뿐이다. 서로가 어긋난 주장만 펼치고 입에 발린 단말만 주고받는 진정성 없는 뱀 허물 같은 말만 가시넝쿨에 걸려 펄럭이고 있을 뿐이다. 서로의 안경 색깔만 고집스레 주장될 뿐 타협선은 어디서도 찾지 못한다. 목 잘린 풀대궁같이 퍼렇게 말라비틀어져 가는 소리로 성난 기업가들의 민심을 수습하기엔 턱없이 비리직직한 풀 맛뿐이다. 하루하루 꽃들은 피어나며 제주 땅을 환히 밝히며 인간들에게 사랑하고 용서하라 교훈을 피워내고 있었으나 팽팽한 대립은 꽃향기 한 모금 못 맡는다. 미군정청 경무부장은 파업에 가담한 경찰 66명을 즉시 파면했다. 그리고 민과 합동으로 3.1 발포사건 조사 위원회를 조직해 진상을 조사하고 그 결과를 발표했다.

담화문

조선군정청 경무부장
동제주도지사
동제주도 군정관 소령 3자의 임명에 의한 제주도 제주읍 3.1절
발포 사건 진상조사위원회는 사실 관계자 및 증인에 대하여 모
든 관계 사실을 조사 심리한 결과 전원 일치 아래와 같이 합의
를 보았다.

1. 제주도경찰서에서 발포한 행위는 당시에 존재한 여러 사정으
   로 보아 치안 유지의 대국에 입각한 정당방위로 인정함.
2. 제주도립병원 앞에서 발포한 행위는 당시에 존재한 모든 사
   정으로 보아 사려가 깊지 못한 행위로 인정함. 그러므로 발포
   책임자인 순경은 행정 처분에 처함이 타당하다고 인정함.

(1947년 3월 19일)

그리고 제주 출신 경찰은 한직으로 밀려났고 육지 경찰이 핵심
자리를 맡았다. 제주 군정장관 소령(해임) 제주지사(사임) 제주 경찰

검찰청장(해임) 제주경찰서장(해임)이 물러나고 총파업을 선동한 제주도청 산업국장 등 500여 명이 체포돼 199명이 기소됐다. 남북이 극명하게 갈라지게 된 이유는 해방 석 달 뒤인 1945년 12월 28일 미국 영국 소련 세 나라가 모스크바 3상 회의를 열고 5년간 미국 영국 소련 중국 네 나라가 한국을 신탁 통치하기로 결의했기 때문이다. 독립의 꿈에 부풀어 있던 좌우익은 모두 반탁, 즉 신탁통치 반대운동에 나섰지만 해가 바뀐 1946년 1월 소련의 지령을 받은 박공산이 돌연 찬탁 입장으로 돌변하면서 하나로 독립된 나라는 다시 금이 가기 시작한다. 사태의 심각함이 더 번지기 전에 수습을 위해 경무부장 이름으로 담화문을 발표하고 제주도를 **빨갱이섬**으로 명명한다. 그건 이렇게 하지 않고는 제주도가 공산화되고 말 것이 자명해짐을 느낀 경찰의 발표였다. 그리고 어디까지나 작전 업무상 정당방위일 수밖에 없음을 발표한다. 이번 사건은 북한의 지도층과 내통으로 발생했고 무궁화를 함박꽃으로 개명을 하고 있다고, 어린이에게 무궁화를 함박꽃이라고 가르치면 함박꽃이라고 부르겠지만, 무궁화와 함박꽃을 구별할 수 있는 분별력을 갖춘 사람들에게 무궁화를 함박꽃이라고 외쳐도 분간을 할 수 있다고 호소한다.

담화문과 경찰의 정당방위란 말을 공산당은 그들은 손바닥으로 하늘을 가리고 있다며 제주도민들을 부추겨 제주도민들은 조금도 수그러들거나 타협점을 찾을 생각조차 안 한다. 히로시마 원자탄처럼 강압적으로 하지 않고는 도저히 끝날 것 같지 않다는 생각을 한 경찰은 이렇게 된 원인을 조사하라고 명령한다. 그 조사 결과 제주도는 70%가 좌익 정당에 동조적이거나 정당에 가입하여 활동할 정도로 좌익의 본거지라고 판단되었다. 이 결과가 미군정 보고서에 그대로 기록된다. 한 치의 양보도 없는 도민들과 경찰관의 대립은 결국 그렇게 피의 역사로 기록되었다. 미군정은 이 나라를 해방시켜 주기 위해 그토록 애쓴 보람도 없이 이렇게 어지러운 날들이 지속되는 것을 보고만 있을 수 없다며 총파업 주모자 혐의로 민전 간부들을 연행한다. 5백여 명이 체포된다. 도민들은 죄 없는 풍경들이 나뭇가지에 걸려 파닥거린다며 반항했고 새들의 눈물을 닦아줄 바람 한 줄기도 불지 않는 열악하고 힘없고 선량한 풍경들 피해자와 가해자의 한 치의 양보 없는 시간은 통째로 굴러 나락으로 떨어진다. 그중에 3백 28명이 재판을 받게 된다. 52명이 실형을 선고받고 목포 형무소에 갇힌다. 훗날 사가는 **갇혀야 할 죄인들은 활보를 치고 활보 치며 걸어야 할 사람들은 죄인의 굴레를 쓰고 갇혔다고** 그렇게 역사를 말할지도 모를 일이지만 그건 앞에서 보느냐 뒤에서 보느냐 즉, 좌익의 눈으로 보느냐 우익의 눈으로 보느냐 차이일 뿐이다.

　3.1절 기념행사 사건 이후 2천 5백여 명이 체포 구속된다. 제주의 피바람은 피 울음을 토해내며 바다를 붉게 물들이고 있다. 제주도는 **빨갱이섬**으로 인식되어 전국적으로 확산하여 유행처럼 번

져간다. 누명을 뒤집어썼다고 하지만 그건 현실이고 진실이었다. 제주는 불순분자들이 날뛰고 있어 탄압의 대상이 되었다. 정의를 키워 제주를 지키기에는 너무나 힘이 미약했다. 제주도민들이 규탄하며 항의했지만 이미 너무 늦은 뒤였다. 그렇게 하지 않고는 도저히 갓 해방된 나라의 질서를 잡을 길이 없다는 게 경찰의 판단이었고 남로당 시위대는 반대했다. 그렇게 사상과 이념이 다른 이유로 제주도 전체가 아수라장이 되었다. 붉은섬으로 인식되어 떳떳이 낯 들고 다닐 수 없는 지경에 이른다. 정상적인 삶에 덫이 걸렸다. 비상이 걸린다. 반공과 애국에 반기를 든 붉은 물이 든 제주 사람들은 얼굴을 들고 다닐 수가 없다. 민간인과 도민들은 이러다가 정말 우리가 빨갱이가 되어 한 많은 세상 쥐도 새도 모르게 사라지지나 않을까 노심초사 노심초사다. 빨갱이로 이 땅을 살아간다는 건 살아 있어도 살아 있는 목숨이 아니다. 긴긴날을 명함 하나 내밀지 못하고 어둠의 자식으로 숨죽여 숨죽여 살아야 한다. 빨갱이인 줄 모르고 빨갱이가 되다니 제주도민은 일제의 억압 굴레에서 벗어났지만, 또 다른 올가미가 씌워져 기쁨은 오간 데 없고 다만 불명예 딱지를 가슴팍에 부착하고 수많은 낮과 밤을 불면으로 지새우고 두통약을 먹으며 질서를 잃고 뛰는 심장을 가슴 졸이며 연명해야 한다며 가슴을 치고, 경찰은 나라의 주권을 빼앗겨 보고도 정신을 못 차린다고 제발 이제 좀 나라다운 나라로 제대로 살자면 질서를 잡고 모두 힘을 합해야 한다고. 빨갱이란 말이 부끄럽게 여겨지면 왜 빨갱이 짓을 했냐며 맞서고 있는 제주나라. 언제나 입이 없는 하늘은 지상의 일을 잠자코 지켜볼 뿐.

밤이면 끝없는 어둠의 바닷속에 어김없이 하늘은 달을 띄우고 별을 띄우고, 아침이면 온 누리에 어김없이 하늘은 해를 띄운다. 양지가 있으면 음지가 있고 슬픔이 있는 곳에 기쁨이 있을 것이다. 무시무시한 올가미를 씌운 가공할 괴력의 공권력은 뱃속에서 전이되는 종양보다 더 무시무시했고 정확한 이유도 모르는 제주도민은 빨갱이들이 모여서 빨간 이빨로 민주주의 나라를 갈아엎고 빨간 가면을 씌워 불순 세력으로 만들기에 바빴다. 이렇게 물이 든 사람들은 낙인찍혀 배척의 대상이 될 수밖에 없다. 공산 세력에 사주를 받아 동조하는 세력이 있었을지라도 옥석을 가렸다면 불상사가 적게 났을 것이라는 사람도 있지만 급박한 상황에서 그렇게 하기엔 이미 불가능한 시점이 되었다. 좌익진영이 어떻고 우익진영이 어떻고 그 이념 자체를 모르는 태반의 주민들은 먹고사는 일에 신경 쓸 따름인데 도맷값으로 민주주의를 좀먹는 빨갱이로 손가락질 받아서 활보할 수가 없다며 모이면 사후의 일로 수군거린다. 사전에 호미로 막았으면 좋았을 일을 꼭 가래로도 못 막고 둑이 터진 다음에야 후회한들 무엇하겠는가?

제주도에는 음습한 그림자가 해종일 지워지지 않는다. 목은 마르는데 마음 놓고 마실 샘물이 없다. 나무도 풀도 시들시들 꽃도 시들시들 모두 모두가 생기를 잃고 목을 축 늘어뜨린다. 해는 온전히 뜨지 않고 절반은 기울어져 있다. 할 일이 없다. 제주 시민의 술잔마다 한탄과 한숨을 섞어 들이킨다. 방법을 안주로 삼아보지만 뾰족한 수가 없다. 눈치 보기가 일상이 되어간다. 이웃과 이웃 간에도 말 한번 잘못하다간 경을 칠 일이 많아진다. 벙어리 냉가슴 앓듯 세월을 죽여야 한다. 누가 빨갱이인지 아무도 알 수 없어 불신은 불신을 낳고 제주도민들의 삶은 날이 갈수록 피폐해져만 간다. 초저녁부터 울어대던 문풍지 소리로 두리번거리던 마을 집집마다 소등을 한다. 젊은이도 늙은이도 남자도 여자도 밤마다 베갯머리에 눈물을 떨구며 물고기처럼 몸을 세워 모로 누워야 한다. 이 설움 저 설움 해도 배고픈 설움이 제일이라 했다. 제주의 머리에는 해방이란 말조차 실감이 나지 않고 살아갈 일에 억장 무너지는 설움이 울컥거린다. 멀쩡한 육신은 영혼이 앓자 함께 시름시름 병들어가기 시작한다. 노약자는 근육이 마비되거나 수전증을 앓는다. 아무런 죄도 없는 주민들을 불순한 자들의 행동에 휩싸여 **빨갱이섬**이란 천형의 감옥에 갇혔다며 서로 원망이 가득하다. 죄 없음이 죄인 감옥 속에서 제주도민은 천형의 그늘을 먹고 천형을 앓는 병자처럼 기력이 급전직하로 떨어지고 얼빠진 빈 굴의 얼굴로 거리를 배회하며 말문을 닫아걸고 있다. 아무 영문도 모르고 제주도민은 또 다른 슬픔의 바다에 둥둥 떠다니고 있다.

언젠가 붉은색이 빠지는 날이면 언젠가 어느 색이 진짜고 어느 색이 가짜인지 하늘이 알고 땅이 알고 한라가 알 그날이 꼭 오리라 굳게 믿으며 힘 빠진 나날에도 한 톨의 희망 같은 것을 바라며 사는 제주민들의 소망을 억울함을 **史記**란 영화 한 편에 담고 있는 이가 있다. 타지의 영화감독이 되어 영화를 찍고 있는 사람은 다름 아닌 기개 성성하고 젊은 선비의 피가 끓어오르는 이계절이란 남자의 망막 카메라다. 그들의 잘잘못을 객관적 상관물로 생생하게 촬영을 해 두고 있다. 언젠가는 이 필름을 세상에 공개하리라. 타지의 젊은이는 분노로 끓는 제주의 피를 모두 받아 저장하고 있다. 자신의 처자식이 있는 집에도 들어가지 못한 채. 좌우가 극한 대립을 하면서 1946년 3월에서 5월과 1947년 7월에 열린 미소 공동위원회에서도 신탁 통치 안건은 무산된다. 그러자 미국은 한반도에 통일 정부를 수립하기 위해 1947년 8월 28일 선 정부 수립, 후 외국 군대 철수 안을 유엔에서 투표에 부쳐 41대 0으로 가결한다. 1948년 1월 8일 유엔 선거감시단이 서울에 도착해 활동을 시작하고 북한에도 들어가려 하자 소련과 김일성 박공산은 유엔 결의를 무시하고 선거감시단의 입북을 결사반대했다.

그러자 유엔에서는 선거가 가능한 남한만이라도 총선거를 치르자는 여론이 조성됐다. 1948년 2월 7일 남로당은 남한 단독 총선거를 막기 위해 2.7사건을 일으켰다. 박공산은 한반도 전체 통일선거와 남한 단독 선거에 모두 반대했다. 한반도 전체를 공산화해 조선민주주의인민공화국을 수립하려는 목적 때문이었다. 곳곳에서 다리가 폭파되고 기관차가 파괴됐으며 전선이 끊기고 전신주가 파괴됐다. 부산항만의 선박 노동자와 탄광 광부들도 파업을 벌였다. 2.7사건 피해 집계 사망: 경찰 15명 선거 관련 공무원 15명 후보 2명 양민 107명 등 총 230명 부상 경찰 23명 공무원 12명 우익 인사 63명 시위자 35명 참가 인원 30만 명 중 8,479명 검거 1948년 2월 26일 미국은 한반도에서 선거가 가능한 지역만이라도 선거를 시행하는 안을 다시 유엔에 상정했다. 유엔은 찬성 31 반대 2 기권 11표로 이 안을 가결했다. 조선 총선거 계획을 추진 국제연합 소총회, 미국 안을 31:2로 가결에 따라 1948년 5월 10일 남한 단독 총선거가 시행되게 된 것이다. 합법 정부가 수립되면 한반도 공산화의 꿈이 물거품이 된다는 것이 자명해짐을 안 박공산은 단독 선거를 필사적으로 막아야 하는 급박한 처지에 놓였다.

남한 단독 선거를 저지하기 위한 제주도의 무장투쟁은 점점 무르익어가고 있었다. 미군정은 도지사 사임 이후 제주민전 의장과 고위임원 30명을 구속한다. 남로당은 사람들을 죄 올가미를 씌워 아주 싹조차 싹둑싹둑 잘라버린다며 발버둥을 치지만 그건 그들의 일방적인 주장일 뿐 계절은 이렇게 혼란한 질서를 저렇게 잡아 안정되어야 한다는 것에 한 표를 던진다. 그들의 욕심에 피를 보는 건 아무것도 모르는 제주도민들이기 때문이다. 이 피비린내를 일으킨 장본인도 공산화를 만들려는 욕심 때문이 아닌가? 정의는 누군가에게는 정의롭지 못할 수밖에 없는 일이다. 모든 일에는 양면의 칼날이 있는 법. 이 어지러운 질서를 저렇게 잡지 않고 정말 빨갱이를 발본색원(拔本塞源)하지 않는다면 이 나라는 다시 또 공산주의를 만들려는 저들의 만행 때문에 또다시 어떤 일이 일어나 죄없는 사람들이 희생될지 모른다.

여기까지 생각하다 생각을 닫는다. 숨이 살아 있는 것이 고통스럽게 느껴지는 순간이다. 한 나라나 개인이 갖는 이념과 권력에는 탄압이란 무시무시한 바람이 불어와 인권도 양심도 눈에 보이는 대로 겁탈해 가는 괴물이다. 이 어마어마한 괴물의 이빨 앞에 자신들의 미약한 힘으로는 도저히 감당할 수 없음을 감지하면서 피끓는 도민들은 이성을 잃고 흑백을 가르지 못할 정도로 혼란을 일으킨다. 싱싱한 청년들은 희망 빛 둥지의 미래는 한라산 나뭇가지에 잠시 묶어두고 발기발기 찢기는 심정을 싸 들고 삼삼오오 섬을 떠나기 시작한다. 더 이상 제주도엔 희망이 없다고 생각한다. 그 치욕으로 몸부림치던 일본으로 다시 건너가는 사람도 있다. 피 울음을 쏟아내어 배를 만들고 억장을 베어내어 노를 저으며 시퍼런 칼날을 벼리기 위해 한신이 백정의 가랑이 밑을 기어들어 가듯 잠시 그 치욕 밑으로 다시 기어들어 가는 것이다. 기필코 가랑이 밑을 기어들어 가는 건 백정보다 못해서가 아니라며 입술을 깨물어 피를 빨며 후일을 기약하면서 섬을 떠나거나 일본으로 가지 못한 사람들 일부는 한라산 속이나 동굴로 들어가 계절을 숨기고 있다. 슬픔과 아픔과 한숨의 뒤끝을 자르기 위해 떠난다. 널브러진 슬픔을 제발 제주의 바람이 쓸어가 주길 바라며.

1947년 3월 31일

이날부터 4월 10일 사이에 벌어진 3.1사건 수습을 위해 미군정 당국은 고위 관료직은 강경 극우 인물 위주로 뽑아 임명한다. 계절은 미군정에 접 붙어 음모의 싹을 심고 있는 웃자란 넝쿨 같은 짓을 하고 있는 것인가? 아니다 미군정은 빠른 안정을 위하는 것이다. 혼란 속에서 저들이 이익 볼 일이 없기 때문이다. 소갈머리 둥글게 빠진 자리는 민둥산 같은 그 자리엔 언뜻 보면 진짜 머리같이 사람들을 속일 수 있지만, 자세히 보면 가발임을 모든 사람이 알 수 있는 본머리를 닮은 가발을 머리 위에 얹어 눈 가리고 아웅을 벌이고 있는 바람 불면 날아갈 임시 부분 가발을 만들어 씌우고 있는 공산당 빨갱이들이 제주를 쑥밭으로 만들어 놓았다. 언젠가 통통 영근 저 죄를 추수할 때가 반드시 올 것이다.

5권으로 계속